edition lex liszt 12

Erste Auflage 2018

Raingasse 9b, A-7400 Oberwart, Austria
Tel. +43(0)3352/33940, Fax +43(0)3352/34685
info@lexliszt12.at, www.lexliszt12.at
ISBN: 978-3-99016-143-2

Verlagsleitung: Horst Horvath
Lektorat: Ilse Schneider
Coverbild: Jutta Treiber, Lilo Fabesch
Layout und Gestaltung: bayamo.sro
Druck: Der Schmidbauer, Oberwart

Gedruckt mit Unterstützung von:

KULTUR BURGENLAND

BUNDESKANZLERAMT ÖSTERREICH
KUNST

Die edition lex liszt 12 wird im Rahmen der Kunstförderung des Bundeskanzleramtes sowie durch das Land Burgenland unterstützt.

Jutta Treiber

Halt den Mund, sagte Mutter und dann starb sie

Roman

edition lex liszt 12

Die Zeit vertropft und wird ein Stalagmit. Ein Stalagmit aus Erinnerungen, scheinbar fest und starr, und doch nur Tropfen für Tropfen geformt aus dem Blickwinkel des Betrachters.
Der Tod hat viele Gesichter. Für die Araber ist er ein schwarzes Kamel, das niederkniet vor der Haustür, wenn es soweit ist. Für Heide Mahr ist er ein vitaler Mann in Turnschuhen, Jeans und einem violetten Hemd, für andere mag er ein behäbiger Buddha sein, eine mütterliche Frau, ein hagerer grauer Schifahrer, eine rote Welle ...
Bekommt jeder Mensch seinen maßgeschneiderten Tod? Oder ist da manchmal auch ein Fetzen aus der Altkleidersammlung dabei?
Manche gehen mit einem Knall, manche verschwinden leise, fast unbemerkt, manche kämpfen vehement gegen das endgültige Weggehen, manche beschleunigen es, manche bringen sich selbst zum Verschwinden. Manche werden vorher sanft und versöhnlich, manche aggressiv. Manche verlieren ihre Persönlichkeit. Manchen kommst du näher, manche werden dir fremd. Manche erkennst du im Tod nicht wieder. Manche hinterlassen eine Lücke, manche einen Krater. Manche – wenige – Erleichterung. Manche gehen dir schon zu Lebzeiten verloren.
An manche Schicksale streifst du nur einmal, kurz, ein Schattenriss, manche bleiben Skizzen, manche werden ausgemalte Bilder.
Und manchmal geht der Tod gerade noch an dir vorbei.

Die Zeit ist reif, meine Geschichte zu schreiben. Jetzt, wo ich fühle, dass SIE mich wieder in den Klauen gefangen hält, sich wieder ganz in meinem Kopf festgekrallt hat, meinen Körper kolonialisiert – jetzt wird es Zeit!
Denn ich will endlich frei sein!
Gleichzeitig will ich SIE nicht loslassen. Denn sie ist meine beste Freundin. Sie verlässt mich nie. Ich kann mich auf sie verlassen. Niemand kann sie mir wegnehmen. Ich lasse sie mir nicht wegnehmen. Sie ist das Einzige, das mir gehört. Mir allein. Niemand kann sie kontrollieren. Niemand kann über sie bestimmen. Nur ich.

Kaffeehaus

„Plots interessieren mich nicht“, sagt die Autorin zu der jungen Frau in schwarzer Kleidung, mit den dunklen Haaren, zu einem modischen Bob geschnitten, die ihr an einem der runden Marmortische gegenübersitzt – und gleichzeitig denkt sie: Dort drüben stand das Klavier, vor vielen Jahrzehnten, und der Durchgang zum zweiten Raum des Kaffeehauses war im Winter mit einem dicken roten Wollvorhang abgehängt, an dem Edith und ich immer gezupft haben, bis wir ein flauschiges Knäuel geformt hatten –, „Plots interessieren mich nicht, ich nehme sie nicht ernst, im Gegenteil, sie sind mir verdächtig. Ich weiß, dass Leser und auch -innen gierig sind auf Plots, sie wollen eine spannende Handlung, die sie mitreißt wie ein Fluss, in dem sie kämpfen und trudeln und kurz untergehen und sich dann doch über Wasser halten können, ich kann das sogar verstehen, dennoch – ich misstraue Plots. Neulich erst habe ich ein Buch gelesen, gut geschrieben, aber ab einem bestimmten Punkt hat mich die Geschichte nur mehr oberflächlich interessiert, sie hat mich zwar in ihren Sog gestrudelt, aber nicht mehr berührt, weil – ja – zu viel Plot.

Wenn ich früher meiner Lieblingslektorin den Plot eines neuen Buches zu erzählen versuchte, ich saß ihr gegenüber und stotterte, ich bin nicht gut im Plot-Erzählen, aber wenn ich ihn irgendwie heruntergestammelt hatte, dann schaute sie mich über den Rand ihrer Lesebrille an und sagte: ‚Gut, jetzt sind wir auf Seite drei. Und was passiert auf den übrigen 197 Seiten?‘

Es passierte nichts. Aber es reichte für drei Literaturpreise und zwölf Übersetzungen."
Sie lehnt sich zurück und nimmt einen Schluck Kaffee.
O o o, das war jetzt sehr vollmundig, denkt die Autorin. Ich bin ein arroganter Lackaffe. Oder sollte ich gendergerecht Lackäffin sagen?
Und meine ich überhaupt, was ich sage? ...
Ich sollte besser den Mund halten.

Halt den Mund

„Halt den Mund!“, sagte Mutter – und dann starb sie. Nicht unmittelbar danach, sondern ein paar Stunden später, nachdem sie eine Suppe gegessen hatte und auf den Hauptgang wartete.
Es war schön, dass sie mitten im Essen starb. Essen war ihre Lieblingsbeschäftigung gewesen, auch ihr liebstes und ausführlichstes Gesprächsthema, seit ihrer Jugendzeit (ihre Geburt hatte mitten im ersten Weltkrieg stattgefunden, ihr junges Erwachsenenalter im zweiten) trug sie eine Angst vor dem Verhungern in sich, die auch wohlgefüllte Speisekammern und überquellende Kühlschränke nicht verdrängen konnten.
Ihre letzten Worte waren gar nicht ihre letzten Worte. Es waren die letzten Worte, die sie an mich richtete. Und ich weiß nicht einmal, ob sie auf Deutsch oder auf Ungarisch gesagt wurden.
Letzte Worte, so es denn welche gab, sind in meinem Leben nur in diesen beiden Sprachen gesprochen worden – Deutsch oder Ungarisch. Aber ich habe nicht viele Menschen sterben sehen, und so habe ich die meisten letzten Worte der Toten, die mir nahestanden, nicht gehört.
„Halt den Mund!“, sagte Mutter, und es war typisch, dass wir an ihrem letzten Lebenstag noch miteinander stritten, drei Stunden vor ihrem Tod.
Mutter hatte sich zwei Tage zuvor bei einem Sturz die Rippen gebrochen – oder geprellt. Sie saß in ihrem elektrischen Fauteuil, sie schaute mich an, mit diesem kindlich gewordenen Blick, der mich mit Mitleid erfüllte,

Mutter war immer eine starke Frau gewesen, erst im Alter war sie weicher geworden, sie schaute mich also an, mit diesem Blick und fragte leise: „Meinst du, ich soll ins Spital gehen?“

Ich wusste – oder ahnte es zumindest –, dass Mutter nicht mehr lange leben würde. Sie war 94, müde und abgewetzt vom Leben, einen Monat zuvor war es ihr schon so schlecht gegangen, dass ich jeden Tag damit gerechnet hatte, der Tod würde ihr seinen Arm über die Schulter legen. Hatte mich nicht wegzufahren getraut, um jederzeit erreichbar zu sein, wenn das Ultimative eintreten würde. Aber Mutter erholte sich wieder, erstaunlich schnell, ein letztes Aufflackern des Lebensfeuers vor dem zu erwartenden Erlöschen.

„Nein“, sagte ich, „nicht ins Spital.“

Man würde sie an allerlei Maschinen anschließen und den Sterbevorgang künstlich verlängern. Denn in unserem seltsamen Zeitalter, in dem niemand dem Tod ins Auge blicken will, in dem der Tod nicht als etwas zum Leben Gehöriges, sondern als Feind betrachtet wird, den es – koste es, was es wolle – zu bekämpfen gilt, ist das künstliche Am-Leben-Halten oberstes Gebot. Keine Lebens-, sondern eine Sterbensverlängerung.

Meine Mutter sollte in Ruhe und in Würde sterben können, in ihrem eigenen Haus, vertraute Luft atmend, ohne unter irgendwelchen Masken zu liegen oder an irgendwelchen Schläuchen zu hängen.

Mutter nickte. „Gut“, sagte sie leise. „Gut …“

Die Hausärztin kam, verordnete eine Rückenstütze und schmerzstillende Medikamente und empfahl Mutter, in dem bequemen elektrischen Fauteuil sitzen zu bleiben,

sich nicht in den anderen, den unbequemen Fauteuil aus Kirschholz zu setzen, woran Mutter sich auch hielt, folgsames Kind.
Doch just drei Stunden bevor sie starb, verlangte sie, dass ich ihr in den anderen Fauteuil helfen sollte.
„Du hast doch gehört, was die Ärztin gemeint hat“, sagte ich. „In dem unbequemen Fauteuil drückt es dir die Rippen zusammen und du wirst starke Schmerzen kriegen.“
Doch Mutter schaute mich mit ihrem typischen missbilligenden Mutterblick an, sie „machte ihr Gesicht“, wie ich das zu nennen pflegte, sie presste entschlossen die Lippen zusammen, stemmte sich mit letzter Kraft hoch und ließ sich in den anderen, den unbequemen Fauteuil aus Kirschholz fallen. „Halt den Mund!“, sagte sie während dieses Kraftakts.
Und das waren die letzten Worte, die sie an mich richtete.
Manchmal argwöhne ich, ob das vielleicht auch die ersten Worte waren, die sie zu mir sagte, als ich als Baby, frisch geschlüpft, meinen ersten Schrei tat. Aber das ist eine unbeweisbare und deshalb sehr gemeine Unterstellung.
Gleichzeitig kommt mir noch ein Satz in den Sinn, er kommt von ganz weit her, aber erstaunlich fest, ein Satz in Messing gehämmert:
„Lach nicht, sing nicht, tanz nicht, spring nicht!“
Mutter sang nie, sprang nie, und sie verabscheute es, wenn man in ihrer Gegenwart lachte. Jede Macht fürchtet nichts mehr als das Lachen, das Lächeln und den Spott, sagt Dario Fo. Mutter fühlte sich immer ausgelacht, egal, worüber wir lachten. Das Singen hatte man ihr ausgetrieben, indem man ihr, als sie ein Kind war, ein-

geredet hatte, sie sei völlig unmusikalisch. Nur die Freude am Tanzen hatte man ihr nicht austreiben können, vielleicht war die zu groß gewesen.
Da ist noch ein Satz, der für immer in mein Gedächtnis gebrannt ist:
„Sei nicht so feig!" Mutter sagte diesen Satz zu mir, als ich, das Landkind, zum ersten Mal in Wien auf einer Rolltreppe fahren sollte. Sie nahm mich nicht an der Hand, sie fuhr hinunter, ich stand oben, allein, wagte nicht, einen Fuß auf das rollende Ungetüm zu setzen, das mir Angst machte, und sie stand unten und sagte: „Sei nicht so feig!" Oder vielleicht sagte sie: „Du bist ja so feig!"
War dieser Satz der Grund, dass ich so übermütig wurde? Übermütig nicht im leichthin lustigen Sinn, sondern übermütig in der ursprünglichsten Bedeutung des Wortes. Über-mütig. Zu mutig. Mich selbst und meine Kräfte bei weitem überschätzend. So, dass ich mit Rollerskates eine abschüssige Straße hinunterfuhr und beinahe von einem Auto überfahren wurde. So, dass ich einen Salto rückwärts vom Trampolin ins Schwimmbecken machte und mir, weil ich zu nah am Sprungbrett eintauchte, auf der Kante desselben das Gesicht blutig rasierte. So, dass ich in Istanbul meinte, alle Annäherungsversuche von Männern souverän abwimmeln zu können und mich auf Plätze wagte, die man allein besser meiden sollte, bis ich schließlich, an einem dunklen Novemberabend, von einem Mann überfallen und vergewaltigt wurde, was mich zwar nicht mein Leben, aber immerhin zehn Jahre kostete, bis ich das Trauma überwunden hatte.
Die Liste ließe sich fortsetzen.

Ich hatte die Situation auf der Rolltreppe vergessen. Ich hatte nur den Satz verinnerlicht, sagte ihn immer wieder zu mir selbst, ich bin feig, ich bin feig, ich bin feig, bis zu dem Zeitpunkt, als in einem Selbsterfahrungsseminar die Psychologin mich fragte: „Wer hat diesen Satz zu dir gesagt?“

„Niemand!“, sagte ich spontan, aber die Räder in meinem Kopf begannen zu schnurren, und irgendwann gaben sie eine kleine Öffnung frei, und da stand der Satz, unten an der Rolltreppe, und da stand meine Mutter.

Laufen gegen den Wind

Der Wind blies Freiheit über die Wiesen. Wir liefen gegen den Wind, Michael und ich, wir kämpften gegen den Wind, stemmten uns gegen ihn, wir waren stärker als der Wind, wir konnten ihn besiegen. Irgendwann lagen wir im Gras, lachend unter einem Apfelbaum, der schon ein paar seiner reifen Früchte abgeworfen hatte. Wir nahmen uns jeder einen Apfel und bissen fest hinein. Er schmeckte saftig und süß. Ich mochte Äpfel, und ich mochte Michael. Er war wie ein Bruder. Ein großer Bruder, der mich beschützte. Mit dem ich über Obstwiesen lief, bis die Sonne unterging.

„Wir müssen nach Hause, Gabriela“, sagte Michael, mein großer Bruder, der eigentlich mein Cousin war. Ich musste lachen. Weil er Gabriela sagte und nicht Gabi. Gabriela sagte er, wenn er seinen Worten Nachdruck verleihen wollte. Ich konnte ihn dann nicht ernst nehmen. Nach Hause gingen wir trotzdem.

Meine Mutter wartete schon mit dem Abendessen. Der Innenhof ist windgeschützt, daher kann man auch im Herbst an schönen Tagen draußen sitzen. Mama hatte den Tisch gedeckt, für mich, meine Schwester, für sie selbst und auch für Michael. Vater war „auf Montage“, irgendwo, weit weg, und das bedeutete, dass er ein paar Wochen nicht nach Hause kommen würde. Ich vermisste ihn. Nicht ihn selbst, sondern einen Vater an sich.

Mama hatte den Tisch sehr schön gedeckt. Wie immer. Darauf legte sie großen Wert. Sie hatte ein sonnengelbes Tischtuch auf den langen Holztisch gelegt und rote Servietten neben jeden Teller. Im Tonkrug süßer Apfelsaft. Frisch gepresst. Auf der großen Servierplatte Schinken und Käse, vom Bauern in der Nachbarschaft, garniert mit Paprika und den letzten Paradeisern aus dem Garten. Im Körbchen duftendes Brot, daneben die Dose mit weicher Butter. Wie gut das schmeckte, nach dem langen Laufen auf der Wiese.

Warum schaute Mama plötzlich so streng? Ich mochte diesen Blick nicht. Sie sagte kein Wort, aber ich wusste, irgendetwas passte ihr nicht. Wahrscheinlich hatte ich wieder zu viel Butter auf mein Brot geschmiert. Oder zu schnell gegessen. Zu große Bissen genommen. Zu gierig getrunken.

„Schmier die Butter nicht so dick aufs Brot!", sagte sie manchmal. Oder: „Stopf nicht alles so in dich hinein!" Oder: „Du trinkst wie ein Pferd!" (Wahrscheinlich verbiss sie sich zu sagen: Du säufst wie ein Pferd!)

Zu meiner großen Schwester sagte sie das nie. Die schaute sie auch nie so an.

Ich vermisste meinen Vater. Ich vermisste einen Vater. Einen, der mich verteidigt hätte. Einen, der das Leben genossen hätte.

Aus irdenen Bechern

Er hat das Leben aus großen irdenen Bechern getrunken, oder eher aus Tonkrügen, ihr väterlicher Freund Eckart. „Ich hatte ein wunderbares Leben“, sagte er immer und immer wieder. Ein Mann der Tat, der das Leben mit beiden Händen packte und festhielt.

Die kürzeste Verbindung zwischen zwei Punkten ist die Gerade! – das war sein Lebensmotto, und diesen Weg war er gegangen, kompromisslos, unbeirrbar, unbequem. Manchmal aggressiv, wobei er mit Heide oft darüber diskutierte, dass Aggression nicht nur ein negativer Begriff war, sondern auch bedeutete, das Leben in die Hand zu nehmen, kräftig. Aggredere – anpacken, zupacken, handeln. Eines der wenigen Themen, bei dem sie einer Meinung waren, ansonsten wurden die Klingen gekreuzt und es wurde kunstvoll gefochten, ohne dass sich die beiden je verletzt hätten, sie waren Meister im Parieren.

Niemals wäre ihm eingefallen, Floskeln zu verwenden. Wenn er Heide fragte, wie es ihr ging, wusste sie, es interessierte ihn wirklich. Wenn sie sagte, es gehe ihr schlecht, versuchte er nicht zu beschwichtigen, sondern fragte nach dem Warum und den näheren Umständen. Als sie ihm die Geschichte ihrer Vergewaltigung erzählte, schaute er sie mit Tränen in den Augen an und sagte: „Du bist eine starke Frau, ich habe die größte Hochachtung vor dir!“ Ja, er sagte „Hochachtung“, ein Wort, das heutzutage selten verwendet wird.

Ein leidenschaftlicher Mann. Der das Herz seiner Frau Elsa im Sturm erobert hatte. Lang nach seinem Tod wurde Heide von Elsa gefragt, es sollte beiläufig klingen, aber Heide merkte, dass Elsa diese Frage schon lange auf der Zunge gebrannt haben musste: „Hast du jemals mit ihm ...?“

„Nein“, sagte Heide, „die Freundschaft mit ihm war mir viel zu wichtig, als dass ich sie durch eine dumme Affäre hätte zerstören wollen.“

Diesen Fehler hatte sie nur einmal im Leben gemacht, und sie hatte ihn bitter gebüßt. Vielleicht hatte sie nach dem frühen Tod ihres Vaters einen Vaterersatz gesucht, als sie sich als junge Englischlehrerin hoffnungslos in ihren um zwanzig Jahre älteren Tutor verliebt hatte. Sodass sie sogar bereit gewesen wäre, ihre Familie zu verlassen. Sein scharfer Verstand hatte sie fasziniert, seine Intellektualität, seine zu allem, was sie bisher gekannt hatte, so konträre Lebenseinstellung. Als die Sache aufflog, war das das Ende der Liebe und das Ende der Freundschaft. Heide hatte daraus gelernt und denselben Fehler kein zweites Mal gemacht. Nur einmal, nach Jahren, hatte sie mit ihrem Freund und Studienkollegen Kurt geschlafen, dem späteren Lebensgefährten ihrer Freundin Silvana, aber da war keine Liebe im Spiel gewesen, sodass danach die Freundschaft bestehen blieb.

Der gerade Weg ist nicht der leichteste. Nicht für den, der ihn geht, und nicht für die Menschen, die ihn mitgehen. Wer im gestreckten Galopp durchs Leben jagt, wirkt erschreckend auf andere. Eckart schien manchmal hart, aber unter der rauen Schale verbarg sich ein empfindsamer Mensch, mitfühlend und zärtlich. Auf dem Fensterbrett seines Hauses standen kleine Holzpferde. Jeden Morgen drehte er die Pferde auf dem Brett um, sodass sie nach außen ins Freie blicken konnten, und jeden Abend drehte er sie wieder nach innen, sodass sie sich in der Nacht geborgen fühlten. Seine eigenen Pferde behandelte er wie Könige. Auf Sultan, einem Vollblutrappen, ritt niemand anderer als Eckart selbst. Die anderen durften auf den Appaloosa-Schimmel steigen. Heide genoss die gemeinsamen Ausritte durch den nahegelegenen Wald, über die Feldwege, das hohe Tempo, das sie anschlugen, das Springen über am Weg liegende Hindernisse. Dann blitzten Eckarts Augen und Heides Haare flogen im Wind.

Wenn die Gangart des Lebens vom gestreckten Galopp in einen verhaltenen Trab und in den langsamen Schritt wechselt und schließlich zum Stillstand kommt, wenn ein tatkräftiger, leidenschaftlicher Mann allmählich vom Leben Abschied nimmt und sein Aktionsradius immer kleiner wird, ist das ein sehr schmerzlicher Prozess.

Heide merkte es als eine der ersten. Dass er plötzlich einen seltsamen Gang hatte. Er, der immer mit weit ausholenden kräftigen Schritten gegangen war, tappte plötzlich langsam und unsicher über den Fußboden, und sein Kopf zitterte, beinahe unmerklich, winzige Amplituden. In diesem Moment erinnerte er Heide an ihren eigenen Vater, der jahrelang an der Parkinsonschen Krankheit gelitten hatte.

Nach und nach wurde Eckart immer kleiner. Nach und nach entglitt er sich selbst und seiner Umwelt. Seine Frau pflegte ihn, über Jahre. Als er sich nicht mehr vom Bett erheben konnte, nichts mehr essen, nichts mehr trinken und schon lange nicht mehr sprechen konnte, nahm Heide Abschied von ihm. „Ich glaube, Eckart, es ist Zeit loszulassen“, flüsterte sie, fast unhörbar. Er schaute sie

mit einem zornigen Blick an. Und sie war sicher, er hätte „Halt den Mund!“ gesagt, wenn er dazu noch fähig gewesen wäre.
Heide lächelte. Sie hatten ein letztes Mal die Klingen gekreuzt.
Nach dem Requiem, bei dem Heide eine Abschiedsrede gehalten hatte, wurde Eckarts Körper nach Wien überführt, um dort, neben seiner Mutter, begraben zu werden.
Als der Sarg in den Leichenwagen geladen wurde, tönte von der geöffneten Kirchentür her Louis Armstrongs brüchige Stimme: „And I think to myself: What a wonderful world ...“
Zugegeben, es war ein bisschen kitschig. Und gleichzeitig wunderschön.

La vie et la vérité

Du bist nach Hause gekommen, aus dem Sanatorium, wo du die letzten Monate deines Lebens verbracht hast, am Ende liegend, wund, im Bett. Du bist nach Hause gekommen, im Sarg, und dann haben sie dich hier aufgebahrt, im Wohnzimmer, das eigentlich kein Wohnzimmer ist, fast nie eines war. Mutter nennt es „Musterzimmer". Und wie schon der Name sagt, ein Musterzimmer hat immer musterhaft zu sein, in einem Musterzimmer kann man nicht leben, ein Musterzimmer kann daher nie ein Wohnzimmer sein.

Das Musterzimmer ist musterhaft eingerichtet und Mutter führt die Kundschaft vom Möbelgeschäft in dieses Zimmer, um zu demonstrieren, wie ein modern eingerichtetes Wohnzimmer aussehen könnte oder auszusehen habe. Ein zierlicher schwarzlasierter Wohnzimmerschrank steht an einer Wand, eine winterweiße Sitzgarnitur samt Couchtisch an der anderen, und in dem zusätzlichen Eck ein bequemer Lesefauteuil samt Leselampe.

Das Musterzimmer. Nur zu Weihnachten und zu ganz speziellen Anlässen wurde und wird das Musterzimmer zum Wohnzimmer.

Dein Tod ist so ein Anlass.

Der Sarg steht schräg im Raum, an der linken Seite des Zimmers, die Kopfseite ragt ein wenig in die Ecke, in der sonst der Lesefauteuil und die Leselampe stehen. Dein Sarg ist offen, und alle Besucher, die ins Haus kommen, Verwandte, Freunde, Bekannte und Neugierige, können sich von dir verabschieden und dir ins Gesicht blicken. Im Esszimmer, ohne deinen Anblick, sitzen schon mehr Leute als der Raum fassen kann, eine lebhafte schwarze Gemeinde, es wird Wein ausgeschenkt und Gebäck herumgereicht, die Besucher essen und trinken und sprechen Mutter Trost zu oder wollen selbst getröstet werden, weil ihnen vielleicht kurz zuvor ein ähnliches Schicksal widerfahren ist.

Ich finde diesen wirbeligen Trauertag zu Hause wunderschön und habe später immer sehr bedauert, dass diese gute Sitte durch die Einführung der Leichenhallen abgeschafft wurde.

Dein Tod erfüllt das Haus mit Leben. Mit Menschen, ihren Gedanken, Worten, Gefühlen, da ist Trauer, da ist Trost, und wenn am Ende einige Männer (oder auch Frauen) einen über den Durst getrunken haben und die Sache zu entgleiten oder gar zu entgleisen droht, dann findet sich irgendjemand, der sagt: „Es ist Zeit, wir sollten gehen."

Dann wird es leiser, der Geräuschpegel sinkt von lebenslaut nach totenstill, in schrittweisen Abstufungen, die Besucher ziehen ihre schwarzen Mäntel an, verabschieden sich, einer nach dem anderen, die Lärmmaschine verstummt, die engsten Verwandten bleiben am längsten, irgendwann gehen auch sie.

Danach ist man wieder mit dir, mit dem Toten allein, kann dich betrachten, mit dir reden und still von dir Abschied nehmen. Langsam. Vielleicht kann auch deine Seele Abschied nehmen. Langsam.

Vielleicht schwebt deine Seele irgendwo im Raum und kann sogar die trauernden und teilnehmenden Menschen fühlen. Vielleicht.

Ich rücke mir einen Sessel an deinen Sarg, setze mich zu dir. Schaue dich lange an. Du bist im Tod kein Fremder geworden.
Papa, sage ich, Papa, ich habe dich sehr geliebt. Vor Mischas Geburt.
Wir saßen am Esstisch, im halbdunklen Wohnzimmer, du stecktest mir kleingeschnittene Wurst- oder Käsestückchen in den Mund, dazu kleine Brotstücke, Hasenbrot sagtest du, es war schön.
An Sonntagvormittagen – Sonntag war der einzige Tag, wo du wirklich Zeit hattest – bliebst du gern länger liegen, du warst müde von der schweren Arbeit im Möbelgeschäft, ich kroch zu dir ins Bett, legte meinen Kopf in deine Armbeuge und schloss die Augen. Wir sprachen nichts, lagen nur ganz still nebeneinander. Unendliche Geborgenheit.
Ich fuhr gern mit dir Möbel liefern. Wir saßen nebeneinander, hoch auf den Sitzen des Lastwagens. Dann kamen wir an, in irgendeinem Dorf, die Leute erwarteten uns schon, freuten sich, dass die neuen Möbel gebracht wurden. Die kleineren Stücke trug ich selbst in die Häuser. Mutter regte sich darüber immer furchtbar auf, ich solle nicht so schwere Lasten tragen, ich sei ein Kind, es sei verantwortungslos von dir, mir das zuzumuten. Ich verstand Mutter damals nicht, ihr Schimpfen ging mir auf die Nerven, ich war stolz darauf, dass ich stark war und du mir so viel zutrautest.
Wir spazierten über die Felder, du erklärtest mir, wie man die verschiedenen Getreidesorten unterscheiden konnte – der Weizen hatte solche Ähren, die Gerste solche, der Hafer schaute ganz anders aus. Wir gingen zu Fuß ins

nächste Dorf, dein Heimatdorf, besuchten Großvater, Großmutter, Onkel und Tante. Der Schweinestall stank – gelinde gesagt – fürchterlich, ich hab' nur einmal hineingerochen.

Du hast plötzlich in deiner ursprünglichen Mundart geredet, in der Mundart deiner Kindheit, das war eine neue Erfahrung für mich. Zu Hause sprachst du eine leicht Wienerisch gefärbte Umgangssprache. In deiner Jugendzeit hattest du einige Jahre in Wien gelebt.

Jahre später, als die Familie schon ein Auto besaß und wir also mit diesem Auto die Großeltern besuchen fuhren, war das jedes Mal eine „Weltreise". Das Auto wurde von dir mit dem Taschentuch hochglanzpoliert, dann wurden sämtliche Motor-, Brems- und Lichtfunktionen überprüft, danach die Geschenke für die Großeltern eingeladen, vor allem ein gewisser Vorrat an Wein und Zucker für die Großmutter, sie liebte es, jeden Abend ein Viertel Rotwein mit Zucker zu trinken. Und erreichte mit dieser Gewohnheit ein fast methusalemisches Alter, das sie mit einem hohen Preis bezahlte: Alle drei ihrer Kinder starben vor ihr.

Du, Papa, erzähltest kaum jemals etwas Zusammenhängendes, ergingst dich meist in Andeutungen, die keiner verstand. In die Praterschule seist du gegangen, sagtest du, und das bedeutete wohl, dass du den Umgang mit Wiener Strizzis gepflegt und von ihnen so manchen Schmäh und Trick gelernt hattest. Manchmal sagtest du, du seist in die Hochschule gegangen, in die Hochschule, sagtest du, nicht auf die Hochschule, wahrscheinlich war es eine Volkshochschule, vielleicht befand sich ja die in der Nähe des Praters, ich habe nie gefragt.

Ich habe als Kind nie viel gefragt. Vielleicht hab' ich als Kind überhaupt nie etwas gefragt. Kinder soll man sehen, aber nicht hören. War das die goldene Regel, nach der ich erzogen wurde? Jetzt hätte ich viele Fragen.
Du bist zu früh gestorben. Zweimal zu früh, das erste Mal viel zu früh. Als Mischa geboren wurde. Ich war damals acht. Bald nach Mischas Geburt merkte ich, dass du dich aus der Verantwortung gestohlen hast. Die Schuld an Mischas Behinderung der Mutter zugeschoben hast. Und ich die Lücke füllen musste, die deine innere Emigration hinterließ. Ich hatte beim ersten Anblick dieses kleinen bedauernswerten Wesens, das in einem Brutkasten (heute sagt man Inkubator) in der Kinderklinik Glanzing lag, gedacht: Dieses Kind gehört mir. Ein seltsamer Gedanke für ein achtjähriges Kind, nicht wahr? Aber wer weiß, vielleicht war ich mit acht klüger als ich es jetzt bin. Nach Mischas Geburt habe ich dich aus der Liste meiner bedeutungsvollen Menschen gelöscht. Deine Stelle nahm bald darauf mein Klassenvorstand ein, der mir bis zu seinem Tod ein väterlicher Freund war. „Hast du keinen Vater?", hat er mich einmal gefragt, „du sprichst immer nur von deiner Mutter." „Doch!", sagte ich, „aber er ist nicht mehr wichtig."
Irgendwann fingst du an, vom Krieg zu sprechen. In langen Tiraden am Mittagstisch. Endlose trockene Wortkaskaden, die mir bei den Ohren herausstaubten, die aber niemand unterbrach, nicht einmal Mutter. Ich erfuhr dabei nichts Essentielles, nichts, was dich tatsächlich bewegt hatte, nichts, wovor du Todesangst gehabt hattest, kein Bedauern über die verlorenen besten Jahre deines Lebens, kein Wort über die erduldeten Entbehrungen, kei-

nes über das Lazarett in Amsterdam, wo du wochenlang schwer verwundet gelegen bist, nur immer dieselben Schwejk-Geschichten über die russische Gefangenschaft: Wie du und deine Kameraden Kartoffeln von den Feldern gestohlen und am Feuer gebraten habt, es hörte sich an, als seist du auf einem Pfadfinderlager gewesen.
Du hast mir nie etwas geschenkt. Geschenke kamen immer von der Mutter. Sie dachte sich die Geschenke aus, kaufte ein, bastelte, häkelte, strickte. Sie war grenzenlos im Schenken, so grenzenlos, dass es gegen Ende ihres Lebens schon zur Belastung für die Beschenkten wurde.
Nur ein einziges Mal hast DU mir etwas geschenkt. Da mussten wir stante pede in das entsprechende Geschäft gehen und es besorgen. Eine Schallplatte von Sœur Sourire: Dominique, nique, nique …
Im Augenblick des Kaufens war ich voll überschäumender Freude. Dass du die Platte eigentlich für dich selbst gekauft hattest, wurde mir erst später bewusst. Ich war nur der Plattenspieler.
Erinnerst du dich, Papa? Ich singe dir den Refrain vor, die übrigen Textzeilen hab' ich mir nicht gemerkt …
Dominique, nique, nique,
s'en allait tout simplement,
routier, pauvre et chantant,
en tous chemins, en tous lieux,
il ne parle que du Bon Dieu,
il ne parle que du Bon Dieu.

Du bist nie in die Kirche gegangen, und trotzdem spielten wir damals gefühlte tausend Mal diese Platte der Sœur Sourire, der lächelnden Schwester, die Geschichte vom

frommfröhlichen Dominique, der den lieben langen Tag vom guten Gott erzählt.
La vie et la vérité, so lauteten die letzten Worte dieses klosterschwesterlichen Schlagers. La vie et la vérité … eigentlich hätten diese Worte besser zu Mutter gepasst. Sie liebte das Leben und sie liebte die Wahrheit.
Und du? Wen oder was liebtest du? Ich kann mich nicht erinnern, dass du Mischa jemals in die Arme genommen oder mit ihm gespielt hättest. Ich sehe dich nicht einmal mit ihm sprechen.
Ein einziges Mal hat Mutter dich gebeten, für ein paar Stunden auf Mischa aufzupassen. Es war ein Sonntagnachmittag, und Mutter bestand darauf, dass ihr nach einer anstrengenden Arbeitswoche ein paar Stunden Ruhe und Entspannung zustanden. Ruhe und Entspannung bedeutete für Mutter Kartenspielen im Kaffeehaus. Du hast protestiert, Mutter ging trotzdem. Ich lag an dem Tag mit Fieber und einer schweren Halsentzündung im Bett. Eine Stunde lang ging alles gut, dann begann Mischa zu weinen, du holtest mich dazu, du hattest keine Ahnung, was zu tun war, ich wickelte Mischa, beruhigte ihn, gab ihm sein Fläschchen und kroch danach wieder ins Bett. Mein Gesicht glühte. Vor Fieber, Zorn und Enttäuschung.
Irgendwann wurde deine Krankheit unübersehbar. Deine Sprunghaftigkeit, deine Launenhaftigkeit, dein Beharren auf Kleinigkeiten. Der Innenhof neben dem Möbelgeschäft musste auf eine ganz bestimmte, von dir vorgeschriebene Art und Weise zusammengekehrt werden, wenn ich es anders machte, hast du mir den Besen aus der Hand gerissen und mir gezeigt, wie man es – deiner Meinung nach – richtig machte.

Du hast mir eine tote Ratte gezeigt und dich an meinem Entsetzen geweidet.
Du hast mir ein blaues Auge geschlagen und dich nie dafür entschuldigt.
Die Mutter gab die Schuld an der ganzen Sache mir. Ich hätte dich provoziert. Ich wollte mir das Auto ausborgen, für eine kurze Fahrt zu meiner besten Freundin Isa, aber du hast es nicht erlaubt. Ebenso wenig wie du es mir ein paar Jahre zuvor erlaubt hattest, allein mit dem Bus nach Wien zu fahren, als ich Mutter besuchen wollte, die nach einer schweren Operation im Spital lag. Gefahren bin ich trotzdem.
Später ging Mutter in ihrer Anschuldigung noch weiter, sie gab mir die ganze Schuld an deiner Krankheit. Weil du ihn geschlagen hast, ist er krank geworden!
Moment, sagte ich, nur um das richtig zu stellen: ER hat MICH geschlagen.
Viel später, zu spät, habe ich begriffen, dass dein seltsames Verhalten, deine Krankheit, dass dein Tod „ein Meister aus Deutschland“ war. Und aus Österreich. Und aus Russland. Und aus …
Und ich frage mich immer öfter, wie viele unschuldige Menschen in Zukunft noch den „Meistern“ zum Opfer fallen werden. Müssen.
Irgendwann konntest du das Zittern deiner rechten Hand nicht mehr verbergen.
Irgendwann konntest du nicht mehr alleine essen.
Irgendwann begannen sich seltsame, völlig irrationale Gedanken in deinem Kopf zu verwirren.
Irgendwann konnte man dich nicht mehr allein lassen.
Irgendwann wurde es Mutter zu viel.

So bist du also in dem Sanatorium gestorben, wo du die letzten Monate deines Lebens verbracht hast, wundgelegen und aufgescheuert, wenige Tage vor deinem achtundsechzigsten Geburtstag. Der Tod hatte dein Gesicht wieder zurückverwandelt in das Gesicht des Mannes, der du vor der Krankheit gewesen warst: lebhaft, gewitzt, charmant, eigensinnig und ein bisschen verantwortungslos.

Einmal – das war noch vor deiner Krankheit – hattest du Mutter versprochen, dass wir gemeinsam einen Ball besuchen. Mutter und ich waren voller Vorfreude, wir zogen unsere Ballkleider an, schminkten uns, lachten, auch Mischa sollte mitgehen, Mutter hatte ihm für diesen Anlass einen Anzug gekauft, er hatte den Anzug bereits an und schien sich irgendwie zu freuen, obwohl er nicht recht wusste, was ihn erwarten würde. Du hattest ein Bad genommen, wir drängten dich, du solltest dich endlich fertigmachen, du saßest noch in Unterhose und Unterhemd am Esszimmertisch, da sagtest du plötzlich: „Ich gehe nicht mit. Ich habe keine Lust!“

Mutter und ich standen völlig betropetzt da, auch Mischa schien zu spüren, dass etwas nicht stimmte, da nahm Mutter eine straffe Haltung an, reckte den Kopf in die Höhe und sagte: „Gut, dann gehen wir eben alleine!“

Wir gingen ins Dorfgasthaus, wir trafen dort glücklicherweise ein paar Bekannte, die uns an ihren Tisch einluden und Mutter und mich gelegentlich zum Tanzen aufforderten, ich tanzte auch einmal mit Mischa, einen langsamen ungelenken Tanz.

Als ich dir am nächsten Tag, bevor du dich zum Esstisch setztest, den Sessel wegzog, damit du dich ins Leere setzen

und fallen würdest, warnte Mutter dich im letzten Moment und sagte zu mir: „Stop! Heide, das ist ein schlechter Scherz, da könnte Papa sich arg verletzen!“
Ich wunderte mich über ihre Solidarität.

Immer eine gerade Zahl

Es muss immer eine gerade Zahl sein. Nie kann ich bei einer ungeraden Zahl aufhören. Eine ungerade Zahl ist unvollständig, steht nur auf einem Bein, schwankt. Meine Zahl steht am besten auf vier Beinen. Wie ein stabiler Sessel. (Oder auf einem Vielfachen von vier.)
Also – gerade: Eins – zwei – drei … zehn …
dreizehn – vierzehn – fünfzehn … zwanzig …
Zwanzigmal beim letzten Mal.
Dann konnte ich endlich aufhören.
Fühlte mich leicht.
Nicht mehr schuldig.
Wie neugeboren.

Schwester Dolores

„Ich hoffe, Sie nutzen die verbleibenden Tage der Karwoche zur Einkehr und Reue. Senden Sie mir (als Buße, dass Sie derlei Machwerk überhaupt in Sprache fließen ließen) umgehend die verwerfliche Seite aus allen vorhandenen Exemplaren Ihres verwerflichen Buches, damit ich sie (nach gewissenhafter vorheriger Lektüre) in einem unserer Osterfeuer vernichten kann. Ich verbleibe mit klösterlichem Gruß und einer eindringlichen Ermahnung zur Umkehr Ihre Hermengilde Wanzenreith, Mutter Oberin vom Erzbischöflichen Stift zu den rostigen Engelein …"

Es dauerte eine Weile, bis die Autorin Heide Mahr erkannte, dass es sich bei diesem Fax um einen der mittlerweile berühmt-berüchtigten Scherze ihrer Autorenfreundin Greta handelte.

Heide schlüpfte daraufhin in die Rolle der Schwester Dolores, eine Rolle, die ihr in Bezug auf ihren Bruder Mischa auch im Leben nicht fremd war, nicht ohne die „Mutter Oberin" für die „rostigen Engelein" zu tadeln:

„Aber der größte Schock – fürwahr! – das sind die rostigen Engelein! Sie haben mir, weil ich ENGEL geschrieben habe, Ungenauigkeit und Unkonzentriertheit unterstellt – wie unwahr! Ich habe dieses Unwort Engelein aus dem Korsett des Diminutivs befreit, das seiner unwürdig ist. ENGEL sind etwas Großes, Hehres, Erhabenes, Gewaltiges, Engel kommen mit riesigen Flügeln daher oder mit Flammenschwertern, Engel sind mächtig, beinahe gottgleich! Engel dürfen nicht verkleinert, nicht verniedlicht werden – das ist Engelslästerung! Deshalb habe ich die

Engel aus Ihrer Kleinmacherei befreit. Oder glauben Sie, meine Beste, dass ER da oben eine große Freude hätte, wenn Sie ihn als Gottlein bezeichneten? Es wäre eher ein kleines Freudlein, nicht wahrlein? Na alslein! Trotz dieser englischen Enttäuschung wünsche ich Ihnen ein frohes Osterfest!
Ihre Schwester Dolores“

Bruder und Schwester

Mutter war immer noch eine schöne Frau, trotz ihrer 94 Jahre. Saß die meiste Zeit in ihrem Fauteuil, dem bequemen Fauteuil mit elektrischer Höhenverstellung, die allerdings mit zunehmendem Alter des Fauteuils immer seltener funktionierte, was für Mutter jedes Mal eine mittlere Tragödie war. Mutter hatte den gewissen Blick, mitleidheischend und empört zugleich, dieses gewisse Augenverdrehen, das besagte: Der Fauteuil ist schon wieder kaputt. Dann musste eine Reparatur organisiert werden, jemand musste gerufen werden, wobei man nie recht wusste, ob dieser Jemand ein Möbelfachmann oder doch besser ein Elektriker sein sollte. Schließlich wurde ein (männliches) Faktotum gefunden, das die Reparatur tadellos hinkriegte und fortan für die Gesundheit des Fauteuils zuständig war.

Irgendwann hatte ich mir angewöhnt, mein Handy nicht mehr auszuschalten, um auch in der Nacht jederzeit erreichbar zu sein, für meine Mutter, für meinen Bruder, vor allem für den Bruder, den behinderten Bruder, der sich in rührender Weise um die Mutter kümmerte und mir damit ein einigermaßen normales Leben samt einer gewissen Reisefreiheit ermöglichte.

Bis er eines Nachts anrief und mich aus dem Tiefschlaf riss. „Was ist passiert?“, fragte ich. Und Mischa, der Bruder, sagte – in seiner schwer verständlichen Sprache: „Mutti aus Bett gefallen. Kann nicht aufheben.“

„Ich komme sofort!“, sagte ich, sprang aus dem Bett, sprang ins Auto, im Pyjama, war in ein paar Minuten bei ihm.

Die Mutter lag bäuchlings auf dem Teppichboden im Schlafzimmer, das Glastischchen neben ihrem Bett hatte sie im Fallen umgeworfen, die Medikamente lagen verstreut auf dem Boden.
„Kann nicht alleine …“, sagte Mischa.
„Natürlich kannst du nicht!“
Wir schafften es zu zweit nur mit größter Mühe, sie wieder ins Bett zu heben. Mutter hatte zwar in den letzten Jahren an Gewicht verloren, aber auch an Kraft, sodass wir einen beinahe reglosen 75-Kilo-Körper über die Distanz der Betthöhe hieven mussten. Wir mussten fest zupacken, gleichzeitig wollten wir ihr nicht wehtun, Mutter war in der letzten Zeit sehr schmerzempfindlich geworden, was ich von ihr zeitlebens nicht gewohnt war.
Kastanienstachelhände. Ihre Kastanienstachelhände. Vor vielen Jahren. Mutter hatte beim Zusammenklauben versehentlich fest in einen Kastanienigel gegriffen. Sie machte kein großes Drama daraus, obwohl die Stacheln wochenlang aus ihren Händen eiterten. Andererseits lamentierte sie ewig über ihre Darmbeschwerden, das Glas Glaubersalz, das sie in der Früh trank, war ein priesterliches Ritual. Und über ihre Wechselbeschwerden wusste ich besser Bescheid als später über meine eigenen.
In jener Nacht, als mein Bruder und ich unsere Mutter schließlich doch im Bett hatten und sie wieder eingeschlafen war, fuhr ich nach Hause und versuchte noch etwas Schlaf zu erhaschen. Ich wälzte mich eine Weile im Bett herum, und als ich endlich eingeschlafen war, läutete gefühlte fünf Minuten später abermals das Telefon. In Wirklichkeit war es fünf Uhr morgens.
„Schon wieder!“, sagte Mischa.

Ich fuhr wieder in ihr Haus.
Wir hievten sie wieder ins Bett.
Wieder, wieder, wieder – so konnte es nicht weitergehen.
„Schlaf noch ein bisschen", sagte ich zu Mischa. Ich sah, wie erschöpft er war. Sein Gesicht war schmal und abgezehrt. Ich hatte ein schlechtes Gewissen, weil ich so lange Zeit die Pflege der alten Mutter fast ihm allein überlassen hatte. Gute Ausreden hatte ich gefunden: Er war behindert, er hatte Zeit, er hatte eine Aufgabe.
Ich hatte einen Beruf, eine Familie, keine Zeit.
Aber jetzt war es an der Zeit, dass meine Zeit kam. Jetzt war es an der Zeit, Zeit zu haben. Für das Wichtige. Höchste Zeit für das Wichtige. Höchste Zeit, dass ich, die große Schwester, übernahm, bevor mein Bruder an der zu großen Aufgabe zerbrach.
„Von nun an werde ich hier schlafen", sagte ich.
Mischa lächelte und nickte.

Große Schwester

Meine große Schwester. Mein Vorbild. Ich wollte immer so sein wie sie. Aber ich hinkte nur hinterher. Sie war um zwei Jahre älter als ich und um zehn Zentimeter größer. In der Schule flog ihr alles zu, sie hatte lauter Einser, und dabei brauchte sie sich nicht einmal anzustrengen. Meine Lehrerin hingegen seufzte und sagte immer und immer wieder: „Nimm dir deine Schwester zum Vorbild!" Dann schwieg ich, obwohl ich am liebsten gesagt hätte: „Das tu ich ja die ganze Zeit. Aber ich schaffe es nicht."

„Nimm dir deine Schwester zum Vorbild!" Ich weiß nicht, wie oft ich diesen Satz gehört habe. Wenn ich zum Beispiel beim Rechnen behauptete, 19–7+9–5 sei 15, dann verdrehte die Lehrerin schmerzhaft die Augen.

„Nicht raten, Gabi! Rechnen! Denken! Überlegen!" Und ich wusste, dass bei der nächsten falschen Rechnung der Satz kommen würde: „Deine Schwester hat alles auf Anhieb gekonnt. Nimm dir an ihr ein Beispiel!"

Auch ich verdrehte schmerzhaft die Augen, aber nur innerlich, denn äußerlich wollte ich mir nicht anmerken lassen, wie sehr mich die ewigen Vergleiche mit meiner Schwester kränkten. Dann kriegte ich dieses komische Gefühl im Bauch, ein leises Kribbeln zuerst, und dann war mir, als würde sich mein Magen zusammenschnüren und es würde nie mehr etwas hineinpassen. Manchmal stieg es mir auch sauer hoch, die ganze Speiseröhre entlang, ich konnte es bis in den Mund hinauf spüren, dann schluckte ich, aber der bittersaure Geschmack blieb.

Und wie sie aussah, meine große Schwester! Sie hatte ein makelloses Gesicht und war schlank wie ein Top-Model. Dabei konnte sie essen, was sie wollte, sie futterte Unmengen und nahm kein Gramm zu. Ich hingegen sah aus wie aufgepolstert.

Wenn Mama mich mit dem bestimmten Blick anschaute, dachte ich oft, sie bedaure, dass ich nicht so war wie meine Schwester. Und dass sie meine große Schwester mehr liebte als mich. Dann fühlte ich mich schuldig, weil ich so war, wie ich war: hässlich, dick und dumm.

Konnte ich das ändern? Konnte ich so werden wie meine Schwester?

Schön, schlank, schlau?

Das Wachsen konnte ich nicht beeinflussen. Aber ich konnte versuchen abzunehmen. Nicht mehr so viel Butter aufs Brot schmieren. Nicht so große Bissen nehmen. Nicht so hastig essen. Und am Abend nicht zwei Brote verdrücken, sondern nur eins. Oder gar keins. Dann würde mich meine Mutter auch nicht mehr mit dem bestimmten Blick anschauen.

Und ich würde lernen, was das Zeug hält. Alle Nachmittage, und wenn es sein musste, auch am Abend und in der Nacht.

Meine Noten waren schlecht. Dabei ging ich erst in die Volksschule. Beim letzten Rechentest hatte ich von zehn Rechnungen nur drei richtig gehabt. Die Lehrerin schaute mich vorwurfsvoll an und setzte zu ihrem Standardsatz an. Ich winkte ab. „Ich weiß … ich soll mir an meiner Schwester ein …"

„Frech auch noch!", sagte die Lehrerin. Das hieß im Klartext: Dumm und frech – das ist zu viel!

Als ich den Test meiner Mutter zeigte, machte sie ein echtes Drama daraus. „Gabriela", sagte sie im vorwurfsvollsten Ton, zu dem sie fähig war, „wieso begreifst du das nicht? Das kann doch nicht so schwer sein!" Sie fing beinahe zu weinen an, was ich ziemlich übertrieben fand. „Gabriela", sagte sie noch einmal – auch sie sagte Gabriela, wenn sie „ernsthaft" mit mir redete, genauso wie Michael, nur bei Michael fand ich es lustig, bei Mutter nicht –, „Gabriela", sagte sie, „was soll aus dir werden, wenn du in der Volksschule schon versagst?"
„Totengräber", sagte ich. Es hätte ein Scherz sein sollen. Mutter gab mir eine Ohrfeige. Später entschuldigte sie sich.
Meine Vorsätze begannen Wirkung zu zeigen. Mein kindlicher Kugelbauch verschwand. Ich schaute in den Spiegel. Begann mir zu gefallen. Ich lernte stundenlang am Nachmittag. Meine Noten wurden besser, Mutter schaute mich immer seltener mit ihrem berühmten Blick an. Stattdessen schauten mich meine Schulkolleginnen manchmal neidisch an. „Du bist schlank geworden", sagten sie. „Wie machst du das?"
Ich war glücklich. Wirklich glücklich. Für kurze Zeit.

Dann bin ich aus der Kindheit gefallen.
Der Stoß war heftig, der Fall war tief. Vielleicht bin ich ins Bodenlose gefallen, aber nein, doch nicht, denn ich bin danach oft gefallen, und es ging immer noch tiefer hinab. Also muss damals ein Boden gewesen sein. Irgendwo – tief unten.
Der Frühstückstisch war gedeckt, Mutter werkte in der Küche, meine Schwester wollte gerade zum Bus gehen, sie

besuchte jetzt die Hauptschule, Vater war wieder einmal auf Montage.
Mutter hielt den Kopf gesenkt, das war nicht ihre Art, sie hielt sich immer sehr gerade, fast übertrieben aufrecht, sie schimpfte oft mit mir wegen meiner schlampigen Haltung. Aber an diesem Morgen hielt sie den Kopf gesenkt, dann fuhr sie sich mit der Hand übers Gesicht, plötzlich brach sie in Tränen aus, das Weinen ging in ein lautes Schluchzen über, ein Zucken ging durch ihren Körper, und sie sagte mit tränenerstickter Stimme: „Michael ist von einem Autobus angefahren worden. Er ist …" Das Wort „tot" brachte sie nicht mehr über die Lippen, aber wir verstanden auch so.
Ich rannte aufs Klo, weil ich brechen musste. Dann putzte ich mir die Zähne und spülte den Mund zehnmal aus, weil mir so grauste. Ich brachte keinen Bissen des Frühstücks hinunter, obwohl meine Mutter mich nötigte.
„Ich kann nicht, Mama", sagte ich. „Ich kann nicht!"
Tagelang war ich nicht fähig, in die Schule zu gehen. Ich lag im Bett und weinte und schlief und weinte. Mutter versuchte mich zu trösten, aber das half nichts. Wahrscheinlich hätte sie selbst Trost gebraucht.
Vielleicht habe ich damals beschlossen, mich aufzulösen.

Von diesem Tag an lebte ich wie in einer Kapsel. Nichts drang hinein, nichts drang heraus.
Ich ging in die Schule, saß allein in meiner Bank, sprach mit niemandem, ich arbeitete nicht mit, ich zeigte nicht auf, ich tat gerade nur so viel, dass ich das Jahr positiv abschließen konnte.

Am Abend, vor dem Einschlafen, hatte ich oft das Gefühl, als würden sich meine Gedanken im Kopf zu einem wirren, ja unentwirrbaren Knäuel verknoten, Schlangen, die sich wanden, die zischten und giftige Zungen aus den Mäulern schießen ließen. Dann ging ein Zucken durch meinen Kopf und durch den ganzen Körper, ganz kurz, ganz schnell, vielleicht nur für den Bruchteil einer Sekunde, wie eine winzige Ohnmacht, aber auch danach kamen die Schlangen nicht zur Ruhe, sie quälten mich, zischten lauter, versprühten ihr Gift, bis ich endlich in einen dumpfen Schlaf fiel, aus dem ich niemals erholt erwachte.
Auch in der Schule waren die Schlangen im Kopf da, sie waren jetzt fast immer da, und wenn sie zu giftig zischten, kam wieder dieses Zucken, das war wie ein Blitz im Kopf oder wie viele Blitze, und nachher wusste ich nicht, was die Lehrerin gesagt hatte, ich versuchte mich zu konzentrieren, aber da fuhr schon der nächste Blitz durch den Kopf, die Füllfeder fiel mir aus der Hand, ich bückte mich erst nach einiger Zeit danach, irgendjemand murmelte etwas von „langer Leitung" oder so, ich kriegte es nicht richtig mit, hob die Füllfeder auf, versuchte wieder mich zu konzentrieren, aus irgendeiner undefinierbaren Ferne, wie durch Watte, hörte ich, dass jemand sagte: „Jetzt spinnt die schon total!"

In den Ferien kamen die Schlangen in meinem Kopf allmählich zur Ruhe. Ich streifte stundenlang allein durch die Streuobstwiesen, ich saß Nachmittage lang am Bachufer, mit dem Rücken an einen Weidenstamm gelehnt, schaute dem leisen Strömen des Wassers zu und dem

langsamen Ziehen der Wolken. Erinnerte mich an die glücklichen Tage mit Michael. Sein Tod hatte mir meine Unversehrtheit geraubt, meine Freude, meine Sprache. Manchmal dachte ich, dass ich die Fähigkeit zu sprechen schon ganz verloren hätte, und wunderte mich, wenn hie und da ein Satz aus meinem Mund schlüpfte. Dann erschrak ich fast und hielt mir die Hand vor den Mund. Meine Familie hatte sich so an meine Sprachlosigkeit gewöhnt, dass sie ihnen nicht mehr auffiel.
Das einzig Gute in dieser Zeit war, dass ich kaum etwas essen konnte. Ich saß zwar am gemeinsamen, von meiner Mutter immer noch schön gedeckten Tisch, nahm mir ein paar Happen auf den Teller, stocherte eine Weile darin herum, aß ein, zwei Bissen und ließ den Rest stehen. Es fiel niemandem auf.
Ich war schlank und sonnengebräunt und fühlte mich auf eine seltsame Art schön. Nicht so schlank und schön wie meine große Schwester, aber doch so schön wie noch nie in meinem Leben. Meine Mutter hingegen wurde immer rundlicher, manchmal rannte sie schnell und unvermittelt aufs Klo und hielt sich dabei die Hand vor den Mund.
Eines Abends nahm sie meine Schwester und mich beiseite. „Setzt euch zu mir", sagte sie, ihre Stimme hatte die Farben eines Regenbogens. Wir setzten uns alle drei auf die Wohnzimmerbank, Mutter in der Mitte, sie legte ihre Arme um unsere Schultern. „Ich muss euch etwas sagen", begann sie. „Ich ... ich ... wir bekommen ein Baby."
Das traf mich wie ein elektrischer Schlag. Ein Baby? Jetzt? Ich war zehn und meine Schwester zwölf. Ich war eine „Problemschwangerschaft" gewesen. Der Arzt hatte damals meiner Mutter geraten, keine Kinder mehr zu be-

kommen. Das hatte Mutter oft genug erzählt, ich hatte mich jedes Mal schuldig gefühlt. Und nun ein Baby? Ein kleines Kind, das die ganze Aufmerksamkeit auf sich ziehen würde. Das ich um seine Unschuld beneiden würde.
„Was sagt ihr dazu?", fragte Mutter erwartungsvoll.
„Was sollen wir sagen?", entgegnete meine Schwester.
„Freut ihr euch denn nicht?" Mutters Stimme klang plötzlich grau.
Meine Schwester und ich zuckten die Achseln.
Wir saßen noch eine Weile stumm auf der Wohnzimmerbank, Mutters Arm auf meiner Schulter wurde immer schwerer, plötzlich ging wieder dieses Zucken durch meinen Körper, Mutter zog ihren Arm zurück, oder vielleicht hatte das Zucken ihn abgeschüttelt, Mutter sagte etwas, das ich nicht verstand, ich war wieder einmal für einen winzigen Moment aus der Wirklichkeit gekippt.
„Gabriela, was ist mit dir?", fragte Mutter besorgt.
„Nichts", sage ich. „Es ist nichts."
„Aber du zitterst ja", sagte Mutter.
„Mir ist nur ein bisschen kalt", sagte ich.

In Nachthemd und Schlafrock

Warme Tage, kalte Nächte. Ich richtete mich ein. Da mein eigenes Haus ganz in der Nähe des „Mutterhauses“ liegt, war das keine große Sache. Ein Büro passt in eine Laptoptasche. Ein Pyjama, das Waschzeug, ein Paar Flipflops und frische Unterwäsche passen in jede noch so kleine Reisetasche. Tagsüber würde ich immer wieder nach Hause fahren können, wenn ich etwas brauchte. Und da mein Mann und ich eine Together-apart-Beziehung führten, war es für ihn völlig egal, in welchem Haus ich nicht mit ihm schlief.

Ich richtete mich also ein. Für längere Zeit, wie ich meinte.

Es war seltsam, nach so vielen Jahrzehnten wieder mit der Mutter gemeinsam in einem Haus zu schlafen. Das Wohnzimmer hatte Rosenvorhänge und eine Rosentapete, eigentlich nur die Bordüre einer Rosentapete, in der einen Ecke stand eine graubraun gepolsterte Eckbank samt Esstisch und Sesseln, an der gegenüberliegenden Wand eine tannengrüne Couch und ein ausziehbares Schlafsofa, davor ein schwerer, quadratischer Glastisch, an der dritten Wand der in den 1970er Jahren unvermeidlich gewesene Wandverbau, der Platz bot für das edle Herend-Porzellan, für Kristallgläser, das „gute“ Besteck, für Bücher, Nippes, Spirituosen, Dokumente und Schreibsachen, an der vierten Wand stand die zum Wandverbau passende Anrichte, in der Tischtücher, die gewöhnlichen Gläser und ein paar Gesellschafts- und Kartenspiele aufbewahrt wurden. Ich räumte zwei Regale für meine

Sachen frei, platzierte Laptop und Handy auf dem Tisch und das Buch, das ich gerade las, auf dem schweren Glastisch vor der grünen Couch. Den Pyjama warf ich aufs Schlafsofa, und somit war ich eingerichtet. Mein Bruder und ich bereiteten der Mutter ein kleines Abendessen zu und brachten es ihr ins Schlafzimmer.

Mutter lebte im Schlafzimmer. Seit langer Zeit schon. Sie beklagte sich zwar immer wieder, dass mein Bruder das ganze Haus für sich beanspruche und überall nur Chaos hinterlasse, womit sie durchaus recht hatte, mein Bruder war ein kaufsüchtiger Messie, dennoch war das Wohnzimmer immer unangetastet geblieben und hätte durchaus von der Mutter genützt werden können. Es war auch das größere und weitaus sonnigere Zimmer. Das Schlafzimmer lag nordseitig, das Wohnzimmer südseitig, die Sonne schien von Mittag bis zum späten Nachmittag hinein, während das Schlafzimmer immer kalt und grau war. „Warum gehst du tagsüber nicht ins Wohnzimmer?", hatte ich Mutter oft gefragt. „Es ist so viel schöner, heller, wärmer dort. In deinem düsteren Schlafzimmer wirst du noch depressiv!"

Aber Mutter wollte nicht. Und wenn sie etwas nicht wollte, hatte man keine Chance sie umzustimmen. Sie zog sich auch nicht mehr an, sie lebte in Nachthemd und Schlafrock im düsteren Schlafzimmer. Verließ das Haus nicht mehr. Was ich nicht verstehen konnte, sie war immer ein geselliger Mensch gewesen. Wir, mein Mann Stefan und ich, hätten sie ins Kaffeehaus geführt, die Mutter im Rollstuhl, unsere Enkelkinder im Kinderwagen, es hätte gut gepasst, einer schiebt die obere Generation, einer die untere, Mutter hätte ein paar Bekannte getroffen, ich bin sicher, das hätte sie gefreut und in eine bessere Stimmung versetzt. Aber sie wollte partout nicht. Alles war ihr zu beschwerlich, alles war eine Plage. Und geplagt hatte sie sich ihrer Meinung nach in ihrem ganzen Leben mehr als genug.

Sie lebte also in Nachthemd und Schlafrock im nordseitigen grauen Schlafzimmer, mit grauen Möbeln und einem beigen Spannteppich, über dem ein rosafarbener Berberteppich lag, über den sich Mutter eines Tages „derstolpern" würde, wie man in unserer Gegend zu sagen pflegt.

Was sie auch irgendwann einmal tat.

Am Heiligen Abend. Wann sonst?

Es ist ja so: Mütter stürzen am Heiligen Abend, Zahnschmerzen beginnen am Ostersonntag und Heizungen fallen am liebsten am Christtag oder am 1. Jänner aus.

Mutters Zimmer nach dem Sturz am Vormittag des Heiligen Abends sah aus, als hätte eine Bombe eingeschlagen. Im Sturz hatte sie alles mitgerissen, was sich ihr in den Weg gestellt hatte, sogar den Fernsehapparat von der hohen Kommode. Dass das alte Röhrenungetüm sie nicht erschlagen hatte, war ein großes Glück.

So lagen da also: das Fernsehungetüm, ein Wasserglas, eine Mineralwasserflasche, ein Zierdeckchen, ein Fiebermesser, das Blutdruckmessgerät, zehn Tablettenschachteln, und inmitten von all dem – Mutter.

Plötzlich stand ein ähnliches Bild vor meinen Augen: Mischas Zimmer, nachdem er in einem Wutanfall alles zertrümmert hatte, was ihm in die Hände gefallen war: den Fernsehapparat, das Radio, die Tischlampe, den gläsernen Kerzenständer ... Seine Bücher hatte er vom Regal

gefegt, die Tablettenschachteln auf den Boden geschmissen.
Der damals herbeigerufene Amtsarzt schrieb eine Einweisung in eine psychiatrische Anstalt. Als Mischa weggebracht wurde, saß er mit versteinertem Gesicht da. In seinen Augen lag das Leid seines ganzen armseligen Lebens.
Ich stand fassungslos in dem Heiligen-Abend-Chaos in Mutters Zimmer und bekam einen meiner berühmt-berüchtigten Tobsuchtsanfälle. Der angesichts Mutters hilfloser Lage völlig unangebracht war, angesichts der Tatsache, dass ich just zu dieser Zeit eigentlich im Café meines Sohnes hätte arbeiten und gleichzeitig die letzten Weihnachtsvorbereitungen hätte treffen sollen, aber zumindest verständlich. Außerdem hatte Mutter ihr Leben lang die schlechtesten Zeitpunkte für ihre „Eskapaden" gehabt. Einmal – ich hatte am Vortag bis Mitternacht im Café gearbeitet und musste am nächsten Morgen aufräumen und ein großes Frühstücksbuffet vorbereiten – sollte ich just zur selben Zeit Mutter in die Arztpraxis bringen und von dort auch wieder abholen. Ich sagte ihr, sie solle unbedingt in der Praxis auf mich warten, ich wisse nicht genau, wann ich vom Café wegkommen könnte. Ich beeilte mich, fuhr los, fand sie aber nicht mehr in der Praxis. Es hatte ihr schon zu lange gedauert, Mutter war einfach losmarschiert, befand sich irgendwo mitten auf der Hauptstraße, wo ich sie erst nach dreimaligem Herumkurven entdeckte und auflas.
Wie Mutter es geschafft hatte, das Fernsehungetüm von der Kommode zu reißen, ist bis heute ein unlösbares Rätsel für mich geblieben, setzte dieser Akt doch eine er-

staunliche Kraft voraus, die sie aber angeblich und offensichtlich nicht hatte. Nicht mehr hatte. Denn früher, als sie noch das Möbelgeschäft betrieb, hatte sie erstaunlich gut zupacken können.
Ich stellte einen schweren Fauteuil vor Mutters Bett, der sie vor dem Herausfallen schützen sollte. Was tat Mutter? Sie rief mich nicht, obwohl ich im Nebenzimmer jeden Pieps gehört hätte, sondern schob mit einer Kraft, die von irgendwo herkam, den schweren Fauteuil vom Bett weg, stand auf – und fiel zu Boden.
Die erste Nacht. Wie lange hatte ich schon nicht mit der Mutter in einem Haus geschlafen? Es war Jahrzehnte her, dass wir zum letzten Mal gemeinsam auf Urlaub gefahren waren, nach Ungarn, meine Tochter Sarah und ich waren täglich ausgeritten, die Mutter und mein Bruder Mischa schwimmen gegangen. Wir hatten auch ungarische Verwandte besucht, einen Cousin der Mutter, der freundlich, gütig und umsichtig war und den ich mir immer als Vater gewünscht hätte, seit mein eigener Vater keine Rolle mehr für mich spielte.
Die erste Nacht. Mischa und ich hatten gemeinsam die Mutter versorgt, ihr ein Abendessen ins Schlafzimmer gebracht, ihr bei der Abendtoilette und danach ins Bett geholfen. Nun würde ich die Stille genießen, ein bisschen Zeit für mich alleine, noch etwas lesen, meinen Gedanken nachhängen. Ich schlug das Buch auf, las einen kleinen Absatz, da hörte ich, wie Mutters sprechende Uhr zehnmal schlug und kurz darauf mit mechanischer Stimme ihre Informationen vortrug: „Es-ist-zweiundzwanzig-Uhr-die-Temperatur-beträgt-zweiundzwanzig-Grad-die-Luftfeuchtigkeit-beträgt-neunzig-Prozent.“

Mutters sprechende Uhr. Sie hatte sie gekauft, als sie das Ziffernblatt ihrer großen Wanduhr nicht mehr entziffern konnte. Wenn ich die Mutter tagsüber besucht hatte, war diese sprechende Uhr eine Quelle des Amusements gewesen, aber jetzt, in der Nacht, war ich überhaupt nicht mehr amused. Noch dazu, wo ich wusste, dass Mutter die Uhrzeit sofort vergessen und die sprechende Uhr daher zwei Minuten später wieder sprechen würde. Und genauso war es auch. Zwei Minuten später sagte die Uhr: „Es-ist-zweiundzwanzig-Uhr-und-zwei-Minuten-die-Temperatur-beträgt-zweiundzwanzig-Grad-die-Luftfeuchtigkeit-beträgt-neunzig-Prozent."
Und wieder zwei Minuten später: „Es-ist-zweiundzwanzig-Uhr-und-vier-Minuten-die-Temperatur-beträgt-zweiundzwanzig-Grad-die-Luftfeuchtigkeit-beträgt-neunzig-Prozent."
In meinem Kopf platzte etwas. Ich sprang aus dem Bett, stürmte ins Nebenzimmer, meine Stimme überschlug sich: „Wenn du diese Uhr noch einmal betätigst, werde ich wahnsinnig!"
Die Mutter schaute mich verwundert an. „Warum schreist du so mit mir? Ich muss doch wissen, wie spät es ist." Sprach's und betätigte die Uhr abermals. Ich stürmte aus dem Zimmer.

Abtauchen

Ich tauchte hinab in mein Zimmer. Meine große Schwester und ich hatten gemeinsam ein Zimmer gehabt, als wir Kinder waren, ein schönes helles Zimmer, groß genug für uns beide, mit Fenstern, die sich zum Garten hin öffneten, ein Zimmer, erfüllt von Sommerwind und Sommerduft, im Herbst vom Geruch von Kastanien und Nussblättern, im Winter, wenn der erste Schnee zaghaft an die Scheiben wehte, hatten wir Kerzen aufs Fensterbrett gestellt und angezündet.

Aber irgendwann wollte meine Schwester allein sein. Behauptete das Zimmer für sich. Schließlich hatte sie es als erste besessen, also gehörte es ihr. Dagegen hatte ich kein wirkliches Argument.

Im Keller gab es einen großen, unbenützten Raum, in dem sich im Lauf der Zeit allerlei Gerümpel angesammelt hatte. „Eine gute Gelegenheit, den ganzen Krempel zu entsorgen", sagte mein Vater. Und baute mir dort ein neues Zimmer. Er vertäfelte die Wände mit Holz, ich durfte mir die Möbel aussuchen, er gestaltete alles nach meinen Wünschen. Es wurde ein hübsches Zimmer. Dennoch – es war nicht dasselbe. Das Fenster war klein, niemals roch mein neues Zimmer nach Sommer oder nach Kastanien. Es roch die längste Zeit nur nach frischem Möbellack. So wie jetzt an meinem Arbeitsplatz. Lange Zeit fühlte ich mich fremd in diesem Zimmer, nicht wie zu Hause, sondern wie irgendwo, im Zimmer einer kleinen Pension. Auch gab es kein Fensterbrett, auf das ich hätte Kerzen stellen können. Und zum Waschen und aufs

Klogehen musste ich die Stiegen hinauf ins Erdgeschoß steigen, eine Tatsache, die sich später als sehr ungünstig erweisen und viel Kreativität von mir erfordern würde. Das einzig Gute an dem Kellerzimmer war, dass ich das Baby in der Nacht nicht schreien hörte, meine große Schwester dagegen oft davon aufgeweckt wurde und am Morgen ziemlich genervt war. Dann hatte ich alle Mühe, meine Schadenfreude zu verbergen.

Das Baby wuchs heran, und an ihrem ersten Geburtstag machte Serena ihre ersten wackligen Schritte. An diesem Tag hatte ich zum ersten Mal das Gefühl, dass ich sie als Schwester akzeptierte und nicht mehr als unwillkommenen Eindringling empfand. Ich nahm sie in die Arme, sie umschlang meinen Hals. Plötzlich begann ich zu weinen, weil ich eine ungeheure Sehnsucht empfand, noch einmal so klein und unschuldig zu sein.

„Warum weinst du, Gabriela?", fragte meine Mutter.

„Weil … weil … weil Serena Geburtstag hat."

Mama schüttelte den Kopf. Zumindest innerlich. Ich spürte, dass ich ihr immer fremder wurde. Immer seltsamer vorkam. Dass sie mich immer mehr ablehnte. Meine große Schwester Rita war die Vorzeigetochter, meine kleine Schwester Serena das liebe, unschuldige Nesthäkchen.

Und ich – ich war gar nichts. Nur Gabriela.

Ich ging die Stufen hinab in mein Zimmer. Ich tauchte ab.

Stufen

Sie liegt da und taucht ab. Sie hätte ein paar Stufen hinuntergehen sollen, aber sie ist gestolpert, gefallen, und nun steht sie vor einem großen schwarzen Nichts. Nach langem Schweigen formt sich ein Schatten, langsam, wie in Zeitlupe, der allmählich (vielleicht) die Umrisse eines Pferdes annimmt. Und dann sieht sie einen winzigen Lichtpunkt, wie der Schein einer Taschenlampe oder eher wie der Strahl eines Laserpointers, und dieser winzige Lichtpunkt ist sie selbst.

Sie steht am Rand einer Schlucht, sie trägt einen roten Mantel und einen Helm, am Grund der Schlucht sieht sie etwas, im Wasser liegend, ist es ein Mensch, ein Tier? Sie fühlt sich magisch vom Wasser angezogen, steigt hinab. Auf dem Grund der Schlucht liegt ein Toter. Sie zieht die Leiche weg, über Steine, lehmigen Grund, durchs Wasser, dem Toten wird die Haut abgeschürft. Sie erreicht eine Felswand, legt den Toten nieder, schneidet ihm den Penis ab, der Tote blutet, sie verbindet ihn, die Stelle blutet durch.

Sie ist weit weg, sie ist ein Bub, etwa zwölf Jahre alt, er lebt glücklich zusammen mit seiner Mutter in einem kleinen Haus, aus Holzblöcken gezimmert, die Mutter ist eine große, schlanke Frau mit langen, dunklen Haaren, sie trägt ein schlichtes Kleid aus hellbraunem Leinen. Rund um das Blockhaus erstrecken sich weite, ebene Wiesen, nah am Haus sprudelt eine Quelle. Ganz kurz sieht der Bub seinen Vater, er scheint glücklich.

Dann, etwas später, hat der Vater sich verändert, ist er überhaupt noch derselbe? Nein, der Vater ist verschwun-

den, er ist tot, die Mutter hat einen anderen Mann geheiratet. Der kommt aus Konstantinopel, mit einer Gruppe Soldaten, er bindet den Buben, der inzwischen ein junger Mann geworden ist, auf ein Pferd und führt ihn gegen seinen Willen fort. Und gegen den Willen der Mutter, die allein und verzweifelt zurückbleibt.
Sie erreichen ein Soldatenlager auf einer Hochebene. Der Hauptmann empfängt den jungen Mann, der hebt kaum den Kopf, grüßt den Hauptmann, sehr leise, ein gemurmeltes „Salve", der Hauptmann hebt das Kinn des Burschen an und sagt: „Schau mir in die Augen, wenn ich mit dir spreche!"
Wieder senkt der Bursche den Kopf, dann geht er zu den anderen Soldaten. Die sind freundlich zu dem Neuankömmling, Lagerfeuer brennen, Fleisch wird gebraten, die Soldaten geben dem Burschen zu essen, er ist so jung, so unschuldig.
Doch der Bursche bleibt allein, er spricht mit niemandem, gewinnt keine Freunde. Das Marschieren und Exerzieren, der militärische Drill macht aus seinem Gehirn einen matschigen Brei, alle selbstständigen Gedanken, alle Gefühle werden zertreten, erschlagen, zerstampft. Nur das Gefühl der Ohnmacht stirbt nicht.
Eines Nachts kommen Trommler in das Lager, mit ihnen eine orientalische Bauchtänzerin, da erwacht ein Gefühl in dem jungen Mann, das er so noch nie gespürt hat, ein heißes Begehren, und gleichzeitig weiß er, dass die Tänzerin für ihn unerreichbar ist.
Sein Stiefvater nähert sich der Tänzerin, umschlingt ihre Taille, zieht sie mit sich in sein Zelt, der junge Mann steht hinter dem Zelt, in der tiefschwarzen Nacht, er hört das

Stöhnen des Vaters, ein schneidender Schmerz fährt durch seinen Körper und eine unbändige Wut steigt in ihm auf, gegen den Vater, der ihn zu einem Leben als Soldat gezwungen hat, der ihm die Mutter weggenommen hat, der ihm die heimlich begehrte Frau entzogen hat, bevor die Sehnsucht hatte erwachsen werden können.

Am nächsten Morgen sind Bauchtänzerin und Trommler verschwunden.

Die Soldaten haben einen freien Tag, sie saufen vor Langeweile, grölen, der Bursche steht abseits und blickt über den Horizont der Hochebene in eine weite Ferne.

Der Hauptmann kommt auf ihn zu und sagt: „Bevor du da so dumm herumstehst, kannst du genauso gut die Schlucht bewachen!"

Er geht, schaut hinunter auf den Fluss, er wird magisch vom Wasser angezogen, auf dem Grund der Schlucht sieht er einen Germanen, nackt, mit weißer Haut und langen, blonden Haaren, der mit ausgebreiteten Armen auf ihn, den jungen, römischen Soldaten zukommt.

Er weiß nicht, was er von dieser Geste halten soll, ist es ein Friedensangebot, ein Hilfeschrei, eine Bedrohung?

Ohne zu überlegen zieht der Bursche ein Messer, sticht dem Germanen ins Herz und schneidet ihm die Kehle durch. Dann schleift er ihn durch Wasser, Lehm und Gebüsch zur Felswand, schneidet ihm den Penis ab, hängt ihn als abschreckendes Beispiel auf einen Baum, verbindet den blutenden Unterleib, das Blut sickert durch. Der Bursche fühlt nichts, weder Schuld noch Mitleid.

Irgendwann wird er mithilfe eines Flaschenzugs aus Holzbalken und dicken Seilen aus der Schlucht in das römische Militärlager hochgezogen.

Der nächste Morgen. Die Pferde stehen kampfgesattelt da, die Soldaten in voller Rüstung. Der junge Mann besteigt sein Pferd, reitet in gestrecktem Galopp, stehend im Sattel, er überholt alle, auch den Hauptmann, setzt sich an die Spitze der Kohorte, von vorne reitet das gegnerische Heer an, an der Spitze deren Anführer, die beiden Pferde bäumen sich auf, schlagen mit den Hufen aneinander, weichen zurück, nehmen einen neuerlichen Anlauf, galoppieren aufeinander zu und die beiden Soldaten töten sich gegenseitig mit einem Lanzenstich ins Herz. Sie stürzen vom Pferd, der junge Mann denkt: „Wie sinnlos!“, er sieht sterbende Menschen und sterbende Pferde, er riecht Blut, Erde, Gras, Metall, Pferdeschweiß, Leder, Rauch und Feuer. Er schaut in einen blauen Himmel, auf dem unschuldige Wolken ziehen. Dann stirbt er. Und landet in einem lodernden Scheiterhaufen.
Seine Seele steigt auf, steigt auf aus dem schwarzen Rauch, steigt auf und fliegt übers Meer, völlig frei, ein wunderbares Gefühl, aber dann verfärbt sich das blaue Wasser, wird grau, dunkelgrau, schwarz, es zieht seine Seele an, sie taumelt hinab und versinkt im tiefschwarzen Meer.

Das letzte Fest

„Was ist das für ein Rauch? Wieso ist da überall so viel Rauch? Es wird immer mehr, überall strömt Rauch herein. Wer raucht da? Die sollen aufhören, das ganze Zimmer ist schon voller Rauch … Alles vernebelt … Und wie das stinkt! Aufhören, aufhören! Wieso sagt niemand, dass sie aufhören sollen? Das ist unerhört! Aufhören, aufhören, da erstickt man ja!“

Mutter war allein in ihrem Zimmer, saß im Kirschholzfauteuil, doch in ihrer Vorstellung befand sie sich auf einem rauschenden Fest, bei dem viel getrunken und noch mehr geraucht wurde, sie beschwerte sich minutenlang über den Rauch, der in dicken stinkenden Wogen um sie waberte. Dennoch war sie heiter, sie sprach mit lauter, fester Stimme, wie früher, als sie noch eine erfolgreiche Geschäftsfrau gewesen war. Das Fest fand offensichtlich in ihrem Lieblingsgasthaus statt, dort, wo wir alle unsere großen Familienfeste gefeiert hatten, Mutter sprach mit der Wirtin, die sie sehr mochte, sie sprach über ihren verstorbenen Mann, meinen Vater, über uns Kinder, sie sprach über den Mann, den sie in ihrer Jugendzeit geliebt hatte, einen verheirateten Mann, den sie im Kriegseinsatz in Norwegen kennengelernt hatte, er kehrte nach dem Krieg zu seiner Familie zurück, und Mutter kehrte nach Hause zurück, mit gebrochenem Herzen, und dann lernte sie meinen Vater kennen.

Der Mann, die große Liebe ihres Lebens, hatte ihr viele Briefe geschrieben, Mutter bewahrte alle auf. Als sie merkte, dass ihr Leben zu Ende gehen würde, nahm sie die Briefe hervor und gab sie – nein nicht mir, ihrer Tochter, zu lesen, sondern meinem Mann, ihrem Schwiegersohn. Mit der strikten Auflage, er dürfe mir nichts davon sagen und sie mir unter gar keinen Umständen zeigen. Ein Gebot, das Stefan nicht hielt, und nun, da ich davon wusste, schmerzte mich Mutters Vertrauensbruch ungeheuer. Ich nahm mir vor, die Briefe nach ihrem Tod zu lesen, aber da hatte die Haushälterin auf Geheiß der Mutter schon alle verbrannt.

„Was hat dir an Vater gefallen?“, hatte ich Mutter einmal gefragt. „Warum hast du ihn geheiratet?“ Und sie hatte geantwortet: „Er war fesch und charmant und ich wollte ein Kind.“

„Weißt du“, fuhr sie nach einer Weile fort, „einen Mann hätte ich nicht unbedingt gebraucht, aber ein Kind wollte ich auf jeden Fall.“

Auf diesem Fest, das sich an jenem Abend vor ihren Augen auftat, in dem großen Gasthaussaal, in dem sich all ihre Lieben versammelt hatten, trank und tanzte Mutter ausgelassen, noch ein Tanz und noch ein Tanz, sie benahm sich kokett wie ein junges Mädchen, lasst uns das Leben genießen, es ist lang und doch so kurz, wo ist es hingekommen, prost, und noch ein Glas, der Wein schmeckt gut, trinken wir, tanzen wir, und dann erzählte sie der Wirtin allerlei aus ihrem Leben, immer und immer wieder erzählte sie von ihrem Mann, meinem Vater, er war ihr offenbar viel wichtiger gewesen, als ich mein Leben lang gedacht hatte, und Mutter sprach mit ihren toten Schwestern, sie sprach mit den Lebenden und den Toten, da gab es keinen Unterschied, sie waren alle auf diesem Fest vereint.

Doch das Fest endete abrupt, plötzlich verstummte Mutter und war wieder in der Realität ihres graurosa Schlafzimmers angekommen.
Während Mutters rauschendem Totentanz hatte ich mich hinter der Tür versteckt, im Vorzimmer, mein Bruder war vorbeigegangen, hatte den Kopf geschüttelt und mir deutlich zu verstehen gegeben, dass das, was ich tat, eigentlich unsittlich war. Ich schämte mich doppelt, erstens, weil ich heimlich gelauscht, und zweitens, weil ich Mischa so viel Feingefühl nicht zugetraut hatte. Doch ich hatte mich der Faszination nicht entziehen können, diesem Fest beizuwohnen, das in einer anderen Wirklichkeit stattgefunden hatte.
Mir fiel ein, dass auch eine von Mutters Schwestern kurz vor ihrem Tod von einem rauschenden Fest gesprochen hatte.
Der Tod – ein rauschendes Fest. Die Ewigkeit – ein rauschendes Fest.
Was für eine schöne Vorstellung!
„Ich glaube, ich werde verrückt“, sagte Mutter leise. Zuerst zu sich selbst und dann zu mir, die ich wieder ins Zimmer getreten war. Vor dem Verrücktwerden hatte Mutter panische Angst.
Aber ich wusste, dass sich ein Tor geöffnet hatte, durch das sie sehr bald schreiten würde. Oder eher ein Korridor, der die Welt der Lebenden mit der der Toten verband.
Später in der Nacht erkannte Mutter mich nicht, sie hielt mich für eine der ungarischen Pflegerinnen, die fall- und aushilfsweise vorbeikamen, ich war zu müde, um mit ihr zu diskutieren, ich sagte: „Ja, ich bin Zsuzsa“, und ich sprach Ungarisch mit ihr, damit sie es glauben sollte, aber

mein Ungarisch ist nicht besonders gut, Mutter merkte, dass etwas nicht stimmte, und sagte: „Wenn Sie Zsuzsa sind, wieso reden Sie dann nicht Ungarisch mit mir?“ Die Situation war völlig absurd.
In einer der folgenden Nächte lag ich bis Mitternacht wach. Und als die sprechende Uhr ihren ewig langen mechanischen Mitternachtssermon absolviert hatte und ich aufatmete, weil nun vielleicht Ruhe einkehren und ich wirklich ein wenig würde schlafen können, rief Mutter aus dem Nebenzimmer und verlangte aufs Klo zu gehen. Aufs Klo gehen hieß auf den Leibstuhl im graurosa Schlafzimmer. Ich half ihr auf den Leibstuhl, es dauerte eine Weile, bis Mutter ihr Geschäft verrichtet hatte, ich wischte ihr den Hintern ab, „Hintern“ hätte ich nicht sagen dürfen, in unserer Familie durfte man nur „Popo“ sagen, mit Betonung auf der zweiten Silbe, ich wischte ihr also den Popo ab und wollte sie wieder ins Bett bringen. Doch sie wehrte ab. Sie wolle noch ein wenig im Fauteuil sitzen bleiben. Gut, sollte sie. Ich half ihr in den Fauteuil, schüttete den Inhalt des Leibstuhls ins Klo, spülte den Kübel sorgfältig aus, öffnete das Fenster, Mutter sollte nicht in einem Klo schlafen, dann wollte ich ihr ins Bett helfen.
„Ich gehe nicht ins Bett!“, sagte Mutter und presste die Lippen fest aufeinander. Sie schloss die Augen, und hätte sie Ohrendeckel gehabt, ich bin sicher, sie hätte auch die heruntergeklappt.
Inzwischen war es ein Uhr geworden, mir war vor Müdigkeit schon schwindlig. O Herr, betete ich zu meinem ehemals katholischen, jetzt undefinierten Gott, gib mir Nerven so dick wie die Drahtseile der Golden Gate Bridge. Er erhörte mich nur halb.

„Gut“, sagte ich zu Mutter, „bleib hier sitzen, von mir aus bis morgen früh, aber ich gehe jetzt schlafen.“ Ich rauschte aus dem Zimmer, wie die Königin von Saba, nur ohne Krone, fläzte mich aufs Schlafsofa, kuschelte mich unter die Decke, schloss die Augen, da fiel mir siedendheiß ein, dass ich das Fenster in Mutters Schlafzimmer nicht geschlossen hatte. Also raus aus dem Bett, rüber ins Schlafzimmer, es war Mai und die Nächte waren noch kühl, Mutter musste in ihrem dünnen Nachthemd ziemlich gefroren haben, aber seltsamerweise beklagte sie sich nicht, machte mir auch keine Vorwürfe, sondern sagte nur: „Ich möchte jetzt ins Bett.“

Ein paar Stunden Schlaf waren uns beiden vergönnt, bis dann – um fünf Uhr früh – die sprechende Uhr verkündete: Es-ist-fünf-Uhr-die-Temperatur-beträgt-zweiundzwanzig-Grad-die-Luftfeuchtigkeit-beträgt-fünfundachtzig-Prozent …

Ich hatte gute Lust, die Uhr durchs geschlossene Fenster auf die Straße zu werfen. Im besten Fall würde ein schwerer Laster vorbeifahren und sie zermalmen. Ich tat es aber dann doch nicht, vielleicht hatte mir der gnädige undefinierte Gott in der Nacht die zweite Hälfte der Drahtseilstärke geschickt.

Allein

„Bei dir braucht man Nerven wie Drahtseile", sagte Mutter zu mir, und sie sagte es oft. Jedes Mal, wenn sie das sagte und jedes Mal, wenn es in der Schule kritisch wurde, ging ich aufs Klo, steckte mir den Finger in den Mund, erbrach das Wenige, das ich vorher gegessen hatte, und fühlte mich danach befreit und stark. Unheimlich stark. Ich konnte mir selbst nicht erklären, warum ich durch das Kotzen dermaßen stark wurde. Irgendwie schaffte ich die kritischen Prüfungen zwischen Genügend und Nichtgenügend. Und kam durch. Schloss die Hauptschule ab. Ich würde meiner Schwester ins Oberstufengymnasium nachfolgen können.

Zu Hause hatte sich vieles verändert. Meine kleine Schwester Serena war zu einem Kindergartenkind herangewachsen. Sie lachte viel, weinte wenig, und wenn, dann nie ohne Grund, sie machte immer einen glücklichen Eindruck, stand immer im Mittelpunkt.

Da wurde mir wieder einmal schmerzlich bewusst, wie allein ich war.

Allein in der Familie. Allein in der Schule.

Ich hatte keine Freundinnen. Ich hatte Klassenkolleginnen, nichts weiter. Manchmal gingen wir nach der Schule zusammen auf ein Eis. Die Mädels sprachen über belanglose Dinge, die mich nicht interessierten. Mode, Musik, Ausgehen, Burschen, Sex … Auch übers Abnehmen sprachen sie oft. Dann schauten sie mich neidisch an und sagten: „So wie die Gabi sollte man sein. So schlank. Die kann essen, was sie will, und nimmt kein Gramm zu."

Dass ich das Eis, das ich gegessen hatte, im nächsten Moment am Klo des Eissalons wieder erbrach, fiel ihnen gar nicht auf. Seit langem hatte ich mir angewöhnt, immer eine Zahnbürste und eine Tube Zahnpasta in meiner Handtasche zu tragen, damit ich mir nach dem Erbrechen die Zähne putzen konnte. Was also sollte man Freundinnen erzählen, die eine so oberflächliche Wahrnehmung hatten?
Nein, ich war allein. Allein wie ich es immer gewesen war. Immer seit Michaels Tod. Ich war allein, seit ich aus der Kindheit gefallen war.

500 Meter Schicksal

Denken wir uns eine Straße. Eine Straße in einer Stadt. Eine Straße in einer kleinen Dorfstadt, in der früher einmal jeder jeden gekannt hat. Als die Entfremdung Kälte Distanz Vereinzelung noch nicht hinein gewandert war. Eine Stadt, eine Straße, 500 Meter Schicksal.
Kalt war es, schneidend kalt. Der Schnee lag zehn Zentimeter hoch auf den Gehsteigen und knirschte unter den Füßen. Ein eisiger Nordwind blies ihn stellenweise zu Schneewächten zusammen. Wärmende Strumpfhosen waren noch nicht erfunden, in den fünfziger Jahren des vergangenen Jahrhunderts. Jahrtausends.
Man trug Strümpfe, die man an Strumpfbandgürteln festklippte. Die Haut auf den Oberschenkeln war nacktes Eisfleisch. Durch die schlecht gefütterten Schuhe drangen Nässe und Kälte. Man ging zur Mitternachtsmette. Fror zu Knocheneis in der nicht geheizten Kirche. War froh, als das rettende „Stille Nacht, heilige Nacht“ erklang und man endlich den Heimweg antreten konnte. Trank noch schnell einen wärmenden Tee, schlüpfte unter die Tuchent, versank in einem der vielen Bücher, die man vom Christkind bekommen hatte.
Die Schule war ein Gebäude aus den 1920er Jahren, mit aufgeputzten Vierecken zur Verzierung an den Hauskanten, mit zwei Klassenzimmern im Erdgeschoß und einem im ersten Stock. Schulbänke aus grobem Holz, mit eingelassenen Tintenfässern, in die man die Federkiele tauchte. Jetzt, in der zweiten Klasse. In der ersten Klasse hatte man noch auf Schiefertafeln geschrieben oder mit

Bleistift, in der zweiten Klasse war der Federstiel angesagt, und erst in der dritten oder vierten Klasse durfte man mit der Füllfeder schreiben. Die Federkielzeit war die schlimmste, die Hefte waren übersät mit Patzern und kleinen Löchern vom missglückten Ausradieren.
Heide wohnte gleich neben der Schule. Und war am Morgen immer als erste da. Wartete auf ihre Freundinnen. Isa, Edith. Sie spielten vor der Schule und auf dem Friedhofsweg, bis das Schultor geöffnet wurde.
In der ersten Klasse hatten sie eine Lehrerin gehabt, die, wie Heide am zweiten Schultag feststellte, „nicht Deutsch konnte“. Heide hatte es nicht fassen können, dass sie „die Buchstabe“ statt „der Buchstabe“ sagte.
Die Lehrerin selbst war sich ihrer mangelnden Kenntnisse offenbar bewusst und hatte ihren Sprachstand so beschrieben:
„Bissl Suppn, bissl Fleisch,
bissl Ungarisch, bissl Deitsch!“
Erstaunlicherweise lernten sie bei der Bissl-Suppn-bissl-Fleisch-Lehrerin dann doch alle Lesen und Schreiben. Und erstaunlicherweise war selbst für Heide, die die Lehrerin bereits am zweiten Schultag als inkompetent entlarvt hatte, deren Wort sakrosankt. Denn als am Schulschluss die Lehrerin angeordnet hatte, dass man alle Schulhefte, die man ja fortan nicht mehr brauchen würde, mit neuem blauem Packpapier einbinden sollte, bestand Heide darauf, dass ihre Mutter das tat. Die Mutter, rational, pragmatisch, meinte: „Das hat überhaupt keinen Sinn, du brauchst die Hefte nicht mehr. Aber ich weiß, das Wort deiner Lehrerin ist dir heilig.“ Und daher tat sie es. Widerstrebend. Sie mochte keine unsinnigen Arbeiten.

Eines Morgens war Edith nicht da.
Edith wohnte im Haus gegenüber der Schule, ihre Eltern betrieben ein Kaffeehaus – DAS Kaffeehaus, das einzige Kaffeehaus im Dorf. Und immer, auch als sie erwachsen war, wenn Heide vom „Kaffeehaus" sprach, meinte sie dieses Kaffeehaus, obwohl es zu der Zeit schon mehrere Kaffeehäuser gab. Und wunderte sich, als einmal eine Freundin, die erst in den späten 1980erJahren ins Dorf gezogen war, fragte: „In welchem Kaffeehaus?"
Das unterschied die „Ureinwohner" des Dorfes von den Zugezogenen, den Zuagroasten, die Ureinwohner wussten, das Kaffeehaus war DAS Kaffeehaus, und es gab nur eines. (The one, the original).
Eines Morgens also war Edith nicht da. Und kam auch nicht verspätet in den Unterricht. Niemand wusste zunächst warum. Erst nach und nach sickerte durch, dass es einen Autounfall gegeben hatte, bei dem Ediths Mutter und ihre Großmutter angeblich ums Leben gekommen waren. Heide war verstört, als sie das hörte, sie hatte im Alter von vier Jahren ihren geliebten Onkel sterben sehen, das war ihre erste bewusste Erinnerung, ihr Leben hatte mit einem Tod begonnen, Heide hatte die Trauer tief in sich gespeichert, aber auch das untergehende Sonnenlicht hinter dem Sarg und den Ausdruck des Friedens in des Onkels totem Gesicht.
Eine Mutter jedoch ... Das war atemlos unbeschreiblich. Heide versuchte sich vorzustellen, dass ihre eigene Mutter gestorben wäre, aber allein der vorgestellte Schmerz war so groß, dass sie sofort von der Vorstellung abließ. Wie konnte man im Alter von sieben Jahren ohne Mutter überhaupt weiterleben?

Heides kleiner behinderter Bruder kam mit sieben Jahren in ein Internat nach Wien, wo er nur selten von der Familie besucht wurde. Wie hatte er das überleben können?

Am nächsten Nachmittag kam Edith zu Heide in den Hof des Möbelgeschäfts, das Heides Eltern betrieben. Edith schien glücklich, sie lief auf Heide zu und sagte freudestrahlend: „Meine Mama ist nicht tot. Sie ist nur verletzt und im Spital."

Heide rannte zu ihrer Mutter, um ihr diese wunderbare Neuigkeit zu erzählen. Die Mutter verzog schmerzlich das Gesicht. Warum zeigte sie keine Begeisterung? Warum brach sie nicht in Jubel aus?

„Freust du dich nicht?", fragte Heide. Die Mutter schüttelte vage den Kopf.

Drei Tage später fand das Begräbnis statt. Von Ediths Mutter und Ediths Großmutter. Beide Frauen waren sofort an der Unfallstelle verstorben. Man hatte Edith schonen wollen. Aber in Wahrheit war auf diese Weise für sie die Mutter zweimal gestorben.

Damals ist Edith aus der Kindheit gefallen.

Ediths Mutter (an den Sarg der Großmutter hatte Heide keine Erinnerung) lag aufgebahrt in dem Teil des Kaffeehauses, der später zu einem Tanzcafé (mit Wurlitzer) und noch später zu einer Eisdiele umgebaut wurde. Die Türöffnung war mit einem roten Wollvorhang abgehängt. Ediths Mutter lag in einem offenen Sarg. Damals durfte man die Toten noch anschauen und sich von Angesicht zu Angesicht von ihnen verabschieden. Heide schaute ohne Scheu in den Sarg. Sie hatte schon als Vierjährige dem toten Onkel ins Gesicht geschaut. Aber während der

Onkel auch im Tod derselbe geblieben war, schien der Tod das Gesicht von Ediths Mutter vollkommen verändert zu haben. Heide verabschiedete sich von einer Fremden.

In den Wochen danach bat die Mutter Heide, sie möge sich um Edith kümmern und ihr bei den Hausaufgaben helfen. Heide war es gewohnt, die Aufgaben sofort nach der Schule und schnell zu erledigen. Und dann mit Freundinnen oder ihrem Cousin Michael durch die Wälder zu streifen und die Freiheit eines unendlichen Nachmittags zu genießen. Edith jedoch trödelte herum, schrieb einen Satz, lenkte sich und Heide ab, erzählte etwas, schrieb wieder einen Satz, spielte zwischendurch, plauderte, und so dauerte das Aufgabenmachen bis zum Abend. Heide war erschöpft, wie in kleine Fetzelchen zerpflückt, fühlte sich um ihre kostbare Freizeit betrogen. Einige Male versuchte sie noch, mit Edith gemeinsam die Hausaufgaben zu machen, doch irgendwann kapitulierte sie. Und hatte deshalb sehr lange ein sehr schlechtes Gewissen.

Meine Lieben!

Neulich traf ich eine Freundin, die mich vorwurfsvoll anblickte und sagte: „Du hättest Entwarnung geben sollen, wir haben uns große Sorgen um dich gemacht!" Erst da wurde mir bewusst, dass nicht alle zur Tagesordnung übergegangen waren.
Ich will dem Rat dieses lieben Menschen folgen: Das ist eine Zwischen-Entwarnung. Nach zwei Zyklen Chemo (es folgen noch zwei) geht es mir – noch – gut. Neben der Schulmedizin begleiten mich ein alternativer Arzt, ein Homöopath und eine Heilerin.
Ich bin seit dem 1. September in Pension und jetzt als Lebens- und Sozialberaterin tätig, eine Aufgabe, die mich erfüllt.
Heinz und ich haben unseren Hochzeitstermin bis nach dem Trauerjahr verschoben. Arnos Tod und meine Trauer um dieses seelenverwandte, vielgeliebte Kind werden mich noch lange beschäftigen.
So wie es im Trauerjahr keine Hochzeitsfeier gibt, habe ich heuer das erste Mal in meinem Leben Weihnachten und Geburtstag gestrichen. Heinz und ich suchen gerade nach einem sonnigen Platz, an dem es nicht weihnachtet, und wo wir auch Arnos 30. Geburtstag in besonderer Weise begehen können. Ich wünsche Euch für die kommenden Tage und Wochen viel Nähe, Wärme und Licht!

Silvana

Ich spreche hervorragend Ungarisch, wenn ich Deutsch spreche

Sie kam am Tag der Sommersonnenwende, jenem Tag, der Heide immer ein bisschen wehmütig stimmte, weil es schon wieder „bergab“ ging, obwohl der eigentliche Sommer, und der war seit ihrer Kindheit immer in den Ferienmonaten Juli–August beheimatet gewesen, erst bevorstand. Und wenn Ende Juli ein einzelnes dürres Blatt vom Baum fiel, dachte sie: Es herbstelt – und dann musste sie lachen. Aber es war ein schiefes Lachen.

Sommersonnenwende.

Die Sonne hatte gerade den Zenit erreicht, die Quecksilbersäule auf dem Thermometer neben der Balkontür die 30-Grad-Marke längst überschritten. Die Mutter saß im Fauteuil in ihrem graurosa Schlafzimmer, hatte das Fenster weit geöffnet, was Heide ungeheuer nervte. Die Mutter wollte nicht einsehen, dass es bei diesen subtropischen, ja beinahe tropischen Temperaturen besser war, die Fenster geschlossen zu halten und die Jalousien herunterzulassen, damit die Kühle der Nacht in den Zimmern gespeichert bliebe. Die Mutter jedoch war der Meinung, dass man alle Fenster öffnen und somit einen „Durchzug“ erzeugen müsse, nur – es zog nicht, die Luft stand still und starr wie der See im Weihnachtslied, eine undurchdringliche Hitzemauer, in der alle Bewegungen und Gespräche erstarrten.

Da läutete es an der Tür, Heide erschrak jedes Mal, wenn der schreckliche Schrillton erklang – denn als Klingelton konnte man dieses markerschütternde Geräusch nicht bezeichnen. Dieser Ton hatte allerdings seine notwendige

Berechtigung, Heides Bruder Mischa hatte die Klingel selbst konstruiert. Er war zusätzlich zu seiner geistigen Behinderung auch noch beinahe taub, er hatte zwei Ohrenoperationen hinter sich, im Laufe derer Heide mindestens vierzig Mal die hundert Kilometer in die Landeshauptstadt und wieder zurück in den Heimatort gefahren war, in der Intensivstation am Bett des Bruders gesessen war, bis er aus der Narkose erwachte, damit er nicht allein sei und sich zurechtfinden würde, im Verlauf derer sie ihn jeden Tag besucht und die große Zuneigung der Krankenschwestern für ihren originellen Bruder erlebt hatte, die sich an seinen kindlichen Späßen erfreuten, die Hörgeräte, die ihm nach diesen beiden Operationen angepasst worden waren, schenkten ihm einen Rest von Kommunikationsfähigkeit, der überlaute Schrillton der Türglocke einen Rest von Sicherheit.

Der Schreckton erklang, Heide lief die Stufen hinunter, öffnete die Haustür. Da standen sie: Zsuzsa und Gina, zwei ungarische Pflegerinnen, Zsuzsa, die Vermittlerin, Gina, die von nun an die alte Mutter betreuen würde.

Sie hatte ein blasses, teigiges Gesicht und dünne kinnlange hennagefärbte Haare. Der Unterkiefer schien ein wenig vorgeschoben, was ihr einen skeptischen und leicht trotzigen Gesichtsausdruck verlieh.

„Guten Tag, jó napot kivánok", sagte Heide und reichte ihr die Hand. Sie war froh, dass diese Pflegerin kam. Dass sie so schnell eine gefunden hatten. Das heißt, dass eigentlich Zsuzsa, die vorher ab und zu bei der Mutter ausgeholfen hatte, so schnell eine „organisiert" hatte.

Überraschend schnell. Heide hatte vor Zsuzsa nur den Gedanken geäußert, und zwei Tage später stand Zsuzsa

mit Gina vor der Tür. Sie hatten ein gut funktionierendes privates Netzwerk, die Pflegerinnen aus Szombathely.
Da stand sie also. Gina. Eigentlich Georgina, eigentlich Györgyi, aber diesen Namen könne sowieso niemand aussprechen, meinte sie. Ich schon!, dachte Heide, sagte aber nichts. Wollte nicht gleich mit ihren spärlichen Ungarischkenntnissen angeben.
Also Gina! Da stand sie, schüchtern und doch selbstbewusst, das Kinn vorgeschoben, die Augen wach, sie schaute Heide mit einem geraden Blick an.
„Herzlich willkommen", sagte Heide und registrierte im selben Moment, dass die Neue weiße Kleidung trug. Eine weiße Hose, eine Art Trainings-Jogging-Freizeit-Pflegerinnenhose, und ein weißes T-Shirt. Heide konnte weiße Pflegerinnenkleidung nicht ausstehen.
War das ein guter Beginn? Oder konnte das Unternehmen nur schiefgehen, wenn man schon am Anfang etwas zu bemäkeln hatte?
Heide machte Gina mit der Mutter bekannt, sie sprachen ein paar Sätze auf Ungarisch, die Mutter lächelte.
„Hier ist Ihr Zimmer", sagte Heide, „ich habe Ihnen das Bett überzogen."
Gina lächelte. „Das ist sehr nett von Ihnen", sagte sie. „Das hätten Sie nicht machen müssen." Im Unterton klang mit: Das hat noch nie jemand für mich gemacht.
Heide lächelte.
Die Mutter blühte auf. Nun war ständig jemand da, der sie umsorgte, für sie kochte, sie bediente. Aber was noch wichtiger war: Es war ständig jemand da, mit dem sie sprechen konnte. Mit dem sie Ungarisch sprechen konnte, die Sprache ihrer Kindheit. Mutters Gesicht

wurde rosig, ihre Stimme klang lebhaft und jung, sie saß mit Gina auf dem Balkon ihres Hauses und erzählte, erzählte, erzählte … Heide konnte ihre beiden Stimmen bis ins Nachbarhaus hören, in dem sie selbst früher gewohnt hatte, in dem Heides ganze Familie gewohnt hatte, bis Heides Mann ausgezogen war, Heide verlassen hatte, gegen ihren Willen, was aber letzten Endes Heides Kraft gestärkt und ihre Beziehung gerettet hatte, und in dem nun ihr Sohn Hannes wohnte, seit Heide und er die Häuser getauscht hatten.

Angesichts der Tatsache, dass Mutter gut versorgt war, wagte es Heide sogar, für ein paar Tage wegzufahren. Mit Isa, der besten Freundin aus Kindertagen zu Elena, die ein kleines Ferienhaus auf der Insel Rab besaß.

Unbeschwerte, sonnige Tage, in Elenas gastlichem Haus, mit guten Gesprächen und üppigem Essen, mit viel Kaffee und noch mehr Wein, einer strahlenden Sonne und einem einladenden Meer. Bis Isa am Strand auf glattem Moos ausrutschte und sich die Rippen prellte. Da war es mit der heiteren Unbeschwertheit vorbei und die Heimfahrt für die verletzte Freundin eine Qual.

Heide jedoch hatte sich in den paar Tagen ein wenig erholen können. Und begann voller Tatendrang, ihr Haus zu putzen und auch den Kleiderkasten auszuräumen. Es gab da eine Menge guter T-Shirts, die Heide zu eng geworden waren, die packte sie zusammen und brachte sie Gina. „Ich möchte sie dir schenken“, sagte Heide, „aber nur, wenn sie dir gefallen und du sie haben willst.“

Gina nahm eins nach dem anderen aus der Tasche, hielt sie an ihren Oberkörper, drehte sich vor dem Spiegel, sagte: „O ja, sehr gerne!“, zog sofort das weiße Pflegerinnenhemd aus und ein sonnengelbes T-Shirt von Heide an. Die Farbe ließ ihr Gesicht weniger blass erscheinen, auch die Größe passte genau. Von da an trug Gina – als hätte sie gespürt, dass Heide das nicht mochte – nie mehr reinweiße Pflegerinnenkleidung.

Allmählich wurde sie zur Freundin, zur Schwester – die Heide nie gehabt und sich immer sehnlich gewünscht hatte.

Die Mutter war in Ginas Obhut noch frischer und rosiger geworden, redete noch lebhafter, erkundigte sich nach Heides Urlaub, gewährte ihr sogar mehr als fünf Sätze, was erstaunlich war, und erzählte dann eine halbe Stunde lang, was für aufregende Sachen sie mit Gina erlebt hatte. Gina hatte ihr die Haare gemacht, Gina hatte ihr die Nägel geschnitten, Gina hatte sie gebadet, aber die Mutter hatte ohne Hilfe aus der Badewanne steigen können, was angesichts ihres Alters eine beachtliche Leistung war, Gina hatte echt ungarische Lángos gebacken, und der Höhepunkt: Gina hatte zu Mutter gesagt, sie spreche hervorragend Ungarisch.

Die Mutter hatte nach ihrem Sermon die Augen geschlossen, vielleicht schlief sie, vielleicht döste sie, vielleicht wollte sie nur ihre Ruhe haben – man wusste das nie so genau bei ihr – und Heide gesellte sich zu Gina, die auf dem Balkon stand und rauchte. Gerne hätte Heide eine Zigarette von ihr geschnorrt, aber sie hatte zu Neujahr beschlossen, das Rauchen aufzugeben.

Sie unterhielten sich. Vorwiegend auf Ungarisch. Heides passiver Wortschatz war naturgemäß viel größer als ihr aktiver, sodass sie Ginas Ausführungen fast problemlos folgen konnte, nur beim Sprechen tat Heide sich schwer,

es fehlten die Vokabeln, sodass sie immer wieder deutsche Brocken einwarf, es fehlte die Geläufigkeit, aber Gina meinte, Heides Ungarisch sei sehr gut.
„O ja, ich spreche hervorragend Ungarisch, wenn ich Deutsch spreche", sagte Heide.
Gina lachte: „Bei mir ist es genau umgekehrt."
Heide lachte auch, zufrieden, dass Gina auf diese Art von Humor eingestiegen war. „Und wie geht es dir – hier – mit meiner Mutter – und meinem Bruder?"
„Gut", sagte Gina, „sehr gut. Es ist alles wunderbar ... bis auf ..."
„Bis auf?", fragte Heide und nickte Gina ermunternd zu.
„Bis auf die sprechende Uhr deiner Mutter", sagte Gina. „Die macht mich verrückt. Am liebsten würde ich sie beim Fenster rauswerfen."
Heide musste laut auflachen. „Entschuldige", sagte sie, „aber der Satz hätte von mir sein können."
Und dann schimpften sie im Duett über die sprechende Uhr und wie sie einem in der Nacht die letzten Nerven raubte, und dass sie die Mutter überreden würden, die Uhr wegzustellen und nie mehr zu benützen.
„Kommt nicht in Frage!", sagte die Mutter, presste die Lippen zusammen und schloss die Augen.

Wortwurstmasse

„Deine Schulnoten sind eine Katastrophe", sagte Mutter. Sie presste die Lippen zusammen, gleichzeitig strich sie lächelnd dem Baby über die dicken Ärmchen. „Ich hab' gedacht, du wirst ins Gymnasium gehen, so wie Rita, bei Rita war es eine Selbstverständlichkeit, ich dachte immer, du wirst es genauso machen wie sie."
Ihr selbstmitleidiger Redefluss war nicht zu stoppen, die Worte quollen aus ihrem Mund, als ob sie eine Wursthaut damit füllen wollte, ein matschiger Brei, der mich beschmutzte.
„Bei Rita hat es nie Probleme gegeben, sie hat immer lauter Einser, sie hat immer alles allein gemacht, nie irgend eine Hilfe gebraucht ..."
Abermals streichelte sie dem Baby über die dicken Ärmchen, das Baby quietschte vergnügt, Mutter lächelte und ließ gleichzeitig die Wortwurstmasse aus ihrem Mund laufen.
Ich drehte mich auf dem Absatz um und ging aufs Klo. Erbrach die Wortwurstmasse. Putzte mir die Zähne. Danach fühlte ich mich stärker, aber immer noch schmutzig. Ich zog mich aus, warf das ganze Gewand in die Wäschetruhe und ging unter die Dusche. Ich schmierte mich über und über mit Duschgel ein, rubbelte an mir herum, bis Mutter an die Tür klopfte und fragte, ob ich jetzt vollkommen übergeschnappt sei, mich einfach umzudrehen und wegzugehen, wo sie doch mitten im Satz gewesen war, und was ich mir eigentlich dabei dachte, ewig und noch drei Tage zu duschen ... und ... und ... und ..."

Hör auf, Mutter!, dachte ich. Hör auf! Bitte! Denn wenn du mich wieder mit deiner Wortwurstmasse beschmutzt, muss ich noch einmal aufs Klo.
Noch zehnmal kotzen.
Noch einmal Zähne putzen.
Mich noch einmal duschen … bevor ich schlafen gehe …

Zu früh

Die Englischlehrerin lag im Bett, das Buch war ihr aus der Hand gefallen, die Leselampe brannte noch. Ihr Ehemann schlief in seinem eigenen Zimmer, seit kurzem hatten sie sich darauf verständigt, dass dies wohl die bessere Schlafsituation sei, die Englischlehrerin hatte die Angewohnheit, sehr lange im Bett zu lesen, meist so lange, bis ihr das Buch aus der Hand fiel und die Leselampe brennen blieb, ihr Mann hingegen pflegte viel früher einzuschlafen und dann laut zu schnarchen, sodass die Englischlehrerin entweder nicht einschlafen konnte oder durch die störenden Geräusche erwachte, es war daher besser, getrennt zu schlafen.
In jener Nacht aber war die Englischlehrerin durch ein lautes Klingeln an der Haustür erwacht. Sie hatte keine Erklärung dafür, wer sie mitten in der Nacht aus dem Schlaf läutete. Sie stand auf, öffnete die Balkontür, trat hinaus. „Hallo! Wer ist da?"
In der Stimme schwammen unterdrückte Tränen. „Ich bin's, Liese! Darf ich reinkommen?"
Die Englischlehrerin lief die Stufen hinunter, öffnete die Eingangstür. Da stand Liese, sie wirkte schwach und als ob sie innerlich zitterte, neben ihr standen ihre beiden Töchter, acht und zehn Jahre alt.
„Kommt herein, schnell! Was ist passiert, um Himmels willen?" Sie setzten sich an den Esstisch, die Englischlehrerin brachte ihnen etwas zu trinken, und Liese erzählte unter Tränen, dass sie vor ihrem Mann geflüchtet sei. Er habe übermäßig viel getrunken und sei beim Heimkom-

men derart aggressiv geworden, dass sie mit den Kindern aus dem Haus gerannt sei. „Ich wusste nicht, wo ich hin sollte“, sagte Liese. „Ich hab’ ja keine Verwandten hier im Ort. Und zu seinen Verwandten wollte ich nicht.“
Die Englischlehrerin war von diesem Vertrauensbeweis gerührt. „Wir reden nachher weiter“, sagte sie leise. „Aber die Kinder sollten jetzt ihren Schlaf kriegen.“ Sie richtete ihnen das Doppelbett im Gästezimmer her, die beiden Mädchen schliefen vor Erschöpfung sofort ein.
„Ich weiß nicht, was in ihn gefahren ist“, sagte Liese. „So hab’ ich ihn noch nie erlebt. Ich mein’, er trinkt schon manchmal einen über den Durst, trotzdem ist er nie aggressiv geworden. Aber diesmal hat er herumgeschrien und es war ein solcher Hass in seinen Augen, dass ich mich wirklich gefürchtet habe, er könnte uns ’was antun. Da bin ich lieber vorher geflüchtet.“ Vielleicht war die Flucht doch um ein paar Sekunden zu spät erfolgt, denn die Englischlehrerin sah deutlich einen blauen Fleck auf Lieses linkem Backenknochen.
„Das wird schon wieder“, sagte Liese, und es war nicht klar, was sie meinte, die blaue Wange oder die Situation mit ihrem Mann.
„Willst du reden?“, fragte die Englischlehrerin.
Liese schüttelte den Kopf. „Ich möchte am liebsten schlafen.“
Die Englischlehrerin nickte. Sie stellte ein Klappbett vor dem Doppelbett im Gästezimmer auf und holte ein drittes Bettzeug.
„Du weißt ja, wo die neuen Zahnbürsten sind“, sagte sie. Liese kannte sich im Haus aus. Jede Woche putzte sie die Wohnung. Und stellte dabei jedes Mal die Frage, die die

Englischlehrerin am meisten hasste: „Was kochst du heute?“

Kochen war für die Englischlehrerin ein rotes Tuch, die meistgehasste Tätigkeit überhaupt, noch schlimmer als Schularbeiten benoten. Das Korrigieren machte ihr nichts aus, das war zwar eine langwierige Arbeit, aber die musste eben getan werden. Aber das Benoten war furchtbar. Immer das Gefühl, ungerecht zu sein. Hundertmal die eine Arbeit mit der anderen vergleichen, aber sie waren nicht vergleichbar, dann grübelte und überlegte die Lehrerin, und letzten Endes war doch jede Note, die sie unter eine Arbeit schrieb, ein Sprung ins eiskalte Wasser. Und vor dem Zurückgeben der Schularbeiten hatte sie die meiste Angst. Erst wenn sie sich bei den Schülern entschuldigt hatte, wenn sie argumentiert hatte, warum sie ihnen gerade diese Note gegeben hatte, erst wenn sie sah, dass die Schüler die Noten akzeptierten und nicht allzu ungerecht empfanden, war sie ein wenig beruhigt.

Aber das tägliche Kochen war fast noch schlimmer. Wenn die Englischlehrerin nach Hause kam, müde und ausgelaugt nach sechs Stunden Unterricht und dann zu kochen begann, während die Kinder und ihr Mann schon hungrig aufs Mittagessen warteten, dann pantschte braute brutzelte sie irgendetwas Schnelles, halbwegs Essbares zusammen und verfluchte den Umstand, dass sie als Frau zur Welt gekommen war. Und dann noch die bohrende Liese-Frage: „Was kochst du heute?“

„Wenn ich das wüsste!“, sagte die Englischlehrerin jedes Mal darauf, ziemlich verärgert. Verärgert über die Tatsache, dass Liese gerne kochte, dass ihr das Kochen wichtig war, verärgert aber auch über ihre Situation als berufstätige Frau, als skrupelhafte Lehrerin, als ebenso skrupelhafte Mutter, die ihren Kindern gegenüber permanent ein schlechtes Gewissen hatte.

Außer der Koch-Frage störte sie fast nichts an Liese. Manchmal putzte sie ein wenig schlampig, begegnete dem Staub der Möbel nur auf Augenhöhe, aber das war vernachlässigbar. Im Lauf der Jahre war sie eine Freundin geworden. Ihr Haus war eines der wenigen, in die man noch so hineinschneien konnte, wie das früher zwischen Freunden, Verwandten und Nachbarn üblich gewesen war. Etwas, das die Englischlehrerin in ihrer sonstigen Umgebung schmerzlich vermisste. Unangemeldet konnte man nirgendwo mehr hingehen, das Telefon (und in der Folge das Handy noch mehr) hatte diese gute Sitte zunichtegemacht.

Die Fluchtnacht wiederholte sich nicht. Hatte aber Liese und die Englischlehrerin noch enger zusammengeschweißt, sodass die Freundschaft auch bestehen blieb, als Liese einen anderen Job gefunden und die Putzstelle bei der Lehrerin aufgegeben hatte.

Immer wieder besuchte die Lehrerin Liese in ihrem kleinen gemütlichen Haus, dann saßen sie in der Küche, Liese tischte auf (irgendetwas frisch Gekochtes war ja immer vorhanden), die Lehrerin aß und genoss Lieses Gesellschaft. Auch zu den Geburtstagen besuchten sie einander und brachten kleine Geschenke.

Dann wurde Liese krank. Irgendwas mit dem Herzen, die Lehrerin fand nie heraus, ob es ein Infarkt oder etwas anderes gewesen war, auch als sie Liese im Spital besuchte, gewann sie keine Klarheit. Liese lag da, schaute die Lehrerin an und fragte: „Meinst du, ich muss sterben?“ Diese

Frage traf die Lehrerin völlig überraschend. Sie sagte aber nicht: Wie kommst du darauf? Was redest du da für einen Unsinn? Oder irgendwas in der beschwichtigenden Art, die man für solche Situationen parat hat, sondern schaute Liese lange und eindringlich an und sagte: „Nein. Ganz sicher nicht."

„Wieso bist du dir so sicher?", fragte Liese.

„Ich habe einen Blick dafür!", sagte die Lehrerin.

Sie zog einen Weißgoldring vom Finger, den sie einmal von ihrer Mutter geschenkt bekommen hatte, und steckte ihn Liese an. „Ich schenk ihn dir. Er soll dir Kraft geben."

„Danke", sagte Liese. „Danke."

Zwei Jahre später suchte die Lehrerin nach einem Geburtstagsgeschenk für Liese. Sie suchte lange, fand ewig nichts Passendes, bis sie endlich in einer Drogerie eine schwarzweiße Halskette entdeckte, Modeschmuck, nichts Besonderes, doch einigermaßen ansehnlich. Sie kaufte sie, die Zeit drängte, morgen war Lieses Geburtstag, aber morgen würde die Lehrerin zu einer Tagung fahren müssen, also wollte sie schon heute gratulieren. Auf dem Weg von der Drogerie zu Lieses Haus schaute sie noch einmal die Kette an, plötzlich stieg in ihr der Gedanke auf, dass die Kette an ein Begräbnis erinnerte. Schwarzweiß, wie die alten Livrees der Pompfünebrer. Soll ich ihr diese Kette schenken, darf ich ihr diese Kette überhaupt schenken?, überlegte die Lehrerin. Liese wird sagen: Die kann ich bei meinem eigenen Begräbnis tragen …

Doch um ein anderes Geschenk zu kaufen, war es zu spät. Liese nahm die Kette in die Hand, ließ sie durch die Finger gleiten. „Schön", sagte sie, „aber mein Geburtstag ist erst in einem Monat."

Zwei Wochen später war Liese tot. Sie hatte einen Herzstillstand gehabt, war im Krankenhaus gewesen und nach zwei Tagen wieder entlassen worden. Als ihr Mann, mit dem sie in den letzten Jahren eine harmonische Beziehung geführt hatte, sie abholte und nach Hause brachte, stieg sie aus, ging bis zur Gartentür, hielt sich kurz daran fest und brach tot zusammen. Ihren Geburtstag hat sie nicht mehr erlebt.
Wieder eine Tür, die endgültig zugefallen war.

Tür

Plötzlich war alles anders. Plötzlich öffnete sich eine Tür. Es geschah in einem Moment, ohne mein Zutun, unerwartet, wie ein Wunder. Ich hatte nicht mehr an Wunder geglaubt. Zumindest nicht an ein Wunder, das MIR geschehen würde. Ich hatte nicht gehofft, dass ich noch jemals für irgendwen auf der Welt liebenswert sein würde. Hatte mich für ein Wesen gehalten, das Liebe nicht verdiente. Und dann geschah es – das Wunder!
Ich besuchte mit meiner Schwester eine Diskothek in der benachbarten Kleinstadt. Meine Mutter hatte sich nach langem Zögern doch erweichen lassen, mich ausgehen zu lassen, aber nur in Begleitung meiner großen Schwester. Man kann sich vorstellen, wie begeistert die war, immer den „Babysitter" spielen zu müssen. Einmal lag ihr Tagebuch offen auf dem Tisch in ihrem Zimmer und ich konnte nicht widerstehen, die aufgeschlagene Seite zu lesen. Was ich natürlich nicht hätte tun dürfen. Ich las: Gabi ist ein Klotz am Bein. Sie ist siebzehn und ich muss immer noch auf sie aufpassen wie auf ein kleines Kind. Wenn ich ausgehe, muss ich sie mitnehmen. Mama verlangt das von mir. Ich bin hin und hergerissen zwischen Mitleid, Fürsorge und Hass.
In dem Moment keimte in mir der Verdacht, dass Rita das Tagebuch absichtlich offen auf den Tisch gelegt hatte. Meine Schwester hasste mich. Weil sie ihr Leben nicht ohne mich leben konnte. Das tat unendlich weh. Dennoch versuchte ich, sie zu verstehen. Und schlug ihr folgenden Deal vor: Wir würden in die Diskothek fahren,

uns dann trennen, zu einem vereinbarten Zeitpunkt wieder treffen und gemeinsam nach Hause fahren. Dann konnte sie wenigstens für die Dauer des Diskobesuchs unabhängig sein.

„Du brauchst nicht auf mich aufzupassen", sagte ich, „ich komm schon zurecht. Du brauchst dich auch nicht dafür verantwortlich zu fühlen, ob ich mich in der Disko wohlfühle oder nicht. Tu so, als ob du allein dort wärst, und ich halte es genauso."

Eine Welle der Erleichterung rollte über ihr Gesicht. „Meinst du das ernst?"

„Ja", sagte ich. „Natürlich. Sonst würde ich es nicht vorschlagen. Aber sag bitte der Mama nichts von unserem Deal."

„Natürlich, ich bin doch nicht blöd!", brummte meine große, gescheite Schwester und strich mir über den Kopf. Das erste Mal seit langem.

Wir gingen also in die Diskothek. Am nächsten Samstag. Beim Eingang trennten wir uns. Das Lokal war gerammelt voll, sodass wir uns schnell aus den Augen verloren. Ich stellte mich in eine Ecke und schaute den anderen beim Tanzen zu. Jeder tanzte mehr oder weniger für sich allein, man merkte nur bei manchen, dass sie irgendwie zusammengehörten, die anderen waren ein Konglomerat von wechselnd sich annähernden Personen, ein Knäuel, das hin und her wogte, einzelne Moleküle, die unschlüssig waren, wie sie sich verbinden sollten. Ich machte ein paar Schritte auf die Tanzfläche zu, allein, ich hatte noch keinen Bekannten gesehen, mit niemandem gesprochen, ich begab mich also langsam und zögernd auf die Tanzfläche und begann mich ebenso langsam zu bewegen. Allmäh-

lich wurde ich von dieser Molekülmenge aufgesogen, wogte in ihrem Rhythmus mit, wurde Teil der Menge, bewegte mich schneller, heftiger, wilder, es war ein unbeschreibliches Gefühl, rauschhaft, ekstatisch. Die Blitzlichter des Stroboskops zerhackten die Wirklichkeit, die Moleküle waren zuckende Teilchen in jeweils anders verschobenen Formationen, ich selbst ein immer wilder zuckender Teil der Menge.

Plötzlich zischte eine Schlange durch meinen Kopf, ich begann mich zu drehen, unwillkürlich, drehte und drehte mich wie ein Kreisel, ich konnte nicht aufhören mich zu drehen, dann knickten meine Beine ein und ich sackte zusammen.

Als ich das Bewusstsein wiedererlangte, lag ich auf dem Boden. Ich spürte Arme, die um mich gelegt waren. Mich festhielten. Ein junger Mann blickte mich voll Besorgnis an, ich wusste nicht, wo ich war, wusste nicht, was geschehen war, wischte mir den Schaum vom Mund, unwillkürlich, merkte nur, dass es irgendwie grauslich war, aber die Augen des jungen Mannes ruhten noch immer auf mir, die Besorgnis daraus war nicht gewichen, allmählich kam ich zu mir und sah, dass der junge Mann auf der Tanzfläche saß und meinen Kopf und Oberkörper in seinen Armen hielt.

„Ich hab' gerade noch das Schlimmste verhindern können", sagte er.

Ich richtete mich auf. Da war ich also, auf dem Boden der Tanzfläche einer Diskothek, ich hatte einen epileptischen Anfall gehabt, war zusammengebrochen, der junge Mann hatte mich im letzten Moment aufgefangen, sonst wäre ich mit dem Kopf auf dem Fußboden aufgeschlagen

und hätte mir wahrscheinlich eine schwere Gehirnerschütterung zugezogen.
„Danke", sagte ich heiser, dann rappelte ich mich auf.
„Geht's wieder?", fragte der junge Mann. Ich nickte.
Er zog mich an die Bar und bestellte zwei Flaschen Mineralwasser.
„Hier, trink!", sagte er und schob eine Flasche den Tresen entlang zu mir. Ganz kurz berührten seine Finger meine. Ein Funke sprang über. Aber den hätte es nicht mehr gebraucht. Das war schon der zweite. Denn beim Aufwachen, als ich zum ersten Mal in seine sanften Augen blickte, hatte ich mich Knall und Fall in ihn verliebt. Und das im wahrsten Sinn des Wortes.
„Ich heiße Michael", sagte er, „aber alle sagen Mike zu mir."
Michael – auch das noch! Aber wenigstens Mike …
„Gabriela", sagte ich. Es klang ziemlich förmlich. Doch ich wollte nicht hinzufügen: Aber alle sagen Gabi zu mir. Das wäre mir zu platt erschienen.
Er legte seinen Arm um meine Schulter. „Du musst besser auf dich aufpassen", sagte er. „Hast du zu viel getrunken?"
„Ich hab' überhaupt nichts getrunken!"
Ich wusste, er verstand die Situation nicht. Doch ich hatte keine Lust, sie ihm zu erklären. Jedenfalls nicht jetzt.
Das Wunder – der Funke war auch auf Mike übergesprungen.
Mike, mein Beschützer. Von nun an. Mike, der mich abholte und mit mir in die Disko ging. Mike, der mir sagte, dass ich schön war. Dass ihm mein Gesicht gefiel. Mein Herzkirschengesicht. Er sagte tatsächlich Herzkirschen-

gesicht. Mike, der mich umarmte, streichelte, küsste. Der zärtlich war und sanft. Mike, bei dem ich das erste Mal, seit ich aus der Kindheit gefallen war, ein Gefühl tiefster Geborgenheit empfand. Mike mit den sanften, braunen Augen, den wunderbaren Händen, den zärtlichen Lippen. Mike, bei dem ich mir das erste Mal seit langem liebens- und begehrenswert vorkam.

Mike – der Glanz der ersten Tage, das Gold des Anfangs. Dann schlief ich mit ihm. Es war mein erstes Mal. Ich wollte es nicht, aber es gehörte irgendwie dazu. Ich empfand nicht viel, keinen großen Schmerz, keine Wonne. Für ihn war es schön. Sagte er jedenfalls. Ich hoffte, dass ich mit der Zeit mehr Lust daran gewinnen würde. Aber die Lust stellte sich nicht ein. Nie. Ich ließ den Akt über mich ergehen, täuschte einen Orgasmus vor, es gibt genügend einschlägige Filme darüber, beteuerte, dass es auch für mich schön war, und dachte ganz einfach: Es muss so sein. Es gehört dazu. Ich liebe ihn, ich will ihn nicht verlieren, also muss ich das Spiel mitmachen.

Der Goldglanz des Anfangs war verblasst. Unsere Liebe glänzte nur noch silbern. Doch immerhin – sie glänzte.

Ich bereitete mich auf die Matura vor. Irgendwie hatte ich es geschafft, mich durch die vier Klassen des Oberstufenrealgymnasiums zu wurschteln. Ja, es war ein Wurschteln gewesen, und irgendwann hatten selbst die Lehrer aufgehört, den Satz zu sagen: „Deine Schwester hat …“, weil ich oft genug abgewinkt hatte.

Mike lernte viel mit mir, prüfte mich ab. Eines Tages sagte er, er wolle neben seiner Mechanikerlehre die Abendmatura machen. Ich war begeistert von dieser Idee, fand es allerdings schade, dass er von nun an die Abende in der Schule verbrachte und wir uns nur selten treffen konnten.

Der Tag der Matura kam. Ich schaffte die Prüfungen, mit viel Ach und Bauchweh und wahrscheinlich auch einigem Augenzudrücken meiner Professoren, aber ich schaffte sie. Nur das zählte. Meine Mutter umarmte mich, ihr schien ein Stein vom Herzen gefallen zu sein, endlich war ihr Sorgenkind durch die Schule gekommen und ihr ständiges Bemühen, das Beste für mich zu wollen, konnte eine Atempause machen. Meine kleine Schwester tanzte um mich herum, ich hatte keine Ahnung, ob sie den Sinn ihrer Freude verstand, ich fragte nicht nach. Meine große Schwester klopfte mir auf die Schulter, mein Vater, der bisher in meinem Leben nur Dekor gewesen war, hatte Tränen in den Augen (Tränen, man stelle sich das vor, ich hatte meinen Vater noch nie mit Tränen in den Augen gesehen, o doch, einmal, nach der Geburt meiner kleinen Schwester, meine Matura war für ihn anscheinend die Geburt seiner nun erwachsenen Tochter, rührend) und Mike hob mich in die Höhe und wirbelte mich durchs Zimmer, bis mir schwindlig wurde und ich kotzen musste.

Meine Klasse hatte beschlossen, gemeinsam zum Summersplash zu fahren. Allein der Gedanke, dass ich irgendwo in der Türkei oder sonstwo mit Tausenden von anderen Maturanten ein zweiwöchiges Dauerbesäufnis feiern sollte, rief das absolute Grauen in mir hervor. Daher hatte ich abgelehnt, auf die Maturareise mitzufahren.

Mike hatte das für sehr vernünftig gehalten. „Wir machen unsere eigene Maturareise“, hatte er vorgeschlagen. „Was hältst du davon? Griechenland. Nur wir beide.“

Ich war begeistert. Meine Mutter hatte seltsamerweise nichts dagegen. Vielleicht war ihre Devise gewesen: Bis zur Matura gehört sie mir, danach kann sie machen, was sie will.
Griechenland. Mit Mike. Ich war im Paradies.

Dekor

Der Garten war ein kleines Paradies, immer schon gewesen. Rosen schneiden, mit den Kindern spielen, als sie klein waren, im Liegestuhl ein Buch lesen, die Fichte wachsen sehen und ihre zarten grünen Triebe …
„Kann es sein, dass ich gestern Abend deine Stimme im Garten gehört habe? Hast du etwas vorgelesen? Und waren da auch andere Leute?“
„Ja“, sagte Heide, überrascht, dass Gina ihre Lesung wahrgenommen hatte.
Im vergangenen Jahr hatte Heide begonnen, im Garten ihres Hauses, das nunmehr das Haus ihres Sohnes war, Sommerlesungen abzuhalten. Jeden Mittwoch im Juli und August. Ihre Familie war vor diesem Unterfangen sehr skeptisch gewesen. „Wer soll denn da kommen?“, hatte Heides Tochter Sarah gefragt. „Die Leute hier haben dich schon hundertmal lesen gehört.“
„Egal“, hatte Heide gesagt, „der Garten kostet mich nichts und ich brauche mir auch kein Honorar zu zahlen. Ich gehe also keinerlei finanzielles Risiko ein. Und wenn niemand kommt, dann habe ich es probiert und bin gescheitert. Auch kein Malheur.“
Die Lesungen wurden aber ein erstaunlicher Erfolg. Woche für Woche kamen an die dreißig bis fünfzig Zuhörer, allmählich bildete sich so etwas wie eine Fangemeinde, Freunde, Bekannte, ehemalige Kollegen, darunter auch der Maler Werner H., eine Fangemeinde, die Heides Lesungen schätzte, das Programm, die Vortragsweise, das Ambiente, die sommerliche Atmosphäre, das gesellige

Beisammensein nach den Lesungen, beim obligaten Glas Sekt.
„Deine Mutter hat mir nicht erzählt, dass du schreibst“, sagte Gina.
Heide zuckte die Achseln.
„Darf ich das nächste Mal dabei sein?“, fragte Gina.
„Selbstverständlich!“, sagte Heide und lächelte Gina zu.
Sie kam tatsächlich. Von da an jeden Mittwoch. Saß in einer der hinteren Reihen, und obwohl sie nicht alles verstand, war sie eine einzige gespannte Aufmerksamkeit.
„Ich könnte dir stundenlang zuhören“, sagte sie, „ich habe das Gefühl, als verstünde ich jedes Wort.“ Das war eine der schönsten Rückmeldungen, die Heide zu ihrer Lesereihe bekam.
Auch die Tatsache, dass zwei Ehepaare jede einzelne Lesung im Vorjahr besucht hatten, selbst dieses Jahr zu jeder Lesung kamen, und wenn sie einmal verhindert waren, sich vorher quasi abmeldeten, erfüllte Heide mit sentimentaler Freude.
Zwei Tage nach der zweiten Sommerlesung stürzte die Mutter und brach (oder prellte) sich die Rippen. Nicht einmal die ständige Anwesenheit von Gina hatte den Sturz verhindern können. Die Mutter hatte sie nicht gerufen, sondern war allein aufgestanden und nach dem Aufstehen sofort gestürzt. Gina fühlte sich schuldig, sagte, sie hätte besser aufpassen sollen, so etwas hätte nicht passieren dürfen. Aber da Heide von den wenigen Nächten, die sie im Haus der Mutter verbracht hatte, wusste, wie eigenmächtig, ja trotzig die Mutter handelte, beruhigte sie Gina und sprach sie von jeder Schuld frei.

Die Hausärztin wurde gerufen, verordnete eine Rippenstütze und schmerzstillende Medikamente. Sie überprüfte auch die anderen Medikamente, die die Mutter einnahm, meinte, es seien zu viele, manche hätten dieselbe, manche eine Wechselwirkung, Heide solle an einem der nächsten Wochentage in die Ordination kommen, dann würde sie die Medikamente neu abstimmen und dosieren.
Gina stand auf dem Balkon und rauchte. Nachdem die Hausärztin gegangen war, gesellte Heide sich zu ihr.
„Ich möchte dich und deine Familie morgen zum Mittagessen einladen", sagte Gina. „Zum Einstand. Ich habe das schon mit deiner Mutter besprochen, sie hat nichts dagegen. Im Gegenteil, ich glaube, sie freut sich sogar."
Heide, keine begnadete Köchin vor dem Herrn, freute sich immer, wenn jemand sie zum Essen einlud. „Aber meine Enkelkinder kommen heute Abend zu mir und bleiben über Nacht. Sie sind also morgen auch da."
„Umso besser!", sagte Gina. „Dann wird das ein richtiger Mulatság!"
Heide fragte zur Sicherheit die Mutter noch einmal, wie es ihr gehe, ob sie keine Schmerzen habe und ob ihr der morgige „Mulatság" nicht zu anstrengend sein würde.
Die Mutter sagte: „Nein, nein, es geht mir ja einigermaßen gut, ich freue mich, wenn ihr kommt. Ich brauch' ja nichts zu machen." Dabei lachte sie ihr halb schelmisches, halb hämisches Lachen, das sie immer lachte, wenn sie dachte, sie sei fein raus.
Am Abend kamen Heides Enkelkinder und blieben über Nacht. Für Heide war es jedes Mal ein Fest, ein Herausholen aus ihrer standardisierten Einsamkeit, das Haus war belebt vom Atem der Kinder, von Lärm und Lachen,

erfüllt mit herrlich chaotischem Leben. Am Abend, vor dem Einschlafen, kuschelten sich die Enkelkinder an sie, eines links, eines rechts, bedeckten ihr Gesicht mit Gutenachtküssen, versicherten ihr, sie sei die beste Oma auf der ganzen Welt und bohrten ihr im Schlaf die kleinen Zehen in die Oberschenkel.

Am Sonntag machten sie sich fertig für den Besuch bei der Mutter. Die Kinder gingen diesmal ohne Murren mit, was Heide verwunderte. Sie mochten normalerweise die Besuche bei der Urgroßmutter nicht. Fürchteten sich irgendwie – wovor, wusste Heide nicht so genau. Vor vielem, wahrscheinlich vor allem. Die Atmosphäre des Hauses war im Lauf der Zeit feindlich geworden, Mischa hatte immer mehr Dinge angehäuft, die dem Haus die Luft zum Atmen nahmen, das Haus glich eher einer Müllhalde als einem Wohnhaus, einzig Mutters Wohnzimmer war unangetastet geblieben, überall sonst häuften sich unnütze Dinge, in Mischas Zimmer und im Keller war selbst der Boden bedeckt, sodass man nur Schneisen zum Gehen hatte schlagen können. Mischa selbst war groß und korpulent, bewegte sich schwerfällig und mochte den Enkelkindern bedrohlich, mächtig und unberechenbar erscheinen. Und seine Sprache war für sie unverständlich. Mit der alten herzkranken Urgroßmutter war nicht viel anzufangen, sie bemühte sich zwar, mit den Kindern ein wenig zu spielen und zu scherzen, doch ihr Repertoire war begrenzt und sie wurde sehr bald müde, sodass das Interesse aneinander auf beiden Seiten schnell wieder schwand.

An diesem Sonntag aber gingen die Enkelkinder ohne Murren in das Haus der Urgroßmutter, und es schien

Heide, als hätte sich in den wenigen Tagen seit Ginas Ankunft die Atmosphäre im Haus verändert. Das Haus war luftiger geworden, man konnte es betreten, ohne gleich Beklemmungen zu bekommen, man konnte freier atmen, die Schneisen waren breiter geworden.

Gina hatte ein typisch ungarisches Essen gekocht, Pörkölt mit Nockerln, selbst die Mutter aß nicht wie gewohnt im Schlafzimmer, sondern hatte sich zur Tischgesellschaft gesellt, die Stimmung während des Essens war freundlich, manchmal wurde sogar gelacht, ohne dass die Mutter gleich beleidigt oder gekränkt war, Ginas Anwesenheit hatte auch dieses Wunder vollbracht.

Später wollten die Enkelkinder schwimmen gehen, und so plantschten Heide und ihr Mann Stefan mit ihnen in Mutters kleinem Swimmingpool herum, vor dem es Heide immer ein bisschen grauste, weil die Ränder mit Algen bewachsen waren, da sich schon lange Zeit niemand mehr um die Reinigung des Pools gekümmert hatte. Den Enkelkindern schien das nichts auszumachen, wahrscheinlich bemerkten sie den grünen Algenrand gar nicht, sie schwammen fröhlich herum, spritzten Heide und Stefan an, und nachdem sie genug geplantscht und sich angezogen hatten, gingen sie wieder hinauf in den ersten Stock. Die Mutter hatte sich inzwischen in ihr Schlafzimmer zurückgezogen. „Wir sagen ihr noch auf Wiedersehen“, sagte Heide zu den Enkelkindern, und die nickten, erstaunlicherweise wieder ohne Murren.

Gina kam auf die Idee, ein Foto zu machen. Und so drapierten sich alle für ein gemeinsames Foto, die Mutter rechts im Bild, sitzend im Kirschholzfauteuil, in ihrem rosalila Schlafrock, Gina musste ihr das Haar bürsten,

Heide daneben, links von ihr, die kleine Enkeltochter auf der einen Seite, der größere Enkelsohn auf der anderen, und dahinter, strahlend lächelnd, als Dekor, Heides Mann.
Zu dem Zeitpunkt wusste niemand, dass das das letzte gemeinsame Foto sein würde, ebenso wenig wie jemand ahnte, dass weder die Enkelkinder noch Heides Mann die Mutter noch jemals lebend würden sehen können.
Im Nachhinein dachte Heide, dass die Enkelkinder es vielleicht intuitiv gespürt hatten, erahnt mit dem tiefen emotionalen Weltwissen, das Kindern eigen ist, und dass sie diesen letzten Besuch vielleicht deshalb ohne Murren absolviert hatten.
Als Heide für das Begräbnis, für die Aufbahrung in der Leichenhalle, eine kleine Fotokollage zusammenstellte, mit Bildern aus den verschiedensten Epochen von Mutters Leben, entdeckte sie ein Foto aus Kindertagen, das dieselbe Komposition zeigte wie dieses letzte gemeinsame Foto, das sie an jenem letzten gemeinsamen Sonntag gemacht hatten: die Mutter, sitzend rechts, Heide stehend links davon, mit dem kleinen behinderten Bruder im Arm, und dahinter, strahlend lächelnd, als Dekor, der Vater.

Sommer

Mir wurde den ganzen Sommer nicht warm. Ich zitterte und mein Kopf war immer wieder für kurze Augenblicke weggeschaltet. Als die Zuckungen sich häuften, wurde meine Mutter immer besorgter und ängstlicher. „Zwanzigmal heute", sagte sie eines Tages, „zwanzig Aussetzer an einem Tag, Kind, so kann es nicht weitergehen!"

Sie ging sofort mit mir zum Arzt. Der sagte, ich müsse dringend ins Krankenhaus. „Ich will nicht ins Krankenhaus", sagte ich. Die Ferien gingen bald zu Ende, ich wollte den Schulanfang in der neuen Schule nicht versäumen. Ich wollte nichts in der Schule versäumen, wollte genauso gut sein wie meine Schwester.

Der Arzt schaute mich freundlich, aber eindringlich an. „Es muss sein, Gabriela", sagte er. „Es dauert nur ein paar Tage. Bis wir die Medikamente richtig eingestellt haben."

Medikamente? Was für Medikamente? Gab es Medikamente gegen zischende Schlangen im Kopf? War ich krank? Ich fühlte mich nicht krank, sondern seltsam, anders als die anderen. Aber das war seit Michaels Tod normal für mich gewesen.

Mama strich mir über den Arm. „Sei vernünftig, Gabi. Ein paar Tage, das ist nicht schlimm."

Was wusste sie schon? Sie war noch nie im Krankenhaus gewesen, jedenfalls nicht, seit ich auf der Welt war. Außer bei Serenas Geburt.

„Es gibt auch eine Mutter-Kind-Station", sagte der Arzt zu Mama. „Sie könnten bei Gabi …" Mutter winkte ab.

Ohne zu zögern. Ohne zu überlegen. „Das geht nicht, ich habe zu Hause noch …“
Mir stiegen Tränen in die Augen. Meine Schwester und mein Vater, der nur sporadisch da war, waren wichtiger für Mama, obwohl sie nicht krank waren. Die wären, so dachte ich, sehr gut einmal ohne meine Mutter zurechtgekommen. Ob ich sie brauchte oder nicht, war ihr egal. Sie fragte mich nicht einmal.
„Muss ich sterben, Mama?“, fragte ich beim Verabschieden.
„Was du dir für komisches Zeug zusammendenkst!“, sagte Mama und schüttelte den Kopf. Wahrscheinlich kam ich ihr seltsam vor. Wahrscheinlich war ich seltsam. Der erste Tag im Krankenhaus war auch seltsam. Ich fühlte mich sehr allein, obwohl dauernd jemand um mich herumscharwenzelte. Ein Arzt. Eine Krankenschwester. Eine Putzfrau. Und obwohl ich das Alleinsein eigentlich gewohnt war. Ich hatte die Ferien ja mehr oder weniger allein verbracht. Ich wurde dahin und dorthin gebracht, sie schlossen meinen Kopf an elektrische Drähte an, ich sah aus wie ein Roboter oder ein Alien. Irgendein automatischer Schreiber schrieb komische Zacken auf ein Papier. Dann steckten die Ärzte ihre Köpfe zusammen und murmelten etwas, das ich nicht verstand. Irgendwas stimmte nicht mit meinem Kopf. Aber das hatte ich vor den elektrischen Drähten schon gewusst. Den ganzen Tag wurde ich untersucht. Röntgen, Blutabnahme, Abhorchen, was weiß ich, ich kann mich nicht mehr so genau erinnern. Mamas Besuch musste ich verpasst haben. Am Abend gab mir die Schwester ein paar Tropfen, bald danach schlief ich ein.

Ich träumte, ich sei eine Fee, die sich von Licht ernährte, eine wunderschöne Fee, die durch die Luft schwebte, federleicht, schwerelos, glücklich, strahlend.
Ich wachte lächelnd auf. Dann betrachtete ich mich, wie ich da im Spitalsnachthemd im Bett lag, meine Beine waren Stampferbeine, mein Bauch wölbte sich noch immer nicht nach innen, meine Oberarme waren viel zu kräftig, mein Herzkirschengesicht viel zu rund. Ich hatte nichts, aber auch gar nichts von einer Fee an mir. Vielleicht sollte ich wirklich versuchen, nur Licht zu essen, bis ich so federleicht war wie die Fee in meinem Traum? Vielleicht würde ich dann schweben können …
Ich trank zum Frühstück eine Tasse Tee. Ohne Zucker. Er schmeckte grauslich. Die Buttersemmel ließ ich stehen.
„Warum hast du nichts gegessen?“, fragte die Schwester, als sie das Tablett abservierte.
„Ich hab' keinen Hunger“, sagte ich.
Die Schwester schüttelte den Kopf und trug das Tablett weg.
So durfte ich es nicht mehr machen, das war zu auffällig. Ich musste das Essen verschwinden lassen.
Zu Mittag tat ich so, als würde ich die Suppe löffeln, als die Schwester weg war, kippte ich das Essen ins Klo und spülte es hinunter. Die Schwester strahlte: „Na, siehst du, alles aufgegessen. Sehr brav!“
Alles wegzuschütten war auf die Dauer vielleicht zu auffällig. Ich würde beim nächsten Mal einen kleinen Rest übriglassen.
Am nächsten Morgen wölbte sich mein Bauch ein bisschen nach innen. Ich strich mit der Hand darüber, ich lächelte. Bald würde ich eine Fee sein.

Am Nachmittag wurde ich wieder zu einer Untersuchung gebracht. Als ich den Gang entlangging, sah ich durch eine Glasscheibe eine Frau, die auf dem Boden saß und mit Legosteinen spielte. Sie schien ganz versunken in ihre Tätigkeit und hatte schon eine große Burg zusammengebaut. Oder eher ein Märchenschloss. Plötzlich hob die Frau den Kopf, ruckartig, beim Anblick der Krankenschwester weiteten sich ihre Augen und sie schrie so laut, dass es sogar durch die Glasscheibe schrecklich klang. Die Krankenschwester ging schnell weiter, brachte sich dadurch aus der Sichtlinie, die Frau sah jetzt nur mehr mich, das Kind, langsam beruhigte sie sich. Wir schauten einander an, die Frau und ich, erst jetzt bemerkte ich, wie dünn sie war. Ihre Arme knochig, ihr Gesicht schmal, die Wangen eingefallen, die fahle Haut schien an den Wangenknochen zu kleben, ihre langen Haare dünn und strähnig und feucht von Schweiß. Ihr Blick, der vorher fast irr gewirkt hatte, wurde freundlicher, als sie mich ansah. Sie lächelte ein kleines verzerrtes Lächeln, ich lächelte ebenso verzerrt zurück.

„Gabriela, komm“, flüsterte die Schwester.

Meine Finger bewegten sich, es war wie ein unwillkürliches Winken, die seltsame Frau winkte zurück, dann wendete sie sich wieder ihren Legosteinen zu. Ich schaute die Krankenschwester fragend an.

„Komm“, sagte sie noch einmal, wir gingen weiter. Vor der Tür des Untersuchungsraumes setzten wir uns und warteten, bis ich aufgerufen wurde.

Die Krankenschwester umschloss meine Hand mit ihren beiden Händen. „Wahrscheinlich dürfte ich dir das nicht sagen … Aber jetzt hast du diese arme Frau gesehen und

sollst wissen, was mit ihr los ist. Sonst reimst du dir noch weiß Gott was zusammen ...“
Ich weiß nicht, was ich mir zusammengereimt hätte, aber das, was mir die Schwester erzählte, sicher nicht.
Die Märchenschlossfrau war magersüchtig. Sie hatte nur mehr fünfunddreißig Kilo, ihr Gehirn war durch die ständige Unterversorgung so schwer geschädigt worden, dass sie in eine andere, völlig irrationale Welt gekippt war. Mit den Legosteinen baute sie Schlösser für ihre Feen. Und alle Erwachsenen, die sie sah, jagten ihr eine so schreckliche Angst ein, dass sie laut und irr zu schreien begann. Die Erwachsenen würden die Feenschlösser zerstören, dann würden die Feen davonfliegen und für immer aus ihrem Leben verschwinden. Nur vor Kindern fürchtete sie sich nicht, denn Kinder hatten etwas Unschuldiges, Märchenhaftes. Kinder würden die Feenschlösser niemals zerstören.
Ich saß da, als ob etwas sehr Schweres auf mich herabgefallen wäre.
Da saß eine erwachsene Frau auf dem Fußboden eines Krankenzimmers, in einer Kinderklinik, weil sie aus der Welt der Erwachsenen gefallen war und nur mehr den Anblick von Kindern ertragen konnte, saß auf dem Fußboden, baute Feenschlösser und schrie in Panik, wenn ein Erwachsener sich näherte.
Ich hatte heute Nacht von einer Fee geträumt. Wollte selber eine Fee werden. Hatte das Essen ins Klo geschüttet und mich gefreut, weil ich mich leicht und feenhaft gefühlt hatte. Die Schlangen im Kopf zuckten und zischten. Ich fühlte mich magisch von der Feenfrau angezogen. Von nun an besuchte ich sie in ihrem Krankenzimmer. Jeden

Tag. Irgendwann ließ sie es sogar zu, dass ich ihr beim Bauen half. Sie stellte mir ihre Feen vor und nannte ihre Namen. „Meine Lieblingsfee heißt Gabriela", flüsterte sie einmal und lächelte verzückt. Da rannte ich davon.

Ich kann mich entfernen. Ich fahre mit dem Autobus. Sobald ich die durchgestrichene Ortstafel erblicke, kann ich freier atmen. Ich schaue aus dem Fenster des Busses. Die Wiesen gleiten an mir vorbei, die Bäume laufen. Ein milder Schleier legt sich auf meine Augen. Ich träume vor mich hin, fast könnte ich mich als glücklich bezeichnen, in diesem schwebenden Zustand. Meine Lieblingsfee heißt Gabriela. Immer wieder schneidet dieser Satz in die scheinbare Idylle, mit einer sanften Klinge auf der einen Seite und einer scharfen auf der anderen.

Ich habe ein paar Freundinnen gefunden – das heißt, es sind eher gute Schulkolleginnen. Ich habe in meinem ganzen Leben keine einzige wirkliche Freundin gehabt. Michael war mein bester Freund. Mein Bruder. Alles.

Es ist besser in der Hauptschule, weil ich mich aus dem Dorf entfernen kann und mich nicht alles an Michael erinnert.

Aber tief in mir ist immer noch so viel, das heraus muss. Wenn ich nach Hause komme, stecke ich mir sofort den Finger in den Mund.

Einmal kotzen – ich hasse meine „Ich-will-nur-das-Beste-für-dich"-Mutter.

Zweimal kotzen – ich hasse meinen abwesenden Vater.

Dreimal kotzen – ich hasse meine „tolle" große Schwester.

Viermal kotzen – ich hasse meine „liebe" kleine Schwester.

Fünfmal kotzen – ich hasse mein Dorf.

Sechsmal kotzen – ich hasse die Schule.
Siebenmal kotzen – ich hasse mein Alleinsein.
Achtmal kotzen – ich hasse mich selbst …
Ich erwache wie aus einem Rausch. Ich putze mir die Zähne und schaue in den Spiegel. Mein Gesicht ist rosig und schön. Ich fühle mich leicht und gleichzeitig unendlich stark. So stark wie noch nie in meinem Leben.
Ich balle die Fäuste.
Ich habe mein Zaubermittel gefunden.
Ich bin unverwundbar.
Ich bin eine Fee. Eine weiße Fee. Eine mächtige, starke Fee.
Ich brauche kein Feenschloss.

Weiß

Als Marie ihren letzten Besuch bei Elena gemacht hatte, in der eleganten Wohnung am Fuß des Schafbergs, wo die Farbe Weiß eine dominante Rolle spielte, Weiß, die Farbe, die zu Elena passte, zeigte Elena ihr das Video eines Wienerliedes:

In der Kellergassen
i kann's gar net fassen
sitz i ganz verlassen
auf an Stan!
Glaubst denn du, mein Steinderl,
du mein liebstes Freunderl,
das kommt nur vom Weinderl
ganz allan?
Na, das kommt vom Herzen,
von den Liebesschmerzen,
wia i man,
wia i man.
In der Kellergassen
sitz i ganz verlassen
mit an Aug' an nassen
und i wan!

Der Sänger auf dem Video spielte den kleinen armseligen betrunkenen Mann so echt, dass Elena Tränen in die Augen stiegen. Marie schaute ihre Freundin von der Seite an, Elena schien es nicht zu bemerken. Marie kannte ihre Freundin nun seit mehr als vierzig Jahren, seit der Schul-

zeit, und sie konnte sich nicht erinnern, dass sie Elena jemals hatte weinen sehen.
Und jetzt, viele Jahre später, erinnert sich Marie an ihren ersten Besuch bei Elena, der besten Freundin in Wien. Auch der war mit einer ganz bestimmten Musik verknüpft. Mit zwei Songs des damals noch ziemlich unbekannten Rainhard Fendrich:

Gestern hat mich's Glück verlassen.
Du liegst am Autofriedhof draußen,
dabei warst du doch immer ois für mi.
I kann ma's Weinen net verbeißen,
was warst du für a haßes Eisen
und überblieben is nur a Havarie.

Auch der zweite Fendrich-Song, den Elena Marie vorspielte, „Strada del Sole“, besang eine Niederlage. Der Mann, im Italienurlaub von seiner Freundin verlassen, hat „kane Lire und kane Papiere …“
Drei Songs, für Marie untrennbar mit Elena verbunden, und alle erzählten vom Scheitern.
Erst da wurde es für Marie ganz klar, dass Elena nicht nur die strahlende Persönlichkeit („She was a radiating person“ schrieb Elenas Mann in seinem kurzen Nachruf) gewesen war, für die sie alle (einschließlich Marie) immer gehalten hatten, sondern auch (oder vielleicht sogar vor allem?) ein Mensch mit Ängsten, Verlusten, nicht erfüllten Wünschen, ein Mensch, der an Einsamkeit und Überforderung litt. („Tut mir leid, dass ich mich so lange nicht gemeldet habe. Aber ich hatte in der letzten Zeit so viel zu tun, dass ich kaum zum Schnaufen gekommen bin.

Wenn das so weitergeht, krieg ich noch einen Herzinfarkt." So begann fast jeder Brief, den Elena geschrieben hatte.)

Elena war die Befreiung gewesen, vor fast dreißig Jahren, Ende der siebziger Jahre des vergangenen Jahrhunderts/Jahrtausends.

Maries Kinder hatten heftig protestiert, dass sie, Marie, die Mutter, ein Wochenende allein bei der Freundin in Wien verbringen wollte. Sie bauschten das Ereignis auf, als würde ihre Mutter sie für immer und ewig verlassen. Und beinahe hätte Marie ihrem ohnehin schon schlechten Gewissen nachgegeben und das Unternehmen abgeblasen, wäre nicht Liese eingeschritten, die Haushälterin und Freundin, und hätte mit sanfter Autorität zu den Kindern gesagt: „Eure Mutter braucht auch einmal ein bisschen Zeit für sich selbst." Marie war ihr ewig dankbar dafür gewesen.

Das Wochenende war die Befreiung aus Maries dörflicher Dumpfheit, aus Kleinkariertheit und geiziger Sparsamkeit. Elena war so großzügig, wie sie es immer gewesen war, und Marie lernte (schnell wieder), dass es auch eine andere Lebensweise gab als die geizig-puritanische der Familie ihres Mannes. Lernte es für immer. Und kam mit der Lebenseinstellung ihres Mannes Stefan und der seiner Familie fortan noch schlechter zurecht als bisher, war aber glücklich darüber.

Elenas Wohnung wurde eine rettende Insel für Marie. Wenn sie es in der dörflichen Enge nicht mehr aushielt, flüchtete sie zu Elena. Dann kochte Elena groß auf, dann gab es nächtelange Diskussionen über „Gott und die Welt", wie man damals zu sagen pflegte, und nach einem

Tag und einer Nacht bei Elena fuhr Marie gestärkt nach Hause und konnte die luftabschnürende Enge und Kleingeistigkeit der Familie und des Dorfes wieder für eine Weile ertragen.
Später, als Marie ihre eigene Wohnung in Wien zurückerobert hatte, nachdem die Mieterin gestorben war, wiederholte sich das Ritual: Einsteigen in den 43er, fahren bis zur Endstation, Aussteigen dort, wo die Straßenbahn „die Schleife" machte, dann ein Stück die Neuwaldeggerstraße entlang, vorbei am Gasthaus „Resi Tant", vorbei an ein paar Wohnblocks und schließlich rechts einbiegen in den Triple-Wohnblock, in dem Elena wohnte, mit dem Lift in den dritten Stock, Elena wartete schon an der geöffneten Wohnungstür.
Später fuhr Marie auch mit dem 43er, aber nicht mehr bis zur Endstation. Die Endstation war endgültig vorverlegt. Hernalser Friedhof, zweites Tor, rechts ... Elena lächelte vom grauen Granit herunter.
Marie hatte nie bemerkt, wie steil der Friedhof anstieg, Elena lag im ebenen Teil. Erst Jahre später, bei Gretas Begräbnis, als die Trauergemeinde an einem leichenkalten Wintertag den Hügel hinanstieg, bemerkte Marie, dass der größte Teil des Friedhofs auf einem steilen Hügel lag.
Elena war immer „la Belle" gewesen, schon während der Schulzeit. Sie hatte ein apartes Gesicht, eine makellose Figur, sie trug die exquisitesten Kleider, die teuersten Schuhe, hatte die glatteste Haut (die Pubertät samt Wimmerlplage ging spurlos an ihr vorüber), sie hatte die unkonventionellsten Ideen und den größten Hunger auf die Welt.

Als sie fünfzehn war, trampte sie mit ihrer Freundin Cora nach London, ohne ihren Eltern auch nur einen Mucks davon zu sagen, um ein Konzert der Beatles zu besuchen. Die Eltern waren in Aufruhr, die Freundinnen wurden beinahe inquisitorisch befragt, aber weder Heide noch Anna oder Isa wussten auch nur das Geringste, Elena und Cora hatten über ihr Vorhaben absolutes Stillschweigen bewahrt. Sie erreichten London, erreichten ihr Ziel, besuchten das Beatles-Konzert, und am Ende der Osterferien kamen die beiden Freundinnen wieder nach Hause, als wäre nichts geschehen. Damals hatten solche „Aktionen" noch kein Nachspiel in der Schule. Und auch die Eltern gingen „gnädig" darüber hinweg.
Marie war voller Bewunderung für Cora und Elena und dachte, sie selbst wäre viel zu feige für eine solche Aktion gewesen.
Elena. Die beste Freundin in Wien, über weite Strecken in Maries Leben die beste Freundin überhaupt. Elena überließ Marie ihre Wohnung auch dann, wenn sie selbst verreist war. Wenn sie aber da war, gingen die beiden ins Café, ins Theater, in Restaurants. Elena machte große Reisen, um die Marie sie beneidete. Elena sagte Marie gerade heraus ihre Meinung, wenn sie mit Maries Verhalten nicht einverstanden war. Das kränkte Marie zunächst und brachte sie dann zum Nachdenken.
Jahre später, nachdem Marie ihren Beruf als Lehrerin aufgegeben und sich dem Schreiben zugewandt hatte, war Elena eine kritische Leserin ihrer Manuskripte. Und gleichzeitig voller Bewunderung. „Ich könnte das nie!", sagte sie oft. Wenn Marie erzählte, sie habe eben mit ihrem Verlag einen Vertrag über ein neu zu schreibendes

Buch abgeschlossen, das Manuskript müsse in einem Jahr fertiggestellt sein und sie habe noch nicht die geringste Ahnung, was in diesem Buch eigentlich passieren sollte, dann sagte Elena: „Ich könnte mich diesem Druck nicht aussetzen. Das würde mich fertigmachen. Da würde ich einen Herzinfarkt kriegen."
Und nachdem ihr Marie die Geschichte ihrer Vergewaltigung erzählt hatte, sagte Elena: „Ich hätte das nicht überlebt. Ich hätte vor Angst einen Herzinfarkt gekriegt." Überhaupt nahm sie das Wort Herzinfarkt oft in den Mund, viel zu oft, dachte Marie. Manchmal belächelte sie Elena, aber sie sagte ihr das nie. Elena lebte in Wien, hatte dort alle kulturellen und gesellschaftlichen Möglichkeiten, sie war glücklich verheiratet, mit einem Mann, der mit ihr die ganze Welt bereiste, hatte einen großen Freundeskreis, ein Traumleben in Maries Augen, und dennoch fühlte sie sich dauernd gestresst. Wenn Elena sich diesbezüglich äußerte, konnte Marie nur milde lächeln und denken: Meine liebe Elena, du solltest einmal eine Woche lang mit mir tauschen, dann wüsstest du, was Stress ist. Ich lebe im permanenten Clinch mit meinem Mann, in einem Dorf mit einem sehr beschränkten Kulturangebot, habe zwei Kinder, wovon eines immer wieder sehr krank war, einen behinderten Bruder, den ich mitbetreue, um meine Mutter zu entlasten und mein Sohn hat ein Café, in dem ich mitarbeite. Das alles neben meinem Beruf als Autorin, wo ich ein Romanmanuskript pro Jahr abliefere und außerdem noch an die 150 Lesungen halte, im In- und im Ausland. Ja, Marie meinte oft, allzu oft, sie hätte den Begriff Stress für sich allein gepachtet.

An Elenas fünfzigstem Geburtstag war Marie zu einer Lesereise in Schweden eingeladen. Von ihrem Hotelzimmer in Stockholm aus rief sie die Freundin an und gratulierte ihr. Vorher hatte sie Elena einen langen Geburtstagsbrief geschrieben, der eigentlich eine Geburtstagsrede zum Fest hätte sein sollen. In dem Brief stand vor allem, wieviel Elena Marie bedeutete. Und da stand auch der Satz: „Wenn ich jemals mit irgendjemandem mein Leben hätte tauschen wollen, dann mit dir." Elena antwortete ebenfalls mit einem langen Brief, in dem sie Marie sagte, dass sie einer der ganz wenigen Menschen in ihrem Leben sei, von denen sie sich immer geliebt fühlte, so wie sie war.
„Nur eines kann ich überhaupt nicht verstehen", schrieb Elena weiter, „nämlich warum du mit mir Leben tauschen würdest. Du schreibst Bücher, die werden bleiben, vor allem aber, du hast Kinder ... Ich hingegen werde keine Spuren hinterlassen."
Dieser Satz hatte Marie tief getroffen. Zwar hatte sie gewusst, dass Elena unter ihrer Kinderlosigkeit litt, Elena hatte es ihr bei einem ihrer Treffen in Wien erzählt, wollte sich damals, quasi als Ersatz, einen Hund anschaffen, wovon ihr Marie dringend abgeraten hatte, aber Marie hatte bis zu Elenas Brief nicht wirklich begriffen, wie tief Elenas Schmerz über ihre Kinderlosigkeit war. „Ich habe mich immer als alte Frau im Kreis meiner Kinder und Enkelkinder gesehen", hatte Elena damals gesagt. Und bei der Betrachtung alter Fotos aus der Schulzeit fiel Marie erst auf, dass der kleine Sohn ihres Klassenvorstands, der an einem Wandertag mit dabei gewesen war, auf jedem Foto genau zwischen Marie und Elena gestanden war.

„Wenn ich noch einmal vor der Berufswahl stünde", fuhr Elena in dem Brief fort, „würde ich etwas ganz anderes machen. Ich würde nie mehr den Beruf einer Übersetzerin wählen. Als Übersetzerin bist du nur Handlangerin. Du überträgst fremde Text in eine andere Sprache, oft sehr langweilige Texte, Gebrauchstexte. Du gibst ihnen eine andere Haut, das ist alles. Aber da ist nirgendwo ein Kern, der von dir selbst ist. Wenn ich noch einmal die Wahl hätte, würde ich etwas Eigenes schaffen wollen – so wie du."
Marie versuchte Elena davon zu überzeugen, dass sie selbst etwas schreiben sollte. Elena hatte großes Talent, dessen war Marie sich sicher. Die vielen Briefe, die Elena an Marie schrieb und geschrieben hatte, waren humorvoll, selbstironisch und voll köstlich treffender Beobachtungen. Und wenn Elena von ihren Reisen berichtete, konnte Marie in Gedanken die Reise nachvollziehen, beinahe miterleben, so plastisch waren die Beschreibungen. Aber Elena war zum Schreiben keine Zeit mehr geblieben.
Zweimal hatten sie einander nach diesem Brief noch getroffen.
Marie saß bereits im vereinbarten Café am Ring, Elena kam verspätet, was ungewöhnlich war. Sie trug einen frischen Verband um die rechte Hand, sie hatte sich beim Kochen mit heißem Öl verbrannt, sie musste arge Schmerzen haben, und dennoch wirkte sie taufrisch und strahlend. Marie wollte, nachdem sie sich die ganze Geschichte von der versengten Hand hatte erzählen lassen, mit Elena über den frühen Tod einer gemeinsamen Schulfreundin sprechen, aber Elena wich dem Thema aus,

lenkte das Gespräch auf ein neues Projekt, das sie betrieb. Sie wollte ihre Wohnung vergrößern, ein oder mehrere Zimmer in den Hang hineinbauen, an dem der Wohnblock lag, dazu brauchte sie aber die Zustimmung aller Parteien des Triple-Wohnblocks. So war sie von Tür zu Tür gepilgert, um die Mitbewohner zur Einwilligung umzustimmen. Bei vielen war es ihr gelungen, manche legten sich quer, manche waren nie erreichbar. „Wenn das so weitergeht, kriege ich einen Herzinfarkt!", sagte Elena. Diesmal lächelte Marie nicht, sondern dachte: Ich verstehe, dass dieses Vorhaben einen riesigen Stress verursacht. Aber warum um Himmels willen tust du dir das an? Eure Wohnung ist für zwei Menschen groß genug. Schmeiß einfach ein paar Sachen raus und erspar dir diese ganze Chose! Marie war nicht sicher, ob sie das nur gedacht oder auch tatsächlich gesagt hatte.

Beim nächsten Treffen fiel Marie auf, dass Elenas glänzende Haare stumpf geworden waren.

Ein halbes Jahr später vereinbarten sie abermals ein Treffen.

„Wir sind die ganze nächste Woche in Wien", sagte Marie. „Stefan und ich wollen heuer einen Wienurlaub machen, mit Besichtigungen und allem Drum und Dran, wie echte Touristen. Es gibt so viel, was wir in dieser Stadt, in der wir doch einige Jahre gelebt haben, nicht kennen."

„Prima!", sagte Elena, „dann können wir uns alle einmal treffen, ich habe Stefan schon ewig nicht gesehen." Auch Marie hatte Elenas Mann Carl lange nicht gesehen, in vergangenen Jahren war er oft bei ihren Treffen dabei gewesen, aber in der letzten Zeit hatte er immer etwas an-

deres zu tun gehabt. Manchmal waren seine Gründe Marie recht fadenscheinig erschienen.
„Wir sind am Wochenende im Burgenland“, sagte Elena. „Meine Tante feiert ihren achtzigsten Geburtstag. Ab Montag bin ich wieder in Wien, und am Dienstag könnten wir uns sehen. Ich ruf dich am Montag an, dann machen wir uns den Treffpunkt und die genaue Uhrzeit aus.“
„Sehr gut!“, sagte Marie. „Ich freu’ mich!“
Und nach einer Pause: „Wie geht’s dir eigentlich?“ Marie war ein bisschen beschämt, weil sie das erst jetzt fragte.
„Nicht gut“, sagte Elena. „Aber ich kann jetzt nicht darüber sprechen. Ich erzähle dir alles, wenn wir uns am Dienstag treffen.“

An diesem Dienstag

„An diesem Dienstag spielten sie die Zauberflöte. Frau Hesse hatte sich die Lippen rot gemacht.“ So oder ähnlich heißt es in Wolfgang Borcherts Text „An diesem Dienstag“, über den Heide während ihres Germanistikstudiums eine Seminararbeit geschrieben hatte.

An diesem Dienstag im Juli, einem der heißesten Tage jenes Sommers, suchte Heide wie versprochen die Ordination der Hausärztin auf. Die las sich durch das Repertoire von Mutters Medikamenten, stellte eine neue Medikation zusammen, die Menge wurde von täglich zehn Tabletten auf sechs reduziert.

„Sie gefällt mir heute gar nicht“, sagte Gina zur Begrüßung. „Sie wollte in der Früh nicht aufstehen, wollte im Bett bleiben und weiterschlafen, aber ich hab’ ihr zugeredet und schließlich ist sie doch aufgestanden.“

Die Mutter saß im elektrischen Fauteuil, ihre Gesichtshaut war wächsern, sie reagierte kaum auf Heide, was aber nichts Ungewöhnliches war, das hatte sie im Lauf der Zeit immer wieder gemacht, zum großen Ärger von Heide, und wenn zufällig irgendjemand anderer zu Besuch gekommen war, hatte die Mutter diesen Besucher freudestrahlend und mit fester Stimme empfangen.

Die Mutter reagierte also zunächst nicht, dann aber klagte sie über kalte Hände und Füße, und plötzlich war Heide klar, dass der Tod schon nach der Mutter gegriffen hatte. Leise und sanft hatte er ihre Hände und Füße berührt, nun würde er langsam in sie hineinkriechen, sich immer mehr ausbreiten und schließlich ihren Körper völ-

lig zum Erkalten bringen. Ungewiss, wie lange er sich Zeit lassen würde, aber dass es nicht mehr sehr lang dauern würde, war Heide klar.
„Ich denke, dass sie bald sterben wird. Vielleicht noch heute."
Gina schaute sie erschrocken an. „Wieso sagst du so etwas?"
„Weil ich es weiß!", sagte Heide. „Weil ich es sehe. Der Tod sitzt schon neben ihr. Ist schon in ihr."
Und dann wollte die Mutter sich in den unbequemen Kirschholzfauteuil setzen und Heide sagte verärgert, die Ärztin habe doch geraten, sie solle wegen ihrer gebrochenen Rippen in dem bequemen elektrischen Fauteuil sitzen bleiben, damit sie weniger Schmerzen hätte.
„Halt den Mund!", sagte die Mutter, presste die Lippen zusammen, stemmte sich mit letzter Kraft hoch und ließ sich in den danebenstehenden Kirschholzfauteuil fallen.
Heide seufzte. „Ich fahre jetzt nach Hause", sagte sie zu Gina. „Schnell irgendwas kochen. Um zwei Uhr bin ich wieder da. Ruf mich an, falls irgendwas … du weißt …"

Um ein Uhr läutete das Handy.
„Ich weiß nicht …", sagte Gina, „ich weiß wirklich nicht."
Ein großer schwarzer Vogel krallte sich in Heides Herz fest.
„Ist sie …?"
„Das weiß ich eben nicht", sagte Gina. „Sie sitzt so ruhig da, aber ich glaube, sie atmet nicht mehr."
„Ich komme sofort!", sagte Heide.
Als sie die Mutter anschaute, wusste sie, dass sie tot war. Das Gesicht war noch wächserner geworden, die Hände

waren eisig kalt. Der vor den Mund gehaltene Spiegel beschlug sich nicht.
Der Tod hatte seine Arbeit vollendet.
„Bist du sicher?“, fragte Gina.
„Ja“, sagte Heide. Und nach einer Pause: „Ich weiß, das klingt jetzt sehr pietätlos, aber es gibt eine ganz sichere Methode, das festzustellen. Du weißt, dass meine Mutter es nicht leiden konnte, wenn man sie berührte. Also – wenn ich sie berühre und sie nicht dagegen protestiert, ist sie tot.“
Heide berührte den Arm der Mutter, streichelte ihn, die Mutter blieb stumm. Heide nickte.
Dann holte sie Mischa ins Zimmer. Der schaute zuerst die Mutter ungläubig an, dann Heide, und als sie bejahend die Augenlider senkte, drehte Mischa sich um, verschwand in seinem Zimmer und versperrte die Tür.
„Aber er kann doch nicht ...“, sagte Gina.
„Lass ihn!“, sagte Heide.
Sie legten die Mutter ins Bett, wuschen sie, zogen ihr frische Wäsche an und das Kleid, das sie selbst noch „für diesen Anlass“ ausgesucht hatte. Heide wollte das tun, bevor die Leichenstarre eintrat. Dann brachte sie das Zimmer in Ordnung und öffnete das Fenster. „Damit die Seele in die Unendlichkeit fliegen kann ...“, sagte sie zu Gina.
Ein Schwall heißer Luft strömte wie aus einem Kompressor ins kühle Todeszimmer, das vorher geschlossen und verdunkelt gewesen war.
Heide zündete eine Kerze an. Erst da begriff sie, dass es endgültig war. Sie setzte sich ans Bett der Mutter – Gina hatte inzwischen diskret den Raum verlassen –, streichelte ihre Hand und sagte: „Verzeih mir, Mutter! Ich

hoffe, dass es dir dort, wo du jetzt bist, gut geht. Streite nicht gleich mit dem Papa, wenn ihr euch wiederseht! Und – es sind auch schon genug Freunde von dir vorausgegangen, sodass ihr eine nette Kartenrunde zustande bringen werdet."

Und dann noch einmal: „Verzeih mir, Mutter, ich war oft sehr grauslich zu dir. Aber du hast es mir auch nicht immer leichtgemacht."

Und dann dachte sie, dass sie nun nie mehr die Mutter irgendetwas würde fragen können und dass viele Fragen für immer unbeantwortet bleiben würden.

„Gib mir eine Zigarette!", sagte Heide. „Bitte."

Sie rauchten gemeinsam auf dem Balkon. Gina erzählte, sie habe um halb zwölf Uhr der Mutter noch einen Teller Suppe gebracht, die Mutter habe sie mit Appetit gegessen. Doch als sie ihr den Hauptgang servieren wollte, hatte die Mutter gesagt, den würde sie erst später essen wollen.

Mutter starb also zwischen Suppe und Hauptgang, und sie war so friedlich eingeschlafen, dass Gina es nicht einmal bemerkt hatte. Erst als sie wieder nach ihr sah, um zu fragen, ob sie den Hauptgang nun servieren dürfe, merkte sie, dass die Mutter reglos dasaß und nicht mehr atmete. Der Tod hatte sie mit der größtmöglichen Zartheit behandelt.

Heide rief ihre Tochter an, ihren Sohn, ihren Mann. „Mutter ist gestorben", sagte sie. „Wenn ihr euch von ihr verabschieden wollt, dann könnt ihr das jetzt noch tun."

Dann rief sie den Zahnarzt an und sagte Mischas Termin ab.

Danach meldete sie den Tod der Mutter ihrer Hausärztin. Die sagte, wie leid ihr das tue, und fragte nach dem genauen Todeszeitpunkt. „Wenn jemand zu Hause stirbt, muss sechs Stunden gewartet werden, bis man den Totenschein ausstellen kann“, sagte sie. „Ich werde also gegen 18 Uhr kommen.“

Heide verständigte die Bestatterin, die in der Nachbarschaft wohnte.

Die Familie kam und verabschiedete sich. Sarah weinte. Hannes fragte, wo Mischa sei. „Er hat sich in seinem Zimmer eingesperrt“, sagte Heide.

„Aber er …“, sagte Stefan. Heide winkte ab.

Inzwischen hatte Gina Kaffee gemacht und auf den Balkon gebracht. „Ich dachte …“

Sie saßen auf dem Balkon, tranken Kaffee und schwiegen.

Heide und Gina rauchten. Stefan, enttäuscht davon, dass Heide den Rauchstopp gebrochen hatte, runzelte die Stirn, zwang sich aber zum Schweigen.

Die Bestatterin rief an, bat darum, dass sie einen Sarg aussuchen sollten, denn sobald der Totenschein ausgestellt war, musste die Mutter weggebracht werden. „Ich komme mit“, sagte Sarah. Die Männer meinten, sie seien da keine große Hilfe.

Heide und Sarah suchten einen schlichten Sarg aus Tannenholz aus und ein Totenbildchen mit weißen Lilien und weißen Rosen.

Gegen sechs Uhr abends kam die Hausärztin. Sie sprach ihr Beileid aus, sie tat das sehr pietätvoll, man hatte den Eindruck, dass es ihr wirklich leidtat und dass ihr Mitgefühl echt war. Dann schrillte die Türglocke wieder, zwei Träger vom Bestattungsinstitut stellten den Sarg im unteren Vorraum ab, trugen die Mutter vom ersten Stock

hinunter und legten sie in den mit beigem Satin ausgekleideten Sarg.
Meine Schwiegermutter habe ich damals selbst hinuntergetragen, dachte Heide mit schlechtem Gewissen. Mischa stand plötzlich da, auf halber Höhe zwischen Erdgeschoß und erstem Stock, sein Gesicht war verzerrt von Trauer und Verzweiflung. Dann ging er die Stufen hinunter, mit schweren unsicheren Schritten, und legte ein selbst gebasteltes Holzpferd in den Sarg. In diesem Moment gab es niemanden im Raum, der die Tränen hätte zurückhalten können.

Weiße Lilien

Ein trüber Wintertag nach Weihnachten, ein Schiurlaub mit der Tochter, der Vater und die ältere Tochter bleiben zu Hause, betreuen das Geschäft, zwei müssen das tun, es geht nicht anders. Mutter und Tochter genießen die Zweisamkeit, die unbeschwerten Tage ohne das Geschäft. Bis sich die Tochter beim Schifahren verletzt, nicht schwer, aber doch besser zum Arzt, zur Sicherheit eine Kontrolle. Es hat getaut, am späten Nachmittag wird es kälter, die Straßen werden eisglatt. Die Mutter fährt über eine wenig befahrene Nebenstraße, übersieht im diesigen Nachmittagslicht das Warnsignal vor einem Bahnübergang, ein Zug nähert sich, ein Atemzug, ein Herzschlag, das Auto bleibt hängen, am Bahndamm, die Räder drehen durch, das Kind sitzt neben der Mutter, schaut sie an, mit einem letzten Blick aus fassungslosen Augen, eine Sekunde später hat der Zug das halbe Auto und das Kind dreißig Meter weiter geschleudert. Die Mutter bleibt schwerverletzt am Bahndamm liegen.
Weiße Lilien sind die Blumen der Engel, wird die Autorin schreiben, nachdem sie von diesem grausamen Schicksalsschlag erfahren hat, das sind die ersten Zeilen, die sie schreibt, an dem Morgen in Wien, als sie noch nicht weiß, dass der Mann ihrer Cousine, die sich gerade bei ihr in der Wohnung aufhält und eben in einem schwarzen Pyjama aus dem Badezimmer kommt, in der vergangenen Nacht plötzlich und ohne Vorwarnung gestorben ist. Auch die Cousine weiß es noch nicht, sie weiß auch nicht, dass ihr Sohn den eigenen Vater tot im Bett aufgefunden

hat, sie spaziert herum, in ihrem schwarzen Pyjama und plaudert munter vor sich hin.
Sie frühstücken gemeinsam, dann muss die Cousine zu einer Tagung fahren. Dort wird sie ihr Handy ausschalten und für die Todesnachricht nicht erreichbar sein. Die Autorin wird noch den Vormittag über in der Wohnung bleiben und wird schreiben: Weiße Lilien sind die Blumen der Engel.
Wenn das Buch fast fertig sein und die Autorin die Korrekturfahnen erhalten haben wird, wird sie die Mutter des bei dem Autounfall gestorbenen Mädchens treffen, vor dem Kaffeehaus, sie wird sehen, dass es der Frau immer noch sehr schlecht geht, wenn auch seit dem Unfall viele Monate vergangen sind.
Die Autorin wird die Frau in ihr Haus einladen und sagen: „Ich möchte dir etwas zeigen. Aber nur, wenn du das auch willst. Und wenn du es aushältst. Du kannst jederzeit stopp sagen."
Die Frau nickt, die Autorin breitet einen Andruck nach dem anderen vor ihr aus. Die Frau liest, schaut die Illustrationen an. „Das ist ja meine Geschichte", sagt sie, „ich kann das nicht, ich schaff' das nicht." Die Autorin bleibt still, wartet, lässt die Andrucke auf dem Fußboden liegen. Nach einer Weile hebt die Frau die nächste Seite auf, betrachtet, liest. Die Tränen, lang gestaut, stürzen ins Freie. Am Ende ist die Frau gefasst und sagt: „Genau so war es, wieso kannst du dich so gut einfühlen?" Und, nach einer langen Pause: „Ich habe nicht gewusst, dass noch so viele Tränen in mir sind."
Bei der Präsentation dieses Buches wird auch Edith anwesend sein, die Freundin aus Kindertagen und Schwä-

gerin der Frau, die ihr Kind bei dem Unfall verloren hat, und noch eine Freundin von Heide, deren Tochter in der Feuerhölle im Tunnel von Kaprun ums Leben gekommen ist. Zu diesem Zeitpunkt wird der Mann dieser Freundin noch am Leben sein, doch zwei Jahre später wird die stumm und tapfer hinuntergeschluckte Verzweiflung über diese Katastrophe auch ihn getötet haben.

La Libertà

Der Tag des Begräbnisses war sonnig und extrem heiß. (Bei Begräbnissen, dachte Heide, ist es immer entweder unerträglich heiß oder unerträglich kalt.)

Am frühen Morgen ging Heide zum Grab des Vaters, die Granitplatte war entfernt worden, das Grab lag offen, als würde der Vater schon auf die Mutter warten. „Fang nicht gleich mit ihr zu streiten an, wenn sie kommt", sagte Heide und beugte ihren Kopf hinunter zum Grab. „Vertragt euch, wenigstens jetzt."

Mischa saß in der Leichenhalle zwischen Heide und Stefan, in sein Gesicht war immer noch dieselbe Verzweiflung geschrieben wie am Sterbetag der Mutter.

Der Pfarrer hielt eine Rede, die mit dem lieben Jesulein begann und mit dem lieben Jesulein endete, dazwischen hörte man viel von Schuld und Sünde und Vergebung, eingestreut waren die biografischen Fakten, die Heide dem Priester geliefert hatte. Heide beschloss aus der Kirche auszutreten, sowie die letzte Gedenkmesse für die Mutter gelesen war. Wenn ich sterbe, dachte sie, sollen meine Kinder und Enkelkinder und ein paar Verwandte und Freunde, so sie denn noch leben, sich versammeln, wer mag, soll ein paar Worte sprechen, soll sagen, was ich ihm oder ihr (eventuell) bedeutet habe, und dann sollen sie mich eingraben. Punkt. Ich brauche kein Geschwafel von Schuld und Sünde, von Vergebung und Himmel, ich brauche auch diese abgedroschene Phrase nicht: Wir sind traurig, dass sie nicht mehr da ist, aber dankbar, dass wir sie gehabt haben – und den ganzen standardi-

sierten Schmarren. Ein paar persönliche Worte – und Schluss!
Nach der Begräbnismesse wurde auf Heides Wunsch Musik von Händel gespielt, Lascia ch'io pianga, ein Stück, das in dem Film Farinelli, den Heide geliebt hatte, eine entscheidende Rolle gespielt hatte und das mit den Worten La Libertà endet, aber die Musik wurde zu leise gespielt, viel zu leise, doch Heide wagte nicht aufzustehen und die Bestatterin darauf hinzuweisen, und so hatte die Musik nicht die Wirkung, die Heide sich erwartet hatte. La Libertà! – du bist frei, Mutter, frei! Aber diese Freiheit hätte mächtig klingen sollen, gewaltig, leidenschaftlich – in Wirklichkeit klang sie nach gar nichts, am allerwenigsten nach Befreiung. Und es war nicht Mutters Musik, sie war keine Musikliebhaberin gewesen, in Wirklichkeit hatte Musik ihr nichts bedeutet – es war Heides Musik. Und als ob die Mutter sich dafür hätte rächen wollen, ging genau vier Minuten vor Ende des Begräbnisses (und das war exakt der Zeitraum, den das Händel-Stück eingenommen hatte), ein gewaltiges Unwetter nieder, das alle Begräbnisbesucher bis auf die Haut durchnässte, sodass viele vorzeitig nach Hause flüchteten und andere sich umziehen fuhren und dann zum Totenmahl wiederkamen.
Es hat ihr einfach schon zu lange gedauert, dachte Heide. Und der Händel hat ihr nicht gepasst. Da hat sie gedacht: Schluss, es reicht jetzt!
Abends, nachdem das Totenmahl beendet war, die Verwandten und Freunde nach Hause gefahren waren und die engste Familie noch auf Mischas Balkon zusammengesessen war und versucht hatte, Mischa so gut es ging zu trösten, ging Heide allein nach Hause, auf dem Weg

drückte sie sich ein Packerl Zigaretten aus dem Automaten, setzte sich auf die Terrasse, die Sommernacht war mild, schenkte sich ein Glas Rotwein ein, rauchte.
Las noch einmal den Partezettel, den sie für die Mutter verfasst hatte. Er begann mit einem Gedicht von ihr selbst:

… die Bücher die du uns gelesen hast
Balladen uns erzählt von fremdem Strand
dein Arm uns über Wasser
gehalten die Welt die du
auf Reisen uns erschlossen hast
die Freiheit die du uns gelassen
hast die Decken die du uns gehäkelt
hast und Vorhänge für weiches Licht
das Essen das du uns gekocht
das goldne Füllhorn das
du über uns geschüttet
hast die Anerkennung
dein Stolz auf unsre Taten
was du für Liebe gehalten hast
was Liebe war
das reicht einmal um den Äquator

De mortuis nil nisi bene.
Alles, was in dem Gedicht stand, stimmte. Aber es war nur die eine Seite. Im Original hatte das Gedicht zwei Strophen gehabt:

MUTTER

die Küsse die du mir nicht
gegeben hast die Umarmungen
die tiefen Gespräche die wir nicht
geführt haben die Auseinander-
setzungen nicht zu Ende
das Unausgesprochene zwischen uns stehen
geblieben die Stufen die du nicht
genommen hast als ich zerstört war
die Fragen nicht gestellt
die Erzählungen nicht gehört
die Argumente zugedeckt zum
Schweigen mich gebracht so viele Male
das Gespräch zermahlen
die ungelebten Liebesworte Kränkung
das reicht einmal um den Äquator

die Bücher die du mir gelesen hast
Balladen mir erzählt von fremdem Strand
dein Arm mich über Wasser
gehalten die Welt die du
auf Reisen mir erschlossen hast
die Freiheit die du mir gelassen
hast die Decken die du mir gehäkelt
hast und Vorhänge für weiches Licht
das Essen das du mir gekocht
das goldne Füllhorn das
du über mich geschüttet
hast die Anerkennung

dein Stolz auf meine Taten
was du für Liebe gehalten hast
was Liebe war
das reicht einmal um den Äquator

Die vorletzte Zeile hatte sie erst nachträglich hinzugefügt. „Ich war ungerecht, Mutter“, sagte Heide halblaut. „Du hast uns so sehr geliebt, wie du konntest!“
Als sie ihr Schlafzimmer betrat, hängte sie den großen ovalen Spiegel ab, der schräg gegenüber ihrem Bett hing, und öffnete das Fenster. Das Gewitter hatte die Luft gereinigt, Heide atmete sie tief ein.

Spiegel

Ich kann mich nicht mehr in den Spiegel schauen. Ich habe den großen Spiegel aus meinem Zimmer entfernt und benutze einen kleinen Handspiegel, in dem ich nur mein Gesicht sehen kann. Mein Herzkirschengesicht. Es sollte schmaler sein. Viel schmaler. Zart, oval, das wäre ideal. Ich sehe immer noch so pausbäckig aus wie in meiner Kindheit.

Meinen Körper kann ich nicht mehr betrachten. Ich bin immer noch viel zu dick! Mein Körper ist ein unvollkommenes Gebilde, fehlerhaft überall. Deshalb habe ich den großen Spiegel in meinem Zimmer abgehängt. Und schaue nur mehr in mein Spiegelgesicht.

Stalagmit

Stalagmit aus Erinnerungen, geformt vom Blick des Betrachters.
Die Mutter im Möbelgeschäft, in den Pausen, wenn keine Kunden da sind, Heide und die Mutter in lesender Zweisamkeit, vertieft in die Bücher von Erich Kästner. Die Mutter im dunklen Zimmer, an Heides Bett, Nis Randers. Die Mutter, als sie nach der Geburt des Bruders aus dem Wiener Spital zurückkehrt, mit dem Ausdruck der Trauer, der sich tief in ihr Gesicht und in ihre Augen geschrieben hat, über die Behinderung des Bruders, sie empfindet es als persönliches Versagen. Die Streitigkeiten der Eltern, die gegenseitigen Schuldzuweisungen. Wie sich der Vater aus der Verantwortung stiehlt. Wie Heide des Vaters Stelle einnimmt. Wie die Mutter immer mehr Verantwortung für den Bruder an Heide abwälzt. Heide als egoistisch bezeichnet, wenn sie allein mit ihren Freundinnen ins Schwimmbad gehen und den Bruder nicht mitnehmen will. Die Mutter, die gegen ihre Heirat mit Stefan ist. Der er nicht gut genug für ihre Tochter zu sein scheint. Die Mutter, die sich nicht davor scheut, Heide selbst in den am stärksten belasteten Phasen ihres Lebens einen Teil der Mischa-Last aufzubürden. Die Mutter, die helfen will, deren Hilfe Heide aber oft als extrem aufdringlich empfindet. Die Mutter, die stets im Mittelpunkt stehen will. Königin des Tages und der Nacht. Die Mutter, in deren Anwesenheit man nicht lachen darf, sodass sie einmal, bei einem großen Familienfest, bei dem Heide und ihre Cousine den ganzen Abend lang schallend lachen, sagt:

„Ich hab' gar nicht gewusst, dass du so lustig sein kannst." Auch viel früher, im Internat, als die Erzieherin meint, Heide sei ein sehr lebhaftes Kind, wundert sich die Mutter: „Zu Hause ist sie nie lebhaft." Wahrscheinlich hätte sie lieber gesagt: „Zu Hause ist sie nur langweilig. Sie spricht fast nichts." Die Mutter, wie sie an einem Weihnachtsabend in der Kirche sitzt und Heide sich zu ihr setzt, mit einer neuen, schwarzen Haube, und die Mutter sie nicht erkennt, obwohl sie eine Stunde lang neben ihr sitzt, mit ihr spricht und gemeinsam mit ihr aus der Kirche geht. Die Mutter im Spital, gleichzeitig auch Mischa, er besucht die Mutter in ihrem Spitalszimmer, die Mutter ist ungehalten wegen dieser Ruhestörung, Mischas Augen werden dunkel. „Die Mutti hat mich nicht lieb." Heide versucht ihn zu beschwichtigen, aber er glaubt ihr nicht.

Die Mutter, die Mischa herumscheucht, mit schriller Stimme, er hört ja nichts, wenn er sein Hörgerät abgelegt hat, die Mutter, die nicht die wenigen Schritte von ihrem Zimmer in sein Zimmer macht, obwohl sie durchaus noch (z.B. in die Küche) gehen kann. Die Mutter, die, als Heide auf einer einwöchigen Lesereise ist, tagelang Mischas gebrochenen blau angelaufenen Unterschenkel nicht beachtet und keinen Arzt ruft, sodass Heide, als sie zurückkommt, entsetzt die Hände zusammenschlägt und Mischa sofort ins Krankenhaus bringt. Die Mutter, die von den vierzig Blutverdünnungsinjektionen, die Heide dem Bruder in den Oberschenkel spritzt, nichts mitkriegt, obwohl sie im Nebenzimmer sitzt. Die Mutter, die kein Vertrauen zu Heide hat. Die die Liebesbriefe aus der Norwegenzeit dem Schwiegersohn zu lesen gibt und nicht ihr,

der Tochter. Die Mutter, die nach einem Streit weggeht und Heide stehenlässt wie ein dummes Kind. Die Mutter, mit der man erst zu Ende reden kann, als sie bewegungsunfähig geworden ist und nicht mehr weglaufen kann. Die Mutter, die den Telefonhörer auflegt, wenn sie befindet, dass das Gespräch beendet ist. Die Mutter, die von allen Menschen in ihrer Umgebung gute Manieren erwartet, einen selbst aber nicht begrüßt oder sich auch nicht verabschiedet. Die Mutter, die ihre Prägung durch die Nazi-Zeit nicht ablegen kann. ‚Ein schiacher Jud', sagt sie, wenn sich ein Vertreter einer bestimmten Möbelfirma angesagt hat, Heide erwartet ein Monster und ist verwundert, als ihr ein ganz gewöhnlicher Mensch in einem grauen Anzug entgegenkommt.
De mortuis nil nisi bene.
Die Mutter, die jedes Mal, wenn sie von einer Geschäftsreise aus Wien zurückkommt, etwas besonders Schönes mitbringt: ein winziges blau-goldenes Puppen-Kaffeeservice, einen Schokolade-Motorradfahrer, in glänzendes buntes Stanniol gewickelt, einen Fächer aus Papier … Kleine Dinge, damals, als kleine Dinge noch wertvoll waren. Die Mutter, die modische Westen aus Mohairwolle für Heide strickt. Vorhänge für Heide häkelt. Eine riesige Bettdecke, ein kunstvolles Tischtuch. Ein kleines Haus für Sarah, einen aus weißer Wolle umhäkelten Schaumstoffblock, mit blauen Fenstern und einem abnehmbaren roten Dach, das durch das Noppenmuster wie mit Schindeln gedeckt aussieht. Die Mutter, die für Heide kocht. Die stolz auf deren literarische Erfolge ist. An jeder Buchpräsentation teilnimmt und für diesen Anlass Grammelpogatschen bäckt. Die Mutter, die Mischa

fast täglich in der psychiatrischen Klinik besucht und dafür einen langen Anfahrtsweg auf sich nimmt. Die Mutter, die voll Mitleid für ihren behinderten Sohn ist und alle damals zu Gebote stehenden Möglichkeiten ausschöpft, um ihm eine angemessene Schulbildung zu gewähren. Die Mutter, die Aufrichtigkeit über alles liebt. Und mit dem Satz: „Immer bei der Wahrheit bleiben!" fast jedes von Heides Kindheits- oder Jugendproblemen lösen kann. Die Mutter, die Bücher vorliest, Geschichten erzählt, Gedichte und Balladen rezitiert, die Mutter, die stark, fast unerschütterlich wirkt und dabei selbst so liebesbedürftig ist.

Die Kränze auf dem frischen Grab hatten etwas Tröstliches. Ein Meer von Blumen, Schleifen und Aufschriften, die zeigten, wie vielen Menschen die Mutter etwas bedeutet hatte. Niemand geht unbelohnt auf einen Friedhof, diesen Satz hatte Heide irgendwo einmal gelesen, er war ihr in Erinnerung geblieben.
Ein Eintrag im Kondolenzbuch lautete: Meiner lieben „Mutti" die letzten Grüße von Edith. Mutter hatte sich nach dem frühen Tod von Ediths Mutter sehr um Edith gekümmert, außerdem war das Kaffeehaus sowieso Mutters zweites Wohnzimmer gewesen. Edith hatte ihr stets den roten Königsmantel umgehängt.

Schrillgelbe Königin der Nacht

Sie hasste ihren roten Mantel. Einen weinroten Mantel, in sich gestreift und nach unten hin leicht ausgestellt. Sie hasste ihn so sehr, dass sie Vorwände erfand, um nicht weggehen, nicht spazieren gehen zu müssen, im Internat bleiben zu können, nur damit sie den weinroten Mantel nicht anziehen musste.

Sie sang mit Vorliebe die Arie der Königin der Nacht. Auf der Schulbank, vor dem Unterricht. Schrillgelb.

Sie schluchzte herzzerreißend, als Winnetou starb.

Als Anna gestorben war, fuhr Heide schon Stunden früher zum Begräbnis, in der Hoffnung, der Sarg in der Leichenhalle sei noch geöffnet und sie könne sich von der toten Freundin von Angesicht zu Angesicht verabschieden. Und tatsächlich, der Sarg war offen, was ungewöhnlich war, Heide trat heran, blickte der Freundin ins Gesicht.

Sie war im Tod keine Fremde geworden. Hatte Schaum vor dem Mund, der Bestatter hatte es nicht der Mühe wert gefunden, ihn wegzuwischen, was Heide befremdete. Aber es passte auch irgendwie. Ein schäumendes Aufbäumen gegen einen Tod, der nicht als Freund gekommen war, sondern als zu früher Schnitter.

Bei ihrem letzten Besuch hatten die vier Freundinnen einen langen Spaziergang gemacht, Anna, Isa, Cora und Heide, zunächst durch das Dorf, und danach durch den weitläufigen Park des Schlosses, einst Sommerresidenz der Habsburger. Heide blieb jedes Mal voll Ehrfurcht stehen, bestaunte die Harmonie und Perfektion dieses barocken Baujuwels. Damals wussten die Menschen noch, wie man

bauen muss, dachte sie jedes Mal. Damals hatten sie noch einen Sinn für Schönheit, für Proportionen, für Harmonie. Anna, an den Anblick gewöhnt, machte kein Aufhebens mehr darum, früher hatte sie stets voll Stolz auf dessen Schönheit hingewiesen, auf die Bedeutung des Schlosses für die Habsburger, auf die berühmten Maulbertschen Deckenfresken, aber jetzt war das alles nicht mehr von Bedeutung. Nicht für Anna. Wiewohl man ihr in keiner Weise ansah oder anmerkte, dass sie schwerkrank war. Sie hatte mit den Freundinnen Schritt gehalten, auf diesem langen Spaziergang, ohne außer Atem zu geraten, ihre Gesichtsfarbe war rosig, weil sie sich, seit sie die Diagnose erhalten hatte, viel in der frischen Luft aufhielt, auch das Rauchen hatte sie sich abgewöhnt, sie sprach nur wenig über ihre Krankheit, und wenn, dann nüchtern und sachlich, fast unbeteiligt. Als hätte sie die Krankheit ausgelagert. Der Tumor sei, sagte sie, seit der letzten Therapie ein wenig geschrumpft. Zwei Millimeter geschrumpft. Heide schluckte ihr Entsetzen hinunter.
Anna nahm Anteil an allen Gesprächen, erkundigte sich nach dem Befinden der Freundinnen, hörte sich deren alltägliche Sorgen an. Heide hatte ein schlechtes Gewissen.
Doch als sie schließlich auf der Gartenterrasse ihres Elternhauses Platz nahmen, in dem Anna, seit sie erkrankt war, wieder zusammen mit ihrer Mutter lebte, und die Mutter eine Kaffeejause servierte, wobei Anna ständig zwischen Terrasse und Küche hin und her lief, Tassen aufdeckte, Untertassen, Kuchenteller, Servietten, das Milchkännchen, die Zuckerdose, und dann die Mutter den Kuchen brachte und darüber klagte, dass die Zitronenglasur nicht gelungen sei, sonst gelinge sie immer, nur heute, wo sie sie be-

sonders gut hatte machen wollen, sei sie gar nicht gelungen, was für ein Pech, was für ein Jammer, da wurde Anna plötzlich hochrot im Gesicht, schmiss die Kaffeelöffel auf den Tisch und schrie: „Das ist doch scheißegal!"
Ein Moment der Befremdung, Erstarrung, doch Heide verstand sofort. Sie wusste, das hieß: Ihr habt keine Ahnung, wie krank ich wirklich bin, keine Ahnung, wie es mir wirklich geht – und angesichts dieser Tatsache ist dieses dumme Gerede über eine missglückte Zitronenglasur völlig irrelevant!
Noch immer Schweigen. Irgendwann, später, sagte Heide: „Entschuldige bitte!", aber da passte der Satz nicht mehr. Heide zündete sich eine Zigarette an, Anna sagte: „Du solltest nicht rauchen!"
„Ich weiß", sagte Heide, „ich weiß …"
Heimlich rauchen. Das hatten sie in der Internatszeit gemacht. Bei den spärlichen Ausgängen. Im Schlosspark eines anderen Barockschlosses.
Acht Jahre lang waren sie Bett an Bett im Schlafsaal des Internates gelegen. Anna, Isa, Heide. (Elena und Cora waren externe Schülerinnen gewesen, hatten sich aber an vielen Nachmittagen im Internat aufgehalten, und Heide hatte manchmal den Eindruck gehabt, dass die beiden es bedauerten, nicht im Internat zu sein.) Hatten Solidarität geübt. Hatten im Waschraum den strengen Blicken der Erzieherin auf ihre nackten Oberkörper standgehalten, hatten bei der Waschzeugkontrolle die vorhandenen Zahn- und Nagelbürsten heimlich hinter dem Rücken weitergegeben, sodass jede der „Insassinnen" des „Gefängnisses", wie sie selbst das Internat nannten, scheinbar ein vollständiges Waschzeug besaß.

Hatten abends im Bett noch lange getratscht, als von der Erzieherin schon längst das Licht abgedreht worden und Schweigen geboten war.
Hatten nie jemanden verpfiffen.
Hatten sich nach dem Rauchen im Schlosspark die Zähne geputzt und erst danach bei der Erzieherin zurückgemeldet, hatten Anna bewundert, wenn sie das manchmal ungenießbare Essen beim Fenster des Speisesaals hinausschaufelte, wo es im angrenzenden Garten zum Futter für Vögel und Ameisen wurde, hatten zusammen getanzt, Gesellschaftsspiele und Theater gespielt, hatten Annas von ihrer Mutter genähtes „Babydoll", einen leichten Sommerpyjama aus feinem Batist, der Handarbeitslehrerin fünfmal als selbstgenäht vorgelegt, ohne dass die hinter diesen Schwindel gekommen wäre.
Hatten auch manchmal Intrigen gesponnen, aber schließlich, in der Oberstufe, waren sie eine verschworene Gemeinschaft gewesen. Und als Heide einmal eine schlimme Bindehautentzündung bekam und der Augenarzt ihr eine Zeitlang das Lesen verbot, las Anna ihr ein ganzes Buch vor, ein Liebesdienst, den Heide ihr nie vergessen hatte.
„Hast du Lust, ein paar Tage bei mir zu verbringen?", fragte Heide unvermittelt. „Wir könnten in meinem Garten liegen, ganz gemütlich, oder vielleicht ein bisschen im Pool schwimmen … und reden … hast du Lust?"
Anna ließ den Blick über den Garten schweifen, die Sonne war im Untergehen, und Anna sagte, sehr leise: „O ja, das könnte ich mir vorstellen …"
Könnte und vorstellen, dachte Heide und seufzte. Dennoch sagte sie: „Dann machen wir es so. Anfang Juli kommst du für ein paar Tage zu mir!"

„Ja“, sagte Anna, und ihr Blick schweifte in eine unerreichbare Ferne. „Ja, so könnten wir das machen.“
Der Mai verging, der Juni, der Juli kam mit großer Hitze. Heide rief Anna an, um den Termin für ihren Besuch festzulegen. Doch Anna sagte: „Ich kann nicht … ich schaff' das nicht mehr … ich muss ins Spital … und …“, setzte sie nach einer Pause hinzu, „ich kann auch keinen Besuch mehr empfangen.“
Ein paar Tage später saß Heide mit Sarah am Beckenrand des örtlichen Schwimmbades. Heide genoss die selten gewordenen Zusammenkünfte mit ihrer Tochter. Sie tauschten Neuigkeiten aus, Heide erzählte vom letzten Besuch bei Anna, auch von ihrem Anruf. „Es ist schade, dass sie nicht kommen kann, ich hätte gerne ein paar Tage mit ihr verbracht.“ Und dann, nach einer kleinen Pause: „Anna war ein sehr lieber Mensch.“
Sarah wendete jäh den Kopf zu ihrer Mutter. „Warum sagst du WAR?“
„Habe ich tatsächlich WAR gesagt?“, fragte Heide.
Am Abend desselben Tages – die Zikaden hatten eben zu trommeln aufgehört, Symbol des Todes, aber auch der Auferstehung und Unsterblichkeit – hatte Heide plötzlich das Gefühl, als schwebe Anna durch den Raum.
Um zehn Uhr nachts läutete das Telefon.
„Anna ist tot“, sagte Cora.
„Ich hab' es geahnt“, sagte Heide. „Oder vielleicht gewusst. Ich glaube, sie hat sich von mir verabschiedet.“
Isa befand sich zu der Zeit auf einer Deutschlandreise. In jener Nacht in Annaberg-Buchholz.
Heide ging ins Wohnzimmer und zündete eine Kerze an. Dachte daran, was Anna beim letzten Besuch erzählt

hatte. Zwei Sätze waren es, die sich in Heides Kopf verankert hatten: „Ich hab' schon alles ausverträumt." Und: „Mein Schulster ist zu klein geworden."
Anna erzählte die Geschichte eines ihr bekannten Kindes, das für ein paar Tage bei seiner Tante in Wien gewesen sei. Eine Nacht sollte das Kind dort noch verbringen, aber eigentlich wäre es schon am liebsten nach Hause zu den Eltern gefahren. Die Tante hatte das Kind mit schönen Träumen über die Nacht hinwegzutrösten versucht. Doch das Kind hatte den Kopf geschüttelt und gesagt: „Ich hab' schon alles ausverträumt ..." Und Heide fragte sich, ob auch Anna schon alles „ausverträumt" hatte, ihre Wünsche, ihre Hoffnungen, vor allem die Hoffnung auf Heilung. Ob auch sie keine Nacht mehr in einem fremden Spitalsbett hatte verbringen wollen.
Oder ob ihr „Schulster" schon so klein geworden war, dass es nicht mehr zum Leben reichte. Der Schulster, das war die Vorstellung desselben oder eines anderen Kindes gewesen: Wenn man jung ist, ist der Schulster – was immer das auch war – sehr groß, doch je älter man wurde, umso kleiner wurde der Schulster, und wenn er ganz klein geworden war, dann musste man sterben. War also Annas Schulster zu klein geworden?
Heide schaute in den Schein der flackernden Kerze.
Nach der Matura hatte sie Anna für lange Zeit aus den Augen verloren. Dann, Jahre später, hatte sie Anna besucht, weil sie am Abend eine Lesung in der Nachbargemeinde halten würde. Hatte Anna dazu eingeladen. Aber Anna hatte Ausflüchte gesucht, warum sie nicht kommen konnte, Heide hatte gespürt, dass sie ganz einfach nicht wollte. Und war deshalb gekränkt gewesen.

Jahre später war Anna dann doch gekommen, zu Heides Buchpräsentationen, zusammen mit Isa und Cora.
Noch ein Ereignis kam Heide in den Sinn: Coras fünfzigster Geburtstag, eineinhalb Jahre vor Annas Tod. Ein lauer Sommerabend, ein Innenhof in einer Buschenschenke, eine Menge Gäste, Heide saß mit Anna an einem Tisch, und zu fortgeschrittener Stunde, als alle dem Alkohol schon ziemlich zugesprochen hatten, hielt Heide eine Geburtstagsrede, in der sie darstellte, wie viel Cora in ihrem Leben geleistet hatte, dass das „Plansoll" voll und der Rest Luxus sei. Anna war nach der Rede aufgesprungen und Heide um den Hals gefallen. Sie hängte sich an Heides Hals, blieb lang daran hängen, schaute Heide mit bewundernden und gleichzeitig verzweifelt hoffnungsvollen Augen an, als ob sie Erlösung erwartete.

Anna hatte immer allein gelebt. Hatte sich in die falschen Männer verliebt, meist verheiratete, unerreichbare. Die, die in Anna verliebt gewesen waren, hatten ihr das erst nach ihrem Tod gestanden. Was wenig hilfreich war. So war Anna ganz in ihrem Beruf als Lehrerin aufgegangen, hatte mit unendlicher Akribie Vorbereitungen geschrieben, Lehrmittel gebastelt, hatte ihren Wert einzig aus ihrer anerkannten Position in ihrem Beruf bezogen, bis eine neue Direktorin an die Schule kam, die Annas Bemühungen offensichtlich als zu ehrgeizig und daher gefährdend für ihre eigene Position einschätzte und Anna vom Thron der Anerkennung stürzte. Anna fiel ins Bodenlose. Heide hatte ihr immer wieder geraten, sich diese schnöde Behandlung nicht gefallen zu lassen, aufzubegehren, sich zu wehren, aber da war Anna schon zu

schwach dafür gewesen. Als Anna wusste, dass ihr Leben dem Ende zuging, verfügte sie, dass die Anwesenheit der Direktorin bei ihrem Begräbnis unerwünscht sei.
Heide löschte die Kerze nicht, als sie schlafen ging. Anna sollte die erste Nacht im Totenreich nicht in Dunkelheit verbringen. Am Morgen war die Kerze erloschen, aus dem Wachs hatte sich eine Blume geformt.
Beim Begräbnis standen die Freundinnen eng beieinander. Isa weinte haltlos. Cora war zur Steinsäule geworden. Heide hielt die Grabrede.
Nur Elena fehlte. Sie befand sich wieder einmal auf einer ihrer Reisen ans Ende der Welt.

Ans andere Ufer

Maries und Stefans Wienurlaub begann an einem Sonntag im Juli, dem bisher heißesten Tag des Jahres, sie hatten die Rollerskates mit und wollten die Donauinsel entlangfahren. Stefan startete in seinem üblichen Tempo, Marie hielt eine Weile mit, kam aber derartig außer Atem, dass sie sagte: „Fahr du in deinem Tempo, ich kann das nicht, sonst kriege ich bei dieser Hitze einen Herzinfarkt."

Stefan preschte los, Marie fuhr gemächlich die Insel entlang, betrachtete die kleinen Buden, die Leute, die sich bereits am Ufer gelagert hatten, das eindrucksvolle Schulschiff, das im Fluss verankert war.

Als Heide wieder auf Stefan traf, suchten sich die beiden einen Liegeplatz am Ufer und gingen abwechselnd ins Wasser der Neuen Donau.

Marie beobachtete Stefan, irgendwann verlor sie seinen Kopf aus den Augen. Sie legte sich auf die mitgebrachte Decke, döste ein wenig vor sich hin. Als Stefan nach einer Stunde noch immer nicht zurückgekommen war, standen Bilder vor Maries geistigem Auge auf, eine Erinnerung an ein Theaterseminar für Deutschlehrer, vor vielen Jahren, in dem sie, Marie, die Rolle einer Frau gespielt hatte, die von ihrem rücksichtslosen Ehemann in einen Herzinfarkt getrieben wurde. Stefan wird doch nicht einen Herzinfarkt erlitten haben, dachte sie. Und eben, als sie das dachte, entdeckte sie wieder seinen Kopf im Wasser und tat einen tiefen Seufzer der Erleichterung.

Stefan hatte sich das andere Ufer angeschaut, die Moschee, die Plätze, wo türkische und serbische Familien grillten, ganze Familienclans, es rauchte und dampfte und die Leute sangen und tanzten …

„Alles schön und gut", sagte Marie, „aber ich hab' mir Sorgen gemacht."

In der Nacht lag Marie lange wach, zwischendurch fiel sie in einen unruhigen Schlaf, träumte, sie hätte einen Herzinfarkt erlitten. Als sie erwachte, klopfte ihr Herz wie wild. Warum denke ich die ganze Zeit an einen Herzinfarkt, dachte Marie, dazu besteht überhaupt kein Grund.

Um acht Uhr morgens klingelte das Telefon. Vielleicht war es die Lektorin, die Marie um zehn Uhr in einem Innenstadtcafé treffen wollte, möglicherweise war ihr etwas dazwischengekommen und sie musste das Treffen absagen? Oder es war Elena, die wegen des morgigen Treffens anrief. Aber so früh?

Doch es war weder die Lektorin noch Elena, sondern Elenas Schwester Paola. „Elena ist tot!", sagte sie, mit einer Stimme, die verriet, dass sie ihre letzte Kraft für diesen einen Satz zusammengenommen hatte, und dann weinte sie haltlos ins Telefon.

Marie saß wie erstarrt, das Handy in der Hand, konnte nicht fassen, was sie eben gehört hatte. Nach einer Welle des Schluchzens hatte Elenas Schwester sich so weit gefasst, dass sie den Hergang erzählen konnte. Paola, Elena und ihr Mann waren tags zuvor bei der Geburtstagsfeier der achtzigjährigen Tante eingeladen gewesen. Die Gäste saßen an einer langen Tafel, Elena und Paola hatten die Speisekarte studiert und das Essen ausgesucht. „Und dann, plötzlich, begann Elena in ihrer Handtasche zu kramen, und auf einmal lehnte sie sich ganz schwer an mich und ich dachte, was macht sie denn da … was sucht sie

da … Aber sie veränderte ihre Position nicht mehr, sie verharrte so, wie sie war, fest an mich gelehnt, und alles kam mir immer seltsamer vor, bis ich merkte, dass sie … Ich schrie ganz laut, plötzlich waren alle in Aufruhr. Die Rettung wurde verständigt, kam auch sehr schnell, die Sanitäter haben versucht Elena zu reanimieren, aber vergebens. Sie war in dem Moment gestorben, als sie sich an mich gelehnt hatte."
Paola brach abrupt ab.
Marie saß da wie versteinert. Sie wusste, sie sollte etwas sagen, Paola trösten, aber das war in dem Moment unmöglich.
„Ich kann nicht …", sagte Marie, und Paola: „Ich weiß!"
Dann schwiegen sie beide eine lange Weile ins Telefon.
Bis Paola sagte: „Du hast doch vor ein paar Tagen mit Elena telefoniert. Hat sie irgendwas zu dir gesagt? Irgendeine Andeutung, ein Vorzeichen? Hat sie irgendwas gespürt, gewusst?"
„Sie hat gesagt: Es geht mir nicht gut. Aber ich kann jetzt nicht darüber sprechen. Ich erzähle dir alles, wenn wir uns am Dienstag treffen", sagte Marie. Und nach einer Pause: „Hat sie zu dir irgendetwas gesagt?"
„Nichts", sagte Paola, „du weißt doch, wie Elena war…"
„Ich weiß", sagte Marie. „Immer nur lächeln … doch wie's da drin aussieht, geht niemand was an."
Marie fühlte Paolas Nicken durchs Telefon.
„Es tut mir so leid", sagte Marie, jetzt endlich. „Ich kann es nicht fassen. Als ich deine Stimme hörte, dachte ich zuerst, eure Mutter sei gestorben."
„Die Mama", sagte Paola und fing wieder zu weinen an. „Sie redet von nichts anderem. Sie hadert mit dem

Schicksal und sagt in einem fort, sie wäre an der Reihe gewesen und nicht Elena."

„Das verstehe ich", sagte Marie. „Meine Mutter hat genauso reagiert, als ihre Großnichte gestorben ist." Kerstin, die Tochter der Nichte ihrer Mutter, hatte eine neue Herzklappe bekommen. Es ging ihr nach der Operation erstaunlich gut, Marie besuchte sie im Krankenhaus, und Kerstin sagte: „Es ist schade, dass die Großfamilie so gar nicht mehr zusammenkommt." Marie und Kerstin beschlossen, ein Familientreffen zu organisieren, sobald Kerstin aus dem Krankenhaus entlassen sein würde.

Am nächsten Morgen wehte ein starker Windstoß vom offenen Fenster her ein Bild von Maries Schlafzimmerwand, jenes Bild, das sie immer als Symbol des Lebens gesehen hatte, ein Ölbild in Blau und Rot und Schwarz, in der Form eines Lebensbaumes, mit kleinen, weißen Einsprengseln und vielen eingekratzten Linien. Als hätte das Leben selbst seine Spuren hinterlassen. Noch nie war dieses Bild von der Wand gefallen, in all den Jahren nicht, die Marie in diesem Haus gelebt hatte. Eine Stunde später kam die Nachricht, dass Kerstin (genau zu jenem Zeitpunkt) an Herzversagen gestorben war. Die große Familienzusammenkunft fand niemals statt. Und Maries Mutter haderte mit dem Tod, weil er nicht sie, sondern Kerstin an der Hand gefasst hatte. „Es ist ungerecht", sagte die Mutter, „so ungerecht. Ich alte Schachtel muss leben, obwohl ich gar nicht mehr will, und Kerstin musste sterben. Der Tod ist ein alter Trottel, er hätte mich holen sollen, er weiß nicht, was er tut."

Manchmal wollte Marie den Tod auch so sehen. Als alten Trottel, der nicht wusste, was er tat. Doch tief in ihrem

Inneren hatte sie die Vorstellung vom Tod als einem agilen, reifen Mann, in Jeans, Turnschuhen und einem lilafarbenen Hemd, die grauen Haare zu einem Pferdeschwanz gebunden, er ging mit jugendlich federndem Schritt, und Marie hatte das Gefühl, er wusste genau, was er tat. Auch wenn seine Beweggründe nicht einsichtig waren.

Zu Elenas Begräbnis, an einem extrem heißen Julitag, hatten sich viele ehemalige Klassenfreunde aus der Gymnasialzeit eingefunden. Elenas Mann trug einen Strauß Rosen durch die Friedhofshalle, es war, als hielte er seine Frau in den Armen.

Beim Totenmahl im dem Friedhof gegenüberliegenden Gastgarten rauchte Marie sich nach fünf Jahren Enthaltsamkeit die erste Zigarette an.

Elena hatte nicht geraucht, war schlank gewesen, hatte Wert auf gesunde Ernährung und auf Sport gelegt, und war trotzdem an einem Herzinfarkt gestorben. Also war es völlig egal, ob Marie rauchte oder nicht. Sterben musste sie so oder so. Dann besser gleich alle Genüsse des Lebens in sich saugen.

Ein paar Tage danach fand die Totenmesse statt.

Marie hielt eine Abschiedsrede für Elena, die der Pfarrer mit einer Dauer von fünf Minuten hatte begrenzen wollen.

„Meine Rede dauert genau siebeneinhalb Minuten“, hatte Marie wutentbrannt zu dem Pfarrer gesagt, „und ich werde sie so halten, wie ich sie geschrieben habe, ob es Ihnen passt oder nicht. Siebeneinhalb Minuten für ein ganzes Leben, das wird wohl nicht zu viel sein!“

Und Marie sprach von den Erinnerungen an die Schulzeit, wie sie einmal mit einem lächerlich winzigen Fotoapparat Reporter gespielt und die Leute auf der Straße zu ihrer Meinung nach den Beatles befragt hatten. Wie sie Wochenenden gemeinsam verbracht hatten, Elena, Paola und Marie. Wie Elenas Mutter ihnen die wunderbarsten Jausenbrote der Welt serviert hatte. Wie Elena und Marie beim Schulschikurs von der dritten Gruppe freiwillig in die vierte gewechselt waren, um den Beschimpfungen des Turnlehrers zu entgehen. (Dass „Pistensau“ noch das netteste seiner Schimpfworte gewesen war, sparte Marie aus.) Wie sie nach der Matura durch den Schulgarten geschwebt waren ... was für ein wunderbarer Mensch Elena gewesen war ... und dass sie keine Lücke, sondern einen Krater hinterlassen hatte.

Nach der Messe kam der bekannte Journalist und TV-Kommentator Roland P. auf Marie zu, er und seine Frau Rena wohnten im selben Haus wie Elena und ihr Mann, sie waren lange Zeit befreundet gewesen, und Roland P. sagte zu Marie: „Eine so schöne Rede ...“ Aus dem Mund dieses bekannten Journalisten war das für Marie wie eine Auszeichnung.

Einige Zeit später lud Elenas Mann sie in die Wohnung ein. Abschiedsessen für Elena. Als Marie die Wohnung betrat, sah sie mit Schaudern den von Elena so vehement betriebenen Zubau: zwei in den Berghang gehauene graue fensterlose Zimmer. Und Marie konnte sich des Gedankens nicht erwehren, dass Elena sich ihre eigene Gruft geschaffen hatte.

Danach fiel Marie in eine anhaltende Depression und war monatelang davon überzeugt, dass sie ihrer Freundin sehr bald in den Tod nachfolgen würde. Als sie zu Silvester immer noch lebte, wunderte sie sich.

In dieser janusköpfigen Nacht hatte Marie einen intensiven Traum. Sie blickte in die Unterwelt, sah dort drei seltsame Gestalten. Eine war rot und hatte den ungefähren Umriss einer kleinen sitzenden Frau. Die andere war größer und schwarz, die dritte noch größer und weiß und luftig wie ein Schaumbaiser. Im Traum ordnete Marie die drei Gestalten ihren drei toten Freunden zu, die im selben Jahr geboren waren wie Marie selbst. Die rote war Anna, die Königin der Nacht (im weinroten Mantel), die schwarze ihr Studienkollege Kurt, schwarzgallig und vom Leben enttäuscht. Die weiße, luftige Figur war Elena. Dann sah sich Marie plötzlich wieder auf der Erde, sie stand vor einer Kirche und schaute durch ein Fenster ins Innere. Auf dem breiten Mittelgang lief Elena auf und ab, wie auf einer Laufbahn, sie trug einen weißen Jogginganzug und weiße Sportschuhe. Marie stand plötzlich neben ihr, ohne dass sie in die Kirche hineingegangen wäre, und sagte erstaunt: „Elena, was machst du da? Du bist doch tot!“ Da lächelte Elena und sagte: „Ich bin nicht tot. Carl ist tot.“ Marie konnte den Sinn dieser Worte nicht begreifen. Erst viel später, nachdem der Kontakt zu Elenas Mann Carl abgerissen war, wogegen Elena in Maries Erinnerung immer präsent war, begriff Marie, was ihr der Traum hatte sagen wollen.
Später fand Marie die Mappe, in der sie alle Briefe Elenas gesammelt hatte. Auf der letzten Ansichtskarte stand: „Wir sind fast am Ende einer viel zu kurzen Reise. Bis jetzt war’s wunderbar.“

Eine viel zu kurze Reise

Beinahe jeden Abend hört sich die Sportlehrerin die Nachrichten im Fernsehen an. Der Tod ist allgegenwärtig. Ein achtjähriges Mädchen ist auf einem Schulschikurs plötzlich gestorben. Über die Ursachen wird noch ermittelt.
Die Sportlehrerin stellt sich vor:
Das Mädchen freut sich auf den Schikurs. Oder vielleicht freut es sich auch nicht. Vielleicht hat es Angst. Vielleicht fährt es zum ersten Mal allein weg, ohne die Eltern. Vielleicht spürt es schon zu Hause den Trennungsschmerz, das Heimweh. Vielleicht kriegt es schon zu Hause einen Schnupfen, einen Husten. Aber die Freundinnen fahren alle mit auf den Schikurs, daher will das Mädchen nicht zuhause bleiben, obwohl die Eltern es vorschlagen. Oder das Mädchen möchte zuhause bleiben, aber die Eltern meinen, es sei nicht schlimm, sie habe ja kein Fieber, und es wäre doch schade, wenn ihre Freundinnen ... und sie nicht ... Und das Mädchen fährt. Und fährt am ersten Tag in der Schigruppe mit. Fühlt sich krank. Will nach Hause. Eine Lehrerin ruft am Abend die Eltern an. Die versprechen, das Kind am nächsten Tag abzuholen. Das Mädchen weint ins Kopfkissen.
Am nächsten Morgen geht es dem Mädchen nicht besser. Es hustet, will im Zimmer bleiben, im Bett. Es wird Fieber gemessen, das Mädchen hat kein Fieber, es fühlt sich nur nicht wohl, es weint ein bisschen, die Lehrerin ruft noch einmal die Eltern an, die sind schon im Aufbrechen, am frühen Nachmittag werden sie da sein. Die Lehrerin muss mit ihrer Schigruppe auf den Hang, sie hat zehn Kinder

in der Gruppe, die anderen Lehrerinnen haben ebenfalls je zehn Kinder in der Gruppe, die Lehrerin kann nicht wegen eines einzigen Kindes die ganze Gruppe vernachlässigen, sie bittet die Wirtin, nach dem Mädchen zu sehen, in regelmäßigen Abständen, die Wirtin nickt, Kinder und Lehrerinnen verlassen den Gasthof. Das Mädchen schläft wieder ein, es hustet stark, die Wirtin würde am liebsten einen Arzt holen, aber die Eltern werden sowieso bald hier sein, auf die paar Stunden wird es nicht ankommen …

Später geht die Wirtin in die Küche und bereitet das Essen für die Schikursgruppe zu, sie muss sich beeilen, sie ist schon spät dran, die Sache mit dem kranken Mädchen hat ihren ganzen Tagesplan durcheinandergebracht, also schnell, die Zeit läuft, die Kinder werden bald zurückkommen, dann sind sie hungrig und wollen nicht mehr warten, die Wirtin würde gern noch einmal nach dem kranken Mädchen sehen, o verdammt, da brennt etwas an, schnell umrühren, den Topf von der heißen Herdplatte ziehen, es gibt Gulasch, das hat die Wirtin schon gestern zubereitet, heute hat sie nur die Erdäpfel kochen müssen, die Beilage, und als Nachspeise wird es Kompott geben, selbst eingelegtes Kirschenkompott. Die Wirtin schaut aus dem Fenster, die ersten Kinder schwingen schon vor dem Haus ab, stellen die Schi in den Ständer, stapfen in den Schuhraum, ziehen die klobigen Schischuhe aus, die Hausschuhe an, springen leichtfüßig die Treppe hinauf, öffnen eine Tür.

Dann gellt ein Schrei durchs Haus, und danach – Totenstille.

Eis

Derselbe Friedhof, nur einige Jahre und zwei Jahreszeiten später.
Eiskalte Leichenhalle, neugotisch, Spitzbögen mit Glasfenstern wie Perlmutt, Palast der Eiskönigin.
Kein Mann, der einen Strauß roter Rosen durch die Leichenhalle trug. Keine Mutter, die den Tod ihrer Tochter beweinen musste. Aber ein Sohn, der das Begräbnis würdig gestaltete. Und ein Priester, dem die Kälte offenbar nichts anhaben konnte, der die Zeremonie genoss und in die Länge zog. Die vielen schönen Worte hatte die Tote sich verdient.
Auch Heide hatte eine kleine Abschiedsrede vorbereitet. Aber während ihre Knochen auf dem Friedhof, durch den ein sibirischer Wind fegte, auf dem Weg zur obersten Anhöhe, zu Eis froren und ihr Magen vor Kälte rebellierte, sodass sie sich von der Trauergesellschaft kurz entfernen musste und in einem stillen Winkel des Friedhofs erbrach, erfror die Lust, diese Worte zu sprechen. Und so warf sie den Zettel mit der Rede in Gretas Grab.
„Neurolinguistisches Programmieren? Was ist neurolinguistisches Programmieren?“, hatte Greta gefragt, und die Psychologin, die sie auf ihrer letzten gemeinsamen Lesereise kennengelernt hatten, erklärte es, wenngleich ziemlich kompliziert und daher unverständlich. Sie war Heide auf Anhieb unsympathisch gewesen, weil sie von ihren Klienten ziemlich abfällig sprach. „Die haben immer dieselben langweiligen Probleme“, sagte sie. Als ob Klienten dazu da wären, die Psychologin mit interes-

santen Problemen zu befriedigen. Heide fragte die Psychologin, ob sie meinte, dass ein Hausarzt sich ebenfalls über seine Patienten ärgern sollte, weil die im Winter immer mit langweiligen Erkältungen und nie mit neuen seltenen herausfordernden Krankheiten daherkämen. Danach hatte es die Psychologin vorgezogen zu schweigen und der Kontakt war abgebrochen.

Greta und Heide hatten zwei Zimmer in einer katholischen Akademie zugewiesen bekommen, durch einen langen (in der Nacht stockdunklen) Gang getrennt. Heide hatte vorsichtshalber eine Taschenlampe mitgenommen und begleitete Greta jeden Abend in ihr Zimmer.

„Wieso bist du so vorsorglich?“, hatte Greta gefragt.

„Bei den Katholiken weiß man nie ...“, hatte Heide geantwortet, „du siehst ja, sie sparen sogar beim Ganglicht.“

Katholisch ironisch war es auch weitergegangen. Einige Monate später erreichte Heide das Fax einer gewissen Äbtissin Hermengilde Wanzenreith, die sich über die Autorin Heide Mahr und eine besonders anrüchige Stelle aus einem ihrer Bücher beschwerte. Die Vorgeschichte war, dass Heide diese Stelle (die Beschreibung eines Striptease-Lokals in Las Vegas) in einer Schule vorgelesen hatte, die Schule trotz besagter anrüchiger Stelle das Buch als Klassenlektüre angekauft, ein sehr katholischer Vater namens Peter Wanzenreith aber dagegen protestiert und die Autorin aufgefordert hatte, die Bücher zurückzukaufen, worauf sie ihm geantwortet hatte, er werde in direkter Linie in den Himmel auffahren und von Jesus höchstpersönlich mit dem Großen Seelenretterkreuz in Gold ausgezeichnet werden. Greta hatte irgendwie davon erfahren und war in die Rolle der Äbtissin Hermengilde

Wanzenreith geschlüpft, der (fiktionalen) Schwester des (realen) Peter Wanzenreith. Heide hätte den Diskurs gerne fortgesetzt, aber Greta wurde bald durch ihre Krankheit gezwungen, ihn abreißen zu lassen.
An alle diese Begebenheiten erinnerte sich Heide während des langen Verweilens auf dem eisigen Friedhof. Und auch daran, wie Greta auf einer anderen Lesereise Heide wegen ihrer häufigen Streitigkeiten mit Stefan getröstet hatte: „Wenn dein Mann nicht weiß, was er an dir hat, hat er dich nicht verdient." Wie sie ihr geraten hatte, zwei Handlungsstränge, die Heide in einem Buch vereinen wollte, zu trennen und lieber zwei Bücher daraus zu machen, was sich letzten Endes als gut und richtig herausgestellt hatte. Wie Greta Heides mit Herzblut geschriebenen Roman, den diese selbst für ihr Opus magnum hielt, schonungslos kritisierte und Heide diese Kritik nicht annehmen konnte, weil sie zu gekränkt war. Wie Greta, als sie schon schwer krank war, Heide angerufen und um finanzielle Hilfe gebeten hatte, woraufhin Heide eine Spendenaktion in der Autorenschaft startete, die Greta ein Jahr arbeitsfreier Erholung ermöglichte.
„Wieso hast du gewusst, dass es mir nach der Operation so schlecht gehen würde?", hatte Greta viel später erstaunt gefragt.
„Das war leicht vorzustellen", hatte Heide geantwortet. (Als ihre Kinder klein waren, hatten die auf Warum-weshalb-wieso-Fragen immer mit „Weil so!" geantwortet, und Heide hätte große Lust gehabt, genau diese Antwort zu geben.)
Schließlich, das letzte gemeinsame Projekt, ein Workshop mit Kindern, wobei Texte zum Thema Lachen zu erarbei-

ten waren, die in einem Buch zugunsten der „Roten Nasen“ gesammelt werden sollten.
„Ich kann das nicht“, hatte Greta gesagt. „Clowns und Lachen und Spital, ich kann das einfach nicht.“
„Du kannst das!“, hatte Heide gesagt. „Du bist in Wahrheit die Königin der witzigen Reime und Sprüche. Aber die Erinnerung an deinen eigenen Spitalsaufenthalt macht dir Angst. Also, leg sie ab und geh ganz unbefangen an das Projekt, als wär's eine gewöhnliche Schreibwerkstatt.“
Und dann schrieb Heide ihr noch ein (ziemlich blödes) Gedicht, das aber den Zweck, Gretas Ängste zu vertreiben, nicht verfehlte:

Die zweite Hälfte unsres Lebens –
die erste war ja nicht vergebens –
teilen wir in vier Vierterln und fünf Achterln
so wer'n wir nicht verschmachterln.
Die Krankenschwestern sollen uns
den Buckel runterrutschen
und sich ganz schnell verflutschen.

Und dann dachte Heide noch, dass Greta, die ein Leben lang viel gereist war, immer in Bewegung, immer unterwegs, immer im Kontakt mit anderen Menschen, die letzten sechs Jahre ihres Lebens in einem Pflegeheim verbracht hatte, ohne jeden Kontakt zur Außenwelt, außer zu ihrem Sohn. Sie hatte sich selbst auf den kleinsten Raum, auf ihre Innenwelt, ihre Gedankenwelt zurückgeworfen – oder war zurückgeworfen worden.
Kicherte da jemand? Heide blickte sich um. Alle Friedhofsbesucher standen mit eingefrorenen Gesichtern da,

in dieser Friedhofslandschaft wie ein Schwarz-Weiß-Foto, mit Abstufungen von Grau, neblig, wolkenverhangen. Keiner der Trauergäste hatte auch nur den Mundwinkel verzogen. Heide war überzeugt, dass Greta von irgendwo oben herabschaute, sich die Hände rieb und kicherte. Elenas Grab blieb an diesem Tag unbesucht, rote Rosen wären sofort erfroren.

Märchenpark

Die roten Rosen auf Mutters Grab waren längst verdorrt, die Sonne hatte sie versengt, die Trauer hatte sie nicht verbrennen können.

Was für eine absurde Idee! In den Märchenpark zu fahren, zwei Wochen nach dem Begräbnis, mit zwei kleinen Kindern, mit einer Ersatzpflegerin, die kein Wort Deutsch sprach, vor allem aber mit einem weit über fünfzigjährigen, behinderten Bruder, den die Trauer über den Tod der Mutter noch fest in ihren Krallen hielt. Und mit einem Mann, dem die ganze Situation nur auf die Nerven ging.

Schon beim Eintritt an der Kassa ging es los: Stefan wollte einen Sonderpreis für Mischa aushandeln, ein solcher war aber nicht vorgesehen, Stefan regte sich darüber auf, Heide war das alles nur peinlich, sie versuchte Stefan zu beschwichtigen, der Versuch endete in einem Streit.

Sie fuhren alle zusammen auf einer Art Drachen-Hochschaubahn, den Enkelkindern schien es zu gefallen, Heide auch, Mischa saß hinter ihr, Heide hätte sich so sehr gewünscht, er hätte gelacht oder wenigstens gelächelt, aber er saß da, mit steinerner Miene, und ließ die Fahrt über sich ergehen wie eine ungewollte Pflichtübung. Danach ging er ein paar Schritte bis zum nächsten Café, ließ sich an einem der grünen Metalltische nieder und sagte, er werde von da nicht mehr weggehen, bis sie heimfuhren. Heide blickte sich hilfesuchend um, Stefan war mit den Kindern inzwischen weitergegangen,

hatte keinen Augenblick auf sie gewartet, Ildiko (die Ersatzpflegerin) meinte, sie würde bei Mischa sitzen bleiben, was Heide dankbar annahm, ich hol' euch dann ab, sagte sie hastig und eilte hinter Stefan und den Enkelkindern her, mit einer ziemlichen Wut im Bauch über Stefans Rücksichtslosigkeit. Die Stimmung war trotz der fast dreißig Grad ziemlich frostig. Sie fuhren dann noch in einem Boot auf einem künstlichen Teich, die Enkelkinder ritten auf künstlichen Ponys, aber Heide war die Lust am Märchenpark gründlich vergangen, sie hatte gehofft, sie könne Mischa erfreuen, ablenken, ein wenig aus seinen dunklen Gedanken reißen, aber genau das Gegenteil war geschehen, seine Trauer hatte sich inmitten des Trubels verstärkt, seine Einsamkeit war eine noch größere Insel geworden.
Sie aßen eine Kleinigkeit zu Mittag, danach fuhren sie nach Hause. Außer den Enkelkindern sprach niemand ein einziges Wort. Und auch sie verstummten nach und nach und schliefen irgendwann ein.

Die nächsten beiden Wochen waren vollgestopft mit Pensions-Bank-Versicherungs-Notarterminen, Anträgen, Stornierungen, Formularen. Und mit Verständigungsschwierigkeiten zwischen Heide und Ildiko. Die neigte dazu, aus jeder noch so winzigen Kleinigkeit eine Riesensache zu machen. Wenn Mischa drei Pusteln am Rücken hatte, sprach sie von einem „großen Hautproblem". Wenn Mischa von einer Wespe gestochen wurde, war es ein Wunder, dass er überlebte ...
Wenn ich noch ein einziges Formular ausfüllen muss, könnt ihr mich in die Klapsmühle einliefern, dachte

Heide. Und wenn Ildiko noch ein einziges Mal irgendeine Kleinigkeit zu einem großen Malheur aufbauscht, ebenso. Und wenn in dieses chaotische Haus nicht endlich Ordnung einkehrt, dann überhaupt …

Mischas Zimmer sah immer noch aus wie eine Mischung aus Müllhalde und Gefängnis. Vor die Fenster hatte er einen undurchsichtig gelben Stoff gespannt, sodass er ein ganzes Jahr lang niemals einen freien Blick auf die Straße oder in den Garten gehabt hatte. Und die Dinge, die er in diesem Zimmer aufbewahrte, hätten eine Lagerhalle gefüllt. Wenn man aber bei Mischa aufräumen wollte, musste man äußerst vorsichtig sein. Man durfte ohne sein Wissen und ohne seine Zustimmung nichts wegwerfen, weil er sonst gleich den Verdacht hegte, irgendjemand hätte ihn bestohlen.

Heide wurde von einer lähmenden Müdigkeit erfasst.

Mutter, dachte sie oft, du hast mir ein schweres Erbe hinterlassen!

Die Mutter war im Alter von sechzig Jahren in Pension gegangen, hatte bald nach dem Tod des Vaters das Möbelgeschäft verpachtet und war in das Haus gezogen, das sie schon im Hinblick auf ihre neue Lebenssituation gebaut hatte. Als sie es anfing zu bauen, hatte der Vater noch gelebt. Und Heide war sehr befremdet gewesen, als die Mutter ihr die Pläne für das neu zu bauende Haus zeigte und außer einem Wohnzimmer, einer Küche und den üblichen Nebenräumen nur ein Zimmer für die Mutter und ein Zimmer für den Bruder eingezeichnet war.

„Und was ist mit Papa?“, hatte Heide gefragt.

„Er wird dort nicht mehr wohnen“, hatte die Mutter gesagt und die Lippen zusammengepresst.

Was für eine Erleichterung, als Gina nach zwei Wochen wiederkam und unverzüglich damit begann, das chaotische Haus in Ordnung zu bringen.
„Du wirst noch verrückt, wenn du nie aus dem Fenster schauen kannst“, sagte Gina zu Mischa. „Ich nehme diesen Stoff jetzt ab!“
Und Mischa – o Wunder – war einverstanden.
Als die blickdichten staubigen gelben Stoffbahnen entfernt waren und man durch die Fenster auf der einen Seite wieder auf die Straße und auf der anderen in den Garten sehen konnte, war das wie die Befreiung aus einem Gefängnis.

Dürre Worte

Sie schlief mit diesem Bild ein, sie wachte mit diesem Bild auf, der Anblick ging ihr wochenlang nicht aus dem Kopf. Das Bild einer Frau, völlig abgemagert, aber nicht bis zur Unkenntlichkeit, ihr Gesicht war immer noch das ihre, das Krankenbett stand mitten im Wohnzimmer, und der Ehemann Roland erlaubte der Autorin, das Zimmer zu betreten, ans Bett von Rena zu treten, Rena, die zusammengekrümmt dalag, als könne sie nie mehr die Beine ausstrecken, sich nie mehr entkrampfen, und die Autorin wusste, es war das letzte Mal, dass sie die Freundin sehen würde.

Wie nimmt man Abschied von einem Menschen, der zusammengekrümmt in einem Bett liegt, der nicht mehr ansprechbar ist, nicht mehr reagiert, einen nicht mehr ansehen, nicht mehr wahrnehmen kann? Hofft man, sie würde einen dennoch spüren, die eigene Gegenwart zur Kenntnis nehmen? Die letzten geflüsterten Worte hören? Durfte man sie berühren? Die Autorin wagte es nicht, zuerst nicht, sie trat ans Bett, hockte sich daneben hin, sodass sie auf Augenhöhe mit der Kranken war, dann berührte sie den abgemagerten Arm, strich federleicht darüber und sagte leise, unhörbar für den Mann, der das Zimmer nicht verlassen hatte: „Ich danke dir, Rena. Für alles."

Dürre Worte.

Draußen im Hof, der Frühling rieselte seine ersten wärmenden Sonnenstrahlen hinein, umarmte sie den Ehemann, vergrub ihr Gesicht in seinem Matratzenbart, und

er sagte, zaghaft: „Vielleicht wird es ja noch. Manchmal geschehen auch Wunder."
Diese Worte rührten die Autorin so ans Herz, dass sie zu weinen begann. Das kannst du doch nicht wirklich glauben, dachte sie, aber sie wagte es nicht auszusprechen.
Sie blickte sich im Hof um. Der runde, gusseiserne Tisch stand da, verwaist, er war sonst immer einladend gewesen, man hatte sich gemütlich hingesetzt, ein Bier oder ein Glas Wein getrunken, gute Gespräche geführt und viel gelacht, und weiter hinten, in dem leicht ansteigenden Garten, begrenzt von einer halb verfallenen, aber in ihrer ursprünglichen Bausubstanz wunderschönen alten Scheune mit großartigem Holzgebälk (Da solltet ihr ein kleines Kulturhaus daraus machen, hatte die Autorin damals gesagt, aber das war ein Gedankenprojekt geblieben.), hatten sie ausgelassene Gartenfeste gefeiert, geschmaust, getrunken, gesungen, gespielt. Nie war eines dieser Gartenfeste verregnet gewesen, jedes Mal hatte die Sonne geschienen, die Kinder der Gäste waren im Hof und im Garten herumgelaufen und die Autorin hatte mit ihnen Fußball gespielt.
Bei einem dieser Gartenfeste war Roland allein an einem kleinen weißgestrichenen Holztisch gesessen, vor sich seinen eingeschalteten Laptop, er scrollte Wiener Lieder ab, die Autorin rückte einen Sessel heran, nahm neben Roland Platz und sang ebenso begeistert mit.
„Bitt' Sie, Herr Friser, nehmans Ihna Scher,
machen S' bissel klapp klapp klapp und schnein S' ma Haare ab …"

Rena war dazugekommen, zu diesem Youtube-Terzett, sie war vor dem Tisch stehen geblieben, hatte ihnen zu-

geschaut, vage gelächelt und sich dann wieder entfernt, als hatte sie sagen wollen: Macht nur, amüsiert euch, ich gehöre nicht dazu.
Roland und die Autorin standen immer noch im Hof, sie hatten sich aus der Umarmung gelöst, strichen sich die Tränen aus dem Gesicht, dann kam auch die Tochter aus dem Haus, umarmte die Autorin stumm. Was diese beiden Menschen in den letzten Monaten geleistet hatten, die Hingabe, mit der sie monatelang die kranke Frau, die kranke Mutter gepflegt hatten, ohne fremde Hilfe in Anspruch zu nehmen, diese selbstverständliche Liebe berührte die Autorin ungemein. Würde ihr Mann sie mit der gleichen Hingabe pflegen? Sie wagte es zu bezweifeln. Die Liebe zwischen Rena und Roland war immer unverbrüchlich und selbstverständlich gewesen, was die Autorin von ihrer Beziehung zu ihrem Ehemann nicht behaupten konnte. Wie würde sie also im Angesicht des Todes sein? Lieber nicht darüber nachdenken.
Aber wie reagieren? Auf den Satz: Vielleicht wird es ja noch wieder. Auf den Satz: Manchmal geschehen auch Wunder. Wogegen sie selbst nur mehr denken konnte: Einen sanften und schnellen Tod, das ist alles, was ich dir noch wünschen kann, Rena. Dass dein Leiden ein Ende haben möge. Und die Ungewissheit der Menschen, die dich lieben.
Manchmal geschehen auch Wunder. Das sagt man so, dachte die Autorin. Nur – ehrlich gesagt – habe ich noch nie eines erlebt. Und ich kenne auch niemanden, der jemals ein derartiges Wunder erlebt hätte.
Die Autorin fuhr nach Hause, das Bild der Freundin ging ihr nicht aus dem Kopf. Das Wohnzimmer – ein Kran-

kengefängnis. Das dünne Gesicht, der von der Krankheit abgezehrte Körper. Tröstlich war, dass Rena immer noch, selbst in diesem beklagenswerten Zustand, eine gewisse Würde ausstrahlte, eine Würde, wie sie sie zeit ihres Lebens ausgestrahlt hatte, die nur manchmal, selten, in Unsicherheit umgeschlagen war, wobei die Autorin nie dahintergekommen war, was denn eigentlich diese Unsicherheit hervorgerufen hatte, dann hatte Rena plötzlich leise und undeutlich zu sprechen begonnen, ihre Worte waren manchmal fast unverständlich gewesen, bis der Moment der Unsicherheit vorbeiging und Rena wieder die war, die sie normalerweise war: eine kluge, herzliche, sanfte und doch starke Frau, geradlinig, großzügig, echt! Ihr Gesicht war immer blass gewesen. Von Anfang an. Sie war ihr gar nicht besonders sympathisch gewesen, auf den ersten Blick – eher auf den zweiten, das erste Mal hatten sie einander ganz kurz bei Elenas Requiem gesehen.

Rena schien ihr ein wenig spröde. Sehr spröde. Unnahbar fast.

Sie hielt einen Vortrag, in einem kleinen, ländlichen Kulturhaus, sie stellte eine regionale Zeitschrift vor, deren Herausgeberin sie war, und nach dem Vortrag traten sie hinaus in die laue Sommernacht. Rena bot der Autorin an, einen Artikel über sie in ihrer Zeitschrift zu bringen. Sie sprachen auch über das neue Buchprojekt der Autorin, das Rena zu interessieren schien. Im persönlichen Gespräch wirkte sie plötzlich nicht mehr so unzugänglich wie während des Vortrags. Ihr Gesicht wurde lebhaft, entspannte sich, das Mondlicht tanzte über ihre Wangen, Rena lächelte.

Einige Monate später hatte Rena die Stelle als Lektorin in einem kleinen, aber engagierten Verlag angenommen und bat die Autorin, ihr das Romanmanuskript zu schicken, sobald es fertig sei, sie hätte immer noch großes Interesse daran und jetzt auch die Möglichkeit, es zu veröffentlichen. Diese Zeilen motivierten die Autorin ungemein, sodass sie den Roman, an dem sie schon seit Jahren in unregelmäßigen Abständen, immer wieder von anderen Projekten unterbrochen, gearbeitet hatte, schließlich doch zu Ende brachte.

Renas positives Feedback kam nach wenigen Tagen.

Die Autorin zog noch kurz die Möglichkeit in Betracht, das Manuskript einem großen Verlag anzubieten (oder mehreren parallel), verwarf diesen Gedanken aber schnell wieder, in Anbetracht der ewig langen Wartezeiten, die bei großen Verlagen üblich waren, auch in Anbetracht der möglichen Absagen und der dadurch verlorenen Zeit, und überließ das Manuskript Rena und dem kleinen engagierten Verlag.

Es war ein sehr persönlicher, ein sehr intimer Text, die Autorin fürchtete sich vor der Veröffentlichung. Vor kurzem war sie auf Lesereise in einer Kleinstadt gewesen und hatte erfahren, wie die Einwohner dieser Stadt über eine dort ansässige Autorin dachten, die dasselbe getan hatte: einen sehr intimen Roman über sich selbst und die Kleinstadt zu schreiben. Viele Einwohner der Stadt verurteilten sie deswegen. Die Autorin hoffte, dass die Menschen in ihrer eigenen Kleinstadt toleranter sein würden. Rena bestärkte sie auf dem Weg zur Veröffentlichung. Und die Reaktionen waren durchwegs positiv, viele Leserinnen konnten sich mit dem im Roman beschriebenen Schicksal über weite Strecken identifizieren, sagten nur, sie hätten nicht den Mut gehabt, es aufzuschreiben oder gar zu veröffentlichen, bewunderten aber die Autorin dafür. Und die war glücklich, in einer offenen, toleranten Stadt zu leben, doch vielleicht waren die negativen Stimmen nicht zu ihr gedrungen.

Die Freundschaft, die zwischen Rena und der Autorin entstand, entwickelte sich langsam, es dauerte lange, bis sie vom Sie zum vertrauten Du wechselten, kritische Äußerungen wurden äußerst behutsam gemacht, jede Begegnung war von gegenseitiger Wertschätzung getragen.

Und dann, eine große Vertrautheit.

Und dann – Einladungen, Genuss, Essen, Trinken, Lachen.

Meist lud Rena ein, die Autorin hatte ein schlechtes Gewissen, weil sie nicht die Zeit oder die Energie hatte, sich entsprechend zu revanchieren. „Das macht nichts", hatte Rena gesagt. „Du revanchierst dich auf andere Weise. Indem du mir einen Rat gibst. Eine Gratislesung für den Verlag machst. Eine kleine Übersetzung …"

In dem Dorf, wo Rena seit einigen Jahren lebte, initiierte sie entlang eines Bachwegs einen sogenannten Märchenpfad, mit großen Transparenten von Bildern und Texten hiesiger Künstler, unter anderen auch der Autorin. Die schenkte ihr einige Holztiere, die ihr Bruder Mischa gemacht hatte, sie passten zu dem Märchenpfad, Rena nahm sie dankbar an, stellte sie auf dem Pfad auf und ließ sogar von örtlichen Handwerkern ein Regendach für die Tiere bauen.

Danach hörte die Autorin monatelang nichts von Rena. Vorher hatte sie versprochen, sie werde die Autorin noch

vor Weihnachten besuchen, aber der 20. Dezember kam und Rena hatte noch immer keinen Besuch abgestattet. Irgendetwas Schlimmes musste geschehen sein, denn Rena hatte stets gehalten, was sie versprochen hatte.
Die Autorin schrieb Rena ein langes Mail.
Es kam keine Antwort.
Die Autorin schrieb noch einmal.
Keine Antwort.
Die Autorin versuchte Rena anzurufen, es meldete sich immer nur die Mobilbox.
Ende Jänner kam eine Antwort auf das Dezembermail. „Ich kann erst jetzt darüber schreiben“, schrieb Rena. „Ich habe Krebs, und es hat lang gedauert, bis ich diese Tatsache akzeptieren konnte. Aber mach dir keine Sorgen, es geht mir jetzt wieder besser, ich bin in guten Händen und meine Lieben sorgen in vorbildlicher Weise für mich.“ Der letzte Teil des Satzes würde sich in allen Mails wiederfinden, die Rena der Autorin noch schrieb. Sie schrieb auch von ihrer Chemo- und der Strahlentherapie, vom täglichen Kotzen und dem Krankenhausüberdruss, und wie sehr sie sich darauf freue, wenn das alles endlich vorbei sei und sie wieder im Garten sitzen und ein Glas Wein würde trinken können, an dem runden, gusseisernen Tisch.
Im Juni desselben Jahres wurde in einem alten Arkadenhof in einer Kleinstadt unweit von Renas Wohnort ein Buch der Autorin präsentiert, ein Begleitbuch zum Märchenpfad, mit Illustrationen einer befreundeten Künstlerin. Und Rena war da. War dabei. Hielt die Begrüßungsrede. Trug eine grüne Bluse und ein grünes Kopftuch, das ihr Gesicht weniger blass erscheinen ließ und ihre grünen Augen

zum Leuchten brachte, nur als Rena auf die Bühne ging, meinte die Autorin eine leichte Unsicherheit zu bemerken, aber Renas Stimme war klar und fest, und später, als der offizielle Teil samt Lesung vorüber war, sagte Rena: „Jetzt geht es wieder aufwärts!“, und die Autorin nickte und umarmte sie.
Grün ist die Farbe der Hoffnung.
Im Dezember würden sie einander wiedersehen. Da stand eine Buchpräsentation im Heimatort der Autorin auf dem Programm. Aber am Tag der Präsentation erhielt die Autorin ein Mail von Rena, in dem sie schrieb, sie werde nicht zur Präsentation kommen, ihr Mann Roland werde sie vertreten, sie selber ziehe es vor, zu Hause zu bleiben und sich zu schonen, der behandelnde Arzt habe ihr dazu geraten.
Die Autorin wusste dieses Zeichen zu deuten.
Einen Monat später besuchte sie Rena, Roland sagte, sie solle doch zum Abendessen bleiben, das Wohnzimmer war umgestellt worden, der Esstisch auf die andere Seite des Zimmers gerückt, dort, wo früher der Tisch gestanden war, Zentrum des häuslichen Lebens, Zentrum für Gastfreundschaft, Genuss und Geselligkeit, standen zwei Chaiselongues, am Ende stand dort Renas Krankenbett.
Bei dem (wie sich später herausstellte) letzten gemeinsamen Abendessen hatte Roland extra für Rena gekocht, weil sie das, was er für sich, seine Tochter und die Gäste gekocht hatte, nicht essen konnte, er redete ihr gut zu, sie solle doch ein paar Löffel davon nehmen, wozu sich Rena mit größter Mühe zwang. Sie war völlig abgemagert, ihre Bewegungen waren steif und eckig geworden, ihre Sprache abgehackt. Zwei andere Freunde waren bei diesem Abendessen ebenfalls dabei, Rena sagte, sie habe

die Leitung der bisher von ihr herausgegebenen Zeitschrift in deren Hände gelegt. Diese Meldung, vor allem aber Renas Anblick und ihr Verhalten bedrückten die Autorin ungemein. Sie dachte an die vergnüglichen Abende, früher, als Rena noch gesund gewesen war, sie dachte daran, dass Rolands Bruder, von Beruf Strafrichter, einmal für längere Zeit in Kiew gearbeitet hatte, wie sie den Plan entworfen hatten, gemeinsam nach Kiew zu reiten, aber weiter als bis in die nächste ungarische Kleinstadt hatten sie es selbst in ihren Plänen nicht geschafft, vor lauter Lachen über die Absurdität dieses Gedankenunternehmens.
Schließlich brach das Lachen auch aus Renas Gesicht, ein Lachen, das von tief innen kam und lange brauchte, um sich den Weg nach außen zu bahnen. Dann war Renas Gesicht wie verzaubert.
Kein Wunder geschah.
Die Autorin traf die beiden Freunde, die beim letzten Abendessen dabei gewesen waren, noch einmal, sie sprach den Satz aus, der sich seit Wochen in ihr geformt hatte: „Ich wünsche ihr einen schnellen und sanften Tod!“ Und hatte danach tagelang ein schlechtes Gewissen.
An einem sonnigen warmen Aprilmorgen trat die Autorin hinaus in den Garten, betrachtete den blühenden Kirschbaum, saugte die Blütenluft tief ein und hatte plötzlich das Gefühl, dass Rena ihrem Krankenbett endgültig entflogen war.
Wenig später bekam sie per E-Mail den Partezettel:
„In den guten Tagen so weitherzig und teilend, in den schlechten so tapfer und gefasst – und in all diesen Tagen unsere Liebe … “

Roland bat die Autorin, beim Begräbnis ein paar Worte zu sprechen. „Was soll ich da noch sagen?“, meinte die Autorin. „Schöner, als ihr es auf dem Partezettel formuliert habt, kann man es nicht ausdrücken!“
Dennoch fühlte sie sich durch das entgegengebrachte Vertrauen geehrt und versprach, die Abschiedsworte für Rena zu sprechen.
Die Autorin hatte die seltsame Mode, dass man vor einem oder während eines Begräbnisses keine Beileidsbezeugungen machen solle, nie verstanden. Oder nur als Kontaktvermeidung, als Ausdruck der gegenwärtigen unpersönlichen, mitleidslosen Gesellschaft.
Ganz anders bei Renas Begräbnis. Die Trauergesellschaft hatte sich in der Friedhofskapelle eingefunden, der Ehemann, die Tochter, die Mutter, Verwandte und Freunde. Da gab es Gespräche und Umarmungen, man ging zwanglos von einem zur anderen, Rena war allgegenwärtig. Das Foto vor dem Sarg zeigte die Rena, wie sie früher alle gekannt hatten: eine selbstbewusste Frau, mit geradem Blick, einem verhaltenen Lächeln, in einer königsblauen Bluse.
Es gab keine Totenmesse. Aber es gab einen aufgeschlossenen katholischen Priester, Freund der Familie, der die konfessionslose Rena durch die Zeremonie begleitete. Die Autorin war nervös, der Priester forderte sie gleich am Beginn der Trauerfeier auf, ihre Worte zu sprechen, die Autorin tat es mit klopfendem Herzen und einer im Verlauf der Rede immer brüchiger werdenden Stimme.
Den letzten Satz „Und irgendwann reiten wir alle zusammen nach Kiew …“ würgte sie nur noch unter Tränen hervor.

Als die Trauergesellschaft hinaustrat auf den Friedhof, war der Himmel mit schwarzen Wolkenfetzen verhangen, dazwischen fließende graurosa Flecken, durch die ab und zu ein Sonnenstrahl brach.
Ein Himmel wie gebatikt.

Plastiksackerl

Wir schliefen miteinander. Wieder einmal.
„Du bist so dünn geworden", sagte Mike. „Was ist los, Gabriela? Du bist nur mehr Haut und Knochen."
Ich erschrak. Früher hatte er mir oft gesagt, wie schön ich war.
„Macht es dir überhaupt Spaß, mit mir zu schlafen?" Ich erschrak noch mehr. Hatte Mike mein Theater durchschaut? War ich eine zu schlechte Schauspielerin?
„Nein, nein, wie kommst du überhaupt darauf?"
Er sagte nichts mehr. Ich streichelte seinen Kopf. „Lass das", sagte er schroff, „ich bin kein Baby." Er zog sich an und ging. „Muss noch lernen", murmelte er im Weggehen.
Ich ging aufs Klo, steckte mir den Finger in den Hals. Eins, zwei, drei, vier, fünf, sechs, sieben, acht, neun, zehn, elf, zwölf.
Zwölf Schuljahre, zwölfmal Kotzen. Ich war reif!
Plötzlich musste ich laut lachen. In meinen eigenen Ohren klang es irre.
Ich war reif und verrückt. War ich verrückt? Würde ich eines Tages so enden wie die Feenfrau in der Klinik? Warum dachte ich so einen Blödsinn? Ich hatte die Matura geschafft, und bald, sehr bald würden Mike und ich nach Griechenland fahren.
Ich war reif und nicht verrückt und im Paradies. Redete ich mir ein.
Dabei spürte ich genau, dass in dem Paradies schon viele Blumen verdorrt waren.

Ich packte. Sommerwindsachen für Griechenland. Weißes Batist, weiße Baumwolle, weißes Leinen. Blaue Strandsachen. Weiß und blau, die klaren Farben Griechenlands. Der Duft von Marmor und Meer, dazu der Duft von Thymian. Ich schwebte ins Paradies.
Abends kam Mike vorbei. „Nur auf einen Sprung“, sagte er.
„Hast du keine Zeit?“, fragte ich. „Musst du noch in die Abendschule?“ Das hätte mich gewundert, denn nun war auch der reguläre Schulschluss schon gekommen.
„Nein“, sagte er. Und nach einem kurzen Zögern, aber dennoch sehr bestimmt: „Ich war nie in der Abendschule.“
Nie in der Abendschule? Er hatte nie einen Kurs besucht. Er hatte die Abendschule als Vorwand benutzt. Er hatte eine andere. Er hatte mich die längste Zeit hintergangen. Und ich war so verliebt gewesen, dass ich ihm blind vertraut und nie den geringsten Argwohn gehegt hatte.
Während er sprach, hatte ich den Blick auf meinen offenen Koffer gerichtet, in dem obenauf meine weiße Batistbluse lag. Ich wusste, sobald ich den Blick von dieser weißen Batistbluse wenden und Mike ins Gesicht schauen würde, würde alles anders sein.
Ich hob den Blick, schaute ihm direkt in die Augen. In seine schönen sanften braunen Augen, die mich vom ersten Moment an fasziniert hatten. Ich brauchte die Frage nicht zu stellen, Mike konnte sie in meinem Gesicht lesen.
„Ja“, sagte er.
Mein Anfall war kurz. Ich fand mich auf dem Boden wieder. Aber diesmal kniete Mike nicht neben mir, diesmal hielt er mich nicht in den Armen. Er saß noch immer in

dem kleinen Fauteuil, den Oberkörper vorgebeugt wie ein Kutscher, er schaute mich kalt und ungerührt an.
„Warum Mike, warum?"
„Das fragst du noch?", sagte er. „Ich halte es nicht mehr mit dir aus. Deine Anfälle, deine Launen, und dass du jeden Tag dünner wirst. Ich kann nicht mit einem Gerippe leben. Ich möchte einen Menschen aus Fleisch und Blut." Dann schaute er mich an, sein Blick war etwas wärmer geworden, ich gefror nicht mehr unter diesem Blick. „Es tut mir leid, Gabi", sagte er, „aber ich kann nicht mehr." Dann ging er. Ohne Berührung. Ohne Kuss. Vor mir verschwamm alles, mein Zimmer ein Kreisel, der sich drehte, schwindelerregend schnell, ich ging noch einmal zu Boden und als ich aus meiner Ohnmacht erwachte, hatte ich Schaum vor dem Mund. Ich wischte ihn mit einem Taschentuch weg, ein Gefühl, als ob ich mit dieser Bewegung den letzten Rest Leben wegwischen würde.
Mein Körper gefror. Die Füße wurden kalt, die Haut wurde von einer dünnen Eisschicht überzogen, die Knochen in meinem Inneren wurden zu Eiskeulen, die Muskeln Tiefkühlfleisch, mein Herz ein Eiskristall. Ich legte mich ins Bett, ich war gefroren, starr, ich wusste, dass ich sterben würde. Jetzt. Ich schloss die Augen, faltete die Hände, schickte ein letztes Stoßgebet zu irgendeiner undefinierten Gottheit und wartete auf die erlösende Berührung des Todes. Aber der Tod beliebte anderswo zu weilen. Und auch das Schock-Gefrieren hielt nicht lange an. Ich taute langsam wieder auf. Das Fleisch wurde weich und zitterte, die Knochen begannen zu schmelzen, der Eiskristall Herz verwandelte sich in eine blutende

Masse. Schließlich tauten auch die Tränen auf und flossen unablässig aus meinen Augen, als gehörten sie nicht zu mir, als hätte ein Fluss sich meiner bemächtigt, mich überschwemmt. Hochwassertränen. Mein Kopf war am Zerspringen. Ich wünschte mir, er würde zerspringen, sodass ich nichts mehr denken oder fühlen müsste. Aber er zersprang nicht.

Als ich es nicht mehr aushielt, den Schmerz, die Tränen, das blutende Herz, sprang ich aus dem Bett und rannte aufs Klo. Ich erbrach zwanzig Mal. Danach putzte ich mir zwanzig Minuten lang die Zähne und stand zwanzig Minuten unter der Dusche. Dann zog ich mich an und ging in mein Zimmer. Ich stakste dahin wie ein ferngesteuerter Roboter. Ich kam mir vor wie ein ferngesteuerter Roboter. Ich war ein ferngesteuerter Roboter.

Ich war aus der Zeit gefallen. Ich lag im Bett, starr, hielt den Blick unverwandt auf die Zimmerdecke gerichtet. Und irgendwann, nachdem Sekunden, Minuten, Stunden vergangen waren, fiel ich in einen bleiernen Schlaf.

Irgendwann wurde ich unsanft am Arm gerüttelt. Wie durch dichten Nebel sah ich Ritas Gesicht, wie durch eine Dunstglocke hörte ich ihre Stimme: „Gabi, wach auf. Was ist los mit dir? Du schaust aus wie ein Gespenst."

„Lass mich in Ruhe!", murmelte ich.

„Den Teufel werde ich tun!", sagte sie. „Jetzt red' schon endlich! Was ist passiert?"

Da kamen sie plötzlich wieder, die Hochwassertränen, und mein ganzer Körper schluchzte in bebenden Wellen mit. „Mike hat mich verlassen. Gerade jetzt, vor unserer Griechenlandreise. Er hat eine andere. Schon lange. Ich hätte etwas merken müssen! So blöd kann man doch

nicht sein, dass man nicht merkt, dass der Freund eine andere hat. Die Abendschule war nur ein Vorwand. Ich hab' nie gefragt, was er gerade lernt. Ich hab' mir nie Bücher oder Kursunterlagen zeigen lassen. Er hatte so ein leichtes Spiel mit mir. Ich bin so ein Idiot!"
Rita streichelte meinen Arm. „Du hast ihm vertraut."
„Er hat gesagt, ich sei ein Gerippe", sagte ich leise.
Rita zog ihre Hand von meinem Arm zurück. Ich wartete auf ihren Protest. Wartete darauf, dass sie sagte, Mike sei ein Idiot, weil er so etwas Schreckliches gesagt hatte. Doch der Protest blieb aus. Wir schauten einander gerade in die Augen – ich konnte die starke Achse unserer Blicke beinahe sehen – und schwiegen. Hielt auch Rita mich für ein Gerippe? Ich stellte die Frage nicht. Und sie antwortete nicht, obwohl die Frage offen auf der Blickachse lag. Ich schloss die Augen, die Achse verschwand. „Ich kann nicht mehr", sagte ich leise. „Ich möchte am liebsten sterben."
„Ich weiß", sagte sie, ebenso leise. „Verlassen werden tut unendlich weh."
Wieso wusste sie das? War sie jemals verlassen worden? Von wem? Und wieso hatte ich nichts gemerkt? Hatte sich Rita auch in diesem Punkt als disziplinierte Musterschülerin erwiesen, ihren Schmerz nicht gezeigt, ihn mit sich selbst ausgetragen, überwunden und niemanden damit belastet? Wollte sie darüber reden? Sollte ich sie fragen? Und – wollte ich das jetzt überhaupt hören?
Doch da hatte Rita sich schon mit einem Ruck aufgerichtet, ein Lächeln huschte über ihr Gesicht und sie sagte: „Weißt du was, Gabi, wir machen deine Maturareise gemeinsam. Ich fahre mit dir nach Griechenland!"

„Das würdest du wirklich tun?", fragte ich ungläubig. Rita und ich waren noch nie gemeinsam auf Urlaub gefahren, jedenfalls nicht nur wir beide. Wenn, dann mit der ganzen Familie, als wir Kinder waren, und da auch nicht weit und nur für ein paar Tage.
„Machst du das aus Mitleid?", fragte ich.
„Nein", sagte sie und lachte. „Auch aus Egoismus. Ich war noch nie in Griechenland."
„Aber alle Tickets sind auf meinen und auf Mikes Namen ausgestellt."
„Die kann man umbuchen", sagte sie. „Es sind ja noch ein paar Tage bis zur Abreise. Und das Mindeste, was der gute Mike tun kann, ist, die Kosten der Umbuchung zu bezahlen."
„Ich will aber nicht mit ihm sprechen", sagte ich. „Nie mehr!"
„Keine Sorge", sagte Rita, „ich regle das!"
Was sie auch tat. Mike stimmte allem zu. Widerspruchslos. Es war gut, dass ich in meiner übergroßen Vorfreude den Koffer schon vor Mikes Abschied gepackt hatte, danach wäre ich dazu nicht mehr fähig gewesen. Ich lag fast die ganze Zeit im Bett, aß nichts, trank nichts, bis meine Zunge am Gaumen klebte. Erbrechen konnte ich nichts mehr. Ich war völlig leer.
Bis Rita sagte: „Ich bitte dich, Gabi, trink wenigstens etwas, du klappst mir ja sonst schon auf der Fahrt zum Flughafen zusammen."

Die Reise war schön. Trotz allem. Die griechische Sonne wärmte meine Trauer weg. Das griechische Meer spülte meine Trauer weg. Der heiße Sand brannte auf den Soh-

len, ich war kein Eisklumpen mehr, sondern ein gebranntes Tongefäß. Eine erdige braune Figurine, außen und innen warm.
Meine Schwester und ich waren uns so nah wie noch nie in unserem Leben. Wir schliefen im Doppelbett. Redeten ganze Nächte lang. Über unsere Kindheit, die Eltern, über unsere kleine Schwester. Über Michaels plötzlichen Tod. Ich war erstaunt, dass sie alles sehr ähnlich erlebt hatte wie ich.
„Warum haben wir uns das nicht schon als Kinder erzählt?", fragte ich.
Sie zuckte die Achseln.
Nur mit dem Essen, da hatte ich meine Probleme. Ich brachte einfach nichts hinunter. Und während meine Schwester in gebratenen Melanzani und gefüllten Tomaten und Okra und Souvlaki und Octopus und Calamari und Seeteufeln schwelgte, stocherte ich lustlos in meinem griechischen Salat herum, schob die Paradeiser und die Gurken und den Schafskäse und die Oliven von einer Seite des Tellers auf die andere, so lange, bis meine Schwester ihr opulentes Abendessen beendet hatte.

Nach der Griechenlandreise übersiedelte ich nach Wien, in die Studentenwohnung meiner Schwester. Die Wohnung war klein, eine größere wäre zu teuer gewesen, so lebten wir auf engem Raum, was unserer Beziehung aber seltsamerweise guttat. Wir waren uns nahe, meine Schwester und ich, fast so nahe wie im Sommer in Griechenland. Sie führte mich behutsam über die ersten Klippen des Studiums, lernte mit mir, prüfte mich ab. Bald fühlte ich mich auf dem Terrain der Hochschule einigermaßen sicher.

Das Erbrechen war für mich Normalzustand geworden. Wenn ich allein war, aß ich fast gar nichts, wenn meine Schwester da war, aßen wir gemeinsam, danach ging ich jedes Mal aufs Klo und erbrach alles wieder. Ich fühlte mich dennoch stark und schön. Ich hatte Macht über meinen Körper. Ich konnte ihn formen nach meinem Willen. Ich war Prometheus. Und Pygmalion und Galathée zugleich.

Meine Schwester schien von meinem Erbrechen nichts zu bemerken. Oder vielleicht schaute sie absichtlich weg. Schwieriger war es, wenn wir an manchen Wochenenden nach Hause fuhren. Meine Mutter legte (immer noch) Wert auf ein gemeinsames Essen am (immer noch) schön gedeckten Mittagstisch. Sie hörte, wie ich am Klo erbrach, und stellte mich deshalb zur Rede.

„Gabriela, ich bitte dich, hör damit auf! Du machst dich ja kaputt!"

Ich denke nicht daran aufzuhören, Mutter! Ich denke nicht daran, die Macht über meinen Körper aufzugeben. Ich war immer klein und ohnmächtig. Du hast mich mit deinen missbilligenden Blicken angeschaut, ich habe nie deinen Erwartungen entsprochen, immer wurde mir Rita als leuchtendes Beispiel vorgehalten, ich war nie gut genug, nie, aber jetzt, jetzt habe ich etwas gefunden, das mir unglaubliche Macht verleiht. Du glaubst doch nicht im Ernst daran, dass ich meine beste Freundin aufgebe, deinetwegen.

Ich lächelte vage, antwortete nicht, meine Mutter schaute mich mit einem besorgten (nicht missbilligenden) Blick an, seufzte und schwieg.

Ich wollte keinen Konflikt provozieren, das wäre zu kräfteraubend gewesen, ich wollte Mutter schonen und mich

selbst auch. Ihr ewiges Drängen hätte uns auf Dauer zerrissen. Ich musste einen anderen Weg finden. Im Keller, wo ich noch immer mein Zimmer hatte, gab es kein Klo. Plötzlich erinnerte ich mich an den Flug nach Griechenland und wie einer schwangeren Frau während des Fluges schlecht geworden war, sie den Weg aufs Klo nicht mehr geschafft und in das dafür vorgesehene Plastiksackerl gekotzt hatte.
Plastiksackerl – das war die Lösung!
Ich radelte sofort in den Supermarkt im Nachbarort. Das Geschäft war noch geschlossen, ich musste fünf Minuten warten. Fünf Minuten, die mir vorkamen wie eine Ewigkeit. Endlich öffnete sich der Sesam, ich stürmte hinein, suchte fieberhaft in den Gängen mit Haushaltsartikeln, endlich konnte ich eine Großpackung Plastiksackerl erstehen, wie man sie fürs Einfrieren von Obst verwendet, und dann nahm ich noch eine Menge Plastikeinkaufstaschen mit, die kleinen Gefrierbeutel waren durchsichtig, in den großen Plastiktaschen würde ich sie verbergen können, bis ich sie in einem unbeobachteten Moment im Klo oder in der Mülltonne entsorgen konnte. Es war aufregend, die Plastiksackerl zu kaufen, es war wie ein verbotenes Abenteuer, und das gab meiner besten Freundin einen zusätzlichen verbotenen Reiz.
Ich konnte es kaum erwarten, bis die nächste Mahlzeit zu Ende war. Saß unruhig am Tisch, wetzte auf dem Sessel hin und her, aß widerwillig alles auf, was meine Mutter mir auf den Teller gehäuft hatte, war innerlich bis zum Äußersten angespannt, bis meine Mutter (mit einem missbilligenden Blick) sagte: „Bist du nicht schon etwas zu

groß für die Rolle des Zappelphilipps?" Sie merkte nicht einmal, wie klein mich ihre Worte machten.
Dann – endlich – die Erlösung. Ich ging in mein Zimmer. Setzte mich in den roten Fauteuil. Nahm die Großpackung Gefrierbeutel in die Hand, strich sanft darüber, einmal, zweimal, einige Male, bis die Spannung so unerträglich wurde, dass ich mit einem energischen Ruck die Verpackung aufriss. Und endlich das erste Sackerl füllen konnte. Und das zweite. Und dritte. Vierte ... zehnte. Zehn sollten fürs erste Mal genug sein. Ich verschloss die warmen Beutel mit Gummiringerln und stellte sie vor mir auf dem Fußboden auf. Da stand mein Mageninhalt, fein säuberlich eingeweckt, in Reih und Glied, ein sichtbares Zeichen meines Sieges über mich selbst. Das war viel besser als am Klo zu erbrechen, wo man das Ergebnis seiner Anstrengungen sofort hinunterspülte.
Das war ein mir zugefallener zusätzlicher Gewinn.
Ich begann zu singen. Ich war den ganzen Tag wie berauscht.

Nachmittag mit Rémy (Martin)

Sheila Brandt will meinen Penis wachsen lassen, Flossie Purvis verheißt mir die sexuelle Revolution, Salvador Mitchell weiß, was Frauen wollen, Bud Fergusson verspricht Giganten der Freude und Forest Bryant beschwört mich: Man lebt nur einmal – probier's aus! (Ich tue mein Leben lang schon nichts anderes!)

Vor mir stehen erstens mein Laptop und zweitens eine halbe Flasche Rémy Martin.

En garde! Oder nein – eröffnen wir das Spiel mit einer Rochade. Der Angeklagte bekennt sich nicht schuldig. Sein Verteidiger plädiert auf fünfzig Prozent Mitschuld. Für einen leichten Griff am Oberarm und zwei Schimpfworte. Die anderen fünfzig Prozent für Gesichtsbruch, Bewusstlosigkeit, Gehirnerschütterung, Blutergüsse, Sehstörungen, Operation, Schlafstörungen, Angstzustände.

Touché!

Der Angeklagte und sein fünfzigprozentiger Verteidiger haben Platz genommen. An der linken Richterseite, vom Zeugenstand aus gesehen an der rechten. (Lechts und rinks kann man weicht verlechseln.) An der anderen Richterseite die Staatsanwältin und der Rechtsanwalt des Opfers. Zumindest hat das Opfer geglaubt, dass es das Opfer sei.

Bis der Richter die erste Frage gestellt hat.

Zwei Stunden Warten auf dem Armesünderbankerl. Das Opfer hat nicht das Recht, bei seiner eigenen Gerichtsverhandlung anwesend zu sein. Der Angeklagte schon. Auf Wunsch des Angeklagten darf auch die Presse des

Saales verwiesen werden, obwohl die Verhandlung öffentlich ist. (Auch der Journalist Roland R. wurde des Saales verwiesen.) Weil der Angeklagte minderjährig ist. Er ist siebzehn. In dem Alter dürfen Jugendliche zur Wahl gehen. In dem Alter machen sie (beinahe) die Matura. Aber vor dem Strafgesetz sind sie (beinahe noch) Kinder. Der Angeklagte darf auch per Gesetz zu seinem eigenen Vorteil lügen, während das Opfer bei der Wahrheit bleiben muss.

Touché! Zum Streiten gehören zwei. Glauben Sie nicht, dass diese Geschichte nur Ihnen passieren konnte, weil Sie sich in alles einmischen?

Das Opfer schüttelt den Kopf, will sagen: Was soll diese Frage, Euer Ehren? (Sagt man Euer Ehren? Herr Richter? Herr Rat?) Ich beantworte Fragen, keine Unterstellungen.

Aber das Opfer schweigt. Schluckt. Ich weise höflich darauf hin, dass ich das Opfer bin. Der Satz wird sich später nicht im Protokoll finden.

Seit fünfzehn Tagen versuche ich mir das Rauchen abzugewöhnen. Soll heißen, ich habe fünfzehn Tage lang tatsächlich nicht geraucht. Stattdessen habe ich fünfzehn Tafeln Schokolade vertilgt, fünf Flaschen Rotwein geleert und eine halbe Flasche Rémy Martin. Ob das gesünder ist?

Richter an Opfer: Können Sie die Beschimpfung durch den Täter wiederholen?

Euer Ehren – Herr Rat – Herr Richter: Machen wir doch die Probe aufs Exempel:

A Radlfoarer kummt nach Wean und hod a Murdstrumm Pech, er steßt mit an Fiaker z'samm und glaubt, er is scho weg.

Dabei is der Fiakersmann a recht a gscherter Herr und
gibt eam – zum Abschied – die weanerische Lehr:
Du Kaiblhirn, du Plutzerbirn, du marmorierter Kas,
du Schneidergsö mit deinem Gstö – reit ham auf deiner
Gaß.
Geh zah di ham, du Birkenbam, mit deiner Gouvernäu,
sunst hau i das, sunst hau i das glei fuchzigmoi ums Mäu.

Euer Ehren, Herr Richter, Herr Rat: Können Sie dieses Schimpflied wiederholen? Nein? Und Sie haben es doch eben erst gehört. Und waren in der Zwischenzeit nicht bewusstlos und hatten keine Gehirnerschütterung und keine dreistündige Operation. Und keine sechs Monate, die zwischen dem Schimpflied und Ihrer Befragung vergangen sind.

Das Wichtigste zuerst. Immer das Wichtigste zuerst. Jeden Tag das Wichtigste zuerst. Aber was ist das Wichtigste? Noch vor fünfzehn Tagen hätte ich genau jetzt mein Arbeitszimmer verlassen, wäre auf die Terrasse gegangen und hätte diese existenzielle Frage bei einem Rauchopfer durchdacht. Geklärt hätte ich sie nicht.

Ich nehme einen Schluck Rémy Martin. Wenn die Flasche leer ist, werde ich mir das Cognac-Trinken abgewöhnen müssen.

Man kann auch wegschauen. Man muss sich nicht in alles einmischen. Wenn jemand bei Rot über die Straße geht, können Sie ihn zur Rede stellen, Sie können aber auch wegschauen und ihn gehen lassen.

Euer Ehren, Herr Rat, Herr Richter, soll ich auch dann wegschauen, wenn er von einem Auto überfahren worden ist? Also immer wegschauen. Grundsätzlich wegschauen.

Und sich ja nicht einmischen. Weghören, wenn ein Kind schreit. Wegschauen, wenn es deutliche Misshandlungsmale zeigt. So lange wegschauen, bis es stirbt. Aber dann hat man wenigstens keine Unannehmlichkeiten gehabt. Und sich nicht vor Gericht verantworten müssen, weil man sich eingemischt hat. Wollen Sie das, Euer Ehren, Herr Rat, Herr Richter? Eine Gesellschaft von Wegschauern? Eine Gesellschaft ohne Zivilcourage? Eine Gesellschaft von Jasagern und Duckmäusern? Nichts leichter als das. Wir sind ohnehin auf dem geradesten Weg dorthin. Wahrscheinlich sind wir schon längst dort. Bei unserer nächsten Zusammenkunft, Herr Richter, werde ich Ihnen von meiner Lernfähigkeit berichten. Von meinem ersten Erfolgserlebnis in Sachen Wegschauen und Sich-nicht-Einmischen. Ich werde Ihnen berichten, wie ich ein paar Tage nach dieser Farce, die sich Gerichtsverhandlung nennt, in Wien in der U-Bahn gefahren bin. Ich werde Ihnen berichten, wie zwei etwa zehnjährige Buben eingestiegen sind und der eine mit breitem Grinsen zum anderen gesagt hat: Ich hab' jetzt grad' zu dem Mädchen gesagt: Ich wünsche dir gesegneten Tod! Ich werde Ihnen berichten, wie ich ihm übers Maul fahren wollte, aber gerade als ich den Mund geöffnet hatte, sind Sie mir durch den Kopf geschossen, Herr Richter, haben Ihre Pranken auf meine Großhirnzellen gedrückt, und ich habe den Mund wieder zugeklappt, meine zugegebenermaßen etwas scharf gewürzte Äußerung geschluckt und den coolen Wünscher angelächelt wie ein Lamm. Sind Sie nun zufrieden?
Könnten Sie den Gefolterten aus Messing ein wenig zur Seite schieben, Herr Richter? Ich würde nämlich gern Ihr

Gesicht sehen, wenn ich mit Ihnen spreche. Im Übrigen war ich der Meinung, wir lebten in einem laizistischen Staat, in dem Kirche und Staatsgewalt fein säuberlich getrennt seien. Was hat also der Messing-Gefolterte in einem Gericht zu suchen?
Ach so, Sie sind immer noch bei der Einmischung, Herr Richter. Ja, also – ich habe mich eingemischt. Im Schwimmbad. Vor der Attacke. Aber das habe ich alles schon bei der Polizei zu Protokoll gegeben, warum also …? Ach so, bei der Polizei durfte ich lügen, und vor Gericht darf ich das nicht, also müssen Sie von Alpha bis Omega noch einmal fragen, ich verstehe, wenn auch nur sehr allmählich.
Ich habe nämlich keine Erfahrung bei Gericht. Nur einmal war ich als Zeugin vorgeladen, aber das ist eine andere Sache. Doch zumindest habe ich bei der damaligen Verhandlung nicht mit einem Messing-Folteropfer geredet, sondern mit dem Richter selbst. Und der Zeugenstand befand sich in etwa drei Meter Entfernung vom Richterpodest und nicht, wie bei Ihnen, in sieben, sodass ich mit meinen kurzsichtigen, durch die Attacke im Schwimmbad noch mehr geschädigten Augen Sie, Herr Richter, nicht einmal dann sehen könnte, wenn Sie sich nicht hinter dem Messing-Gefolterten verschanzten.
Ich zitiere Sie, Euer Ehren, Herr Rat, Herr Richter. Eine Internetseite, die sich „Stalking Forum“ nennt. Da schreiben Sie: Ein Gefühl der Hilflosigkeit würde Verbrechensopfer oft überkommen. Ein Großteil der Betroffenen habe keine Erfahrung mit dem Strafgericht. Sie werden als Zeugen bei Verhandlungen befragt und fühlen sich dabei oft wie „angeklagt“.

Sie, Herr Richter, haben „angeklagt" unter Anführungszeichen gesetzt. Ich sehe keine Notwendigkeit für Anführungszeichen, im Gegenteil: Anführungszeichen haben hier die Bedeutung von subjektivem Gefühl, von falscher Interpretation. In Wirklichkeit ist es aber genauso, wie Sie es beschreiben: Du sitzt als Opfer auf der Zeugenbank, sieben Meter vor dem Richter, der auf einem Podest thront, sein Gesicht hinter einem Messing-Gefolterten versteckt, und dir mehr als eigenartige Fragen stellt. Dein Rechtsanwalt hat dir nur gesagt, dass du bei der Verhandlung nicht im Saal anwesend sein darfst, was dich allein schon mit blankem Staunen erfüllt hat. Dein Rechtsanwalt hat dir aber nicht gesagt, dass du quasi auf der Anklagebank sitzt.
Aber Sie, Herr Richter, wissen offenbar besser Bescheid. Und wenn Sie so gut Bescheid wissen, und wenn es anscheinend schon vielen Gewaltopfern vor mir so ergangen ist, dann frage ich Sie: Warum tun Sie nichts dagegen? Warum ändern Sie die Art Ihrer Fragestellung nicht? Warum legen Sie eine Arroganz an den Tag, die das ohnehin schon angeschlagene Selbstbewusstsein der Opfer völlig atomisiert?
Wie bitte? Ich habe nichts gehört. Nein, Sie haben nicht geantwortet. Weil ich die Frage nicht gestellt habe. Weil ich meinen Sarkasmus an der Tür zum Gerichtssaal gegen Lammfrommheit ausgetauscht habe, die mir reichlich schlecht steht. Aber ein kleines Portiönchen ist noch übrig, dem Messing-Gefolterten sei Dank!
Markus von Venere.com wünscht mir ein Freues neues Jahr. Schöne Formulierung. Freues neues Jahr. Warum ist mir das nicht eingefallen? Mir fällt überhaupt nichts

mehr ein, mein Kopf ist ein Trampolin. Die meiste Zeit springen Sie darauf herum, Euer Ehren. Aber Sie springen ebenso wenig hinunter wie der Siebzehnjährige das getan hat.
Dieser dumpfe Knall. Dieser ewig gleiche dumpfe Knall vom Sprungbrett, nun schon mindestens eine halbe Stunde lang. Und der Springer springt nicht. Und nicht. Und nicht. Hüpft ewig auf dem Sprungbrett herum, als wäre es ein Nissen-Trampolin. Es ist Sonntag, die Sonne steht tief, das Schwimmbad hat sich geleert, nun sollte endlich Abendruhe einkehren und man sollte ungestört im Becken seine lautlosen Bahnen ziehen können. Das Zerteilen des Wassers mit den Armen sollte das einzige Geräusch sein, vielleicht noch ein tiefes Durchatmen. Aber da ist immer noch dieser gleichmäßig dumpfe Knall, der die Stille, die sich endlich ausbreiten möchte, regelmäßig durchstößt. Er soll endlich ins Wasser springen, dieser Bursche, jetzt trampelt er schon eine halbe Stunde auf dem Sprungbrett herum, am Ende wird es wieder perdu sein, wie voriges Jahr auch.
Sie hätte heimgehen sollen, sie hat die feindliche Atmosphäre ja gespürt. Spürt sie immer und reagiert fast nie darauf. Sie hätte nur ihrer inneren Stimme folgen müssen. Aber sie ist im Schwimmbad geblieben, im seit ihrer Kindheit und ihrer Zeit als Sportlehrerin geliebten Schwimmbad ihres geliebten und gehassten Heimatortes. Aber vielleicht Hass nur wegen zu viel Liebe. Weil zu deprimierend zu sehen, wie alles den zubetonierten Bach runterläuft. Prost!
Ich muss endlich wieder etwas schreiben. Denn Schreiben wäre doch die eigentliche Arbeit einer Autorin. Aber

Schreiben ist langweilig. Zumindest solange man schreibt. Schreiben ist nur schön, wenn man fertig ist mit dem Schreiben. Aber während man im Schreibfluss schwimmt, wird man ziemlich hin und her gestrudelt. Ich drehe das Radio auf. Oscar Peterson am Flügel, 1971 in Monterey, spielt irgendeinen Boogie von George Gershwin. Zum Heulen schön. Aber ich heule nicht. Obwohl ich schon drei Rémy Martins gekippt habe.
Die unerträgliche Leichtigkeit der täglichen Schreckensmeldungen. Die unerträgliche Leichtigkeit, mit der wir die täglichen Morde zur Kenntnis nehmen. Die Kriege, die Attentate. Als John F. Kennedy ermordet wurde, erschütterte das die ganze Welt. Als Ilona Faber im Schwarzenbergpark von Wien ermordet wurde, stand das jahrelang in der Presse. Heute sind die Morde von gestern schon ein alter Zeitungshut.
Ich weiß, Euer Ehren, dass es weit größere Probleme gibt als das, das wir beide miteinander austragen. Ich weiß, dass es größere Probleme gibt als sieben Meter Entfernung zwischen dem Richterpodest und dem Zeugenstand oder die Verschanzung eines Gesichts hinter einem Messing-Gefolterten. Ich weiß auch, dass es größere Probleme gibt als nach einem Streit um eine Nichtigkeit krankenhausreif geschlagen zu werden. Immerhin habe ich die Sache, wie Sie sagen, ohne größere dauerhafte Schäden überlebt. Haben Sie den Akt studiert, Herr Rat? Die Fotos angeschaut? Leider hat unmittelbar nach der Tat niemand ein Foto gemacht. Da wäre viel Blut zu sehen gewesen. Keine dauerhaften Folgen, sagen Sie. Ich habe seit der Attacke keine einzige Zeile geschrieben, wie bewerten Sie diese Tatsache, Euer Ehren? Und jetzt, wenn

ich vor dem Computer sitze und ein wenig zu arbeiten versuche, beginnt mein angeschlagenes Auge stark zu schmerzen, sodass ich es zukneife und nur mit dem unverletzten Auge meine Arbeit mache, ebenso wenn ich lese, ich habe mir das einäugige Lesen angewöhnt, um das angeschlagene Auge zu schonen, und dennoch gehen die Bilder auseinander und ich habe alle Mühe, meine Augen so zu adaptieren, dass ich keine Doppelbilder sehe. Die Prellungen am ganzen Körper schmerzen, immer noch, meine Zähne sind völlig gefühllos, nach einem halben Jahr immer noch, und die Erinnerung an den Gewaltakt ist unauslöschlich in meinem Gehirn festgeschrieben. Keine Folgen, sagen Sie. Nun, ich weiß nicht, wie weit Richter in Sachen Psychologie ausgebildet werden, ich weiß überhaupt erschreckend wenig über Ihren Berufsstand, Euer Ehren, Herr Rat, Herr Richter, ich weiß gar nichts über Ihren Berufsstand, ich kenne nur einen einzigen Richter, den Bruder des hier anwesenden Journalisten, und ich kann mir, wenn ich ehrlich bin, nicht vorstellen, dass der die Fragen so stellen würde, wie Sie das tun. Vielleicht hätte er gesagt: Was haben Sie uns in dieser Angelegenheit zu sagen? Vielleicht hätte er auch nur gesagt: Schildern Sie den Tathergang. Keinesfalls hätte der Richter, den ich kenne, dieses Gerichtsspiel, das sich Verhandlung nennt, mit einer Unterstellung begonnen.

Nun – Herr Rat, man kann verschiedener Meinung sein. Man kann Meinungsverschiedenheiten verbal austragen. Ich bin da gar nicht zimperlich. Aber niemand hat das Recht, jemanden bewusstlos zu schlagen und ihm mit einem Fußtritt das Gesicht zu brechen. Und hätte mich nicht eine Polizistin, die zufällig neben mir schwamm, an den Beckenrand gezogen, wäre ich vielleicht ertrunken. Wie meinen, Herr Rat? Der Täter hat auch seine Geschichte. Das glaube ich Ihnen aufs Wort. Wir haben alle unsere Geschichte. Aber das ist kein Freibrief für hemmungslose Aggressivität. Nein, Euer Ehren, dafür habe ich kein Verständnis. Ich habe auch kein Verständnis dafür, dass in gewissen Kreisen „Du Hure!" die gängige Bezeichnung für eine mitteleuropäische Frau ist. Prost! Kerze angezündet prost für einen Freund einen ehemaligen Kollegen für zwei ehemalige Schüler alle überraschend gestorben in diesem verrückten Sommer prost viel miteinander gelacht ich werde nicht zur Seelenmesse gehen können und indirekt sind Sie daran schuld Euer Ehren prost glaubst du an ein Leben nach dem Tod ich kann nicht einmal an die Sinnhaftigkeit dieses Lebens aber ich wollte Ihnen ja erzählen warum prost also es ist ganz einfach die nächste Gerichtsverhandlung am Freitag und mein Geburtstag am Donnerstag da ich aber am Vortag der Verhandlung keinen Alkohol prost und keine schmalen Gespräche sondern früh ins Bett habe ich die Feier auf Mittwoch und Seelenmesse Mittwoch vielleicht sollte ich meinen Geburtstag doch ich werde sowieso nur wieder blöd auf dem Armesünderbankerl vielleicht Freunde aus- und später einladen aber zu mühsam nein misstraue deiner ersten Eingebung denn sie ist richtig Talleyrand die Polizistin die mich an den Beckenrand gezogen einzige Zeugin die für mich aussagen wird Euer Ehren ich frage Sie was sind die Aussagen von drei Verwandten des Täters wert und der Bademeister galoppierende Demenz nach sechs Monaten denn so lange hat es von der Tat zur ersten Gerichtsverhandlung gedauert ein gebrochenes Menschengesicht ist schließlich keine Stradivari kann sich der Bademeister an nichts mehr erinnern ich sage selbstverständlich für Sie aus hat die Polizistin gesagt eine solche Tat kann man nicht unwidersprochen hinnehmen niemand hat das Recht einen anderen Menschen so zu verletzen wie er Sie verletzt hat so brutal so blutrauschig prost vielleicht sollte ich mir zum Geburtstag eine Flasche Rémy Martin wünschen prost wo bleibt meine tägliche Penisverlängerung …

Étoile de mer

Wir hatten eine Lieblingsbar, meine Schwester und ich, eine kleine Bar, die zwar schick, aber nicht so „überdrüber" war wie andere Bars in der Innenstadt. Rita und ich saßen oft am Tresen und schauten dem Barmann Sascha bei der Arbeit zu. Er war freundlich und sprach mit leiser Stimme, nur wenn ihn Gäste absichtlich nervten, konnte er schon einmal energisch und laut werden. Ich war von Anfang an in ihn verliebt, aber ich gestand es mir nicht ein, weil ich von vornherein annahm, er sei in Rita verliebt. Bis er eines Abends meine Hand nahm und zu mir – zu mir, nicht zu Rita – sagte: „Ich mag dich, Gabriela. Sehr sogar." Er ließ mir Zeit, drängte mich zu nichts. Nach Wochen küssten wir uns zum ersten Mal.

Eines Abends stand er nicht hinter dem Tresen, sondern saß davor wie ein ganz normaler Gast. „Ich hab' heute Abend frei", sagte er und lud mich zu einem Drink ein. Später spazierten wir durch die nachtschlafene Stadt und schließlich standen wir vor einem Haus in der Berggasse. „Komm", sagte er. Ich folgte ihm in seine Wohnung.

Er küsste mich, streichelte mich, seine Hände waren sanft und gut, ich spürte zum ersten Mal in meinem Leben etwas, von dem ich dachte, dass das wohl Erregung sein müsse.

Er streifte mir den X-Large Pullover über den Kopf. Seine Augen weiteten sich vor Schreck. „Gabriela!", stotterte er. „Gabriela, was …?"

„Was was?!", sagte ich patzig. „Hast du noch nie eine schlanke Frau gesehen?"

„Gabriela", sagte er und nahm meine Hände. „Du bist nicht schlank, du bist dürr. Magersüchtig."
„Bin ich nicht!", sagte ich trotzig.
„Dass du das behauptest, gehört zum Krankheitsbild", sagte er.
Und ich darauf: „Was bist du? Barkeeper oder Geheimpsychologe?"
Er schaute mich an wie ein trauriger Dackel. „Schade, Gabriela, es ist so schade. Ich mag dich, aber ich kann nicht. Du bist so dünn, ich hätte immer Angst, dir weh zu tun."
Ich streifte mir den X-Large Pullover wieder über. Wusste nicht, was ich sagen sollte.
„Ich meine es gut", sagte Sascha. „Du musst dir Hilfe suchen. Allein schaffst du das nicht."
„Danke für das Wort zum Sonntag!" Ich schlug die Tür hinter mir zu.
Zu Hause erbrach ich dreizehn Mal. (Das einzige Mal, wo es eine ungerade, sogar eine Primzahl war!) Zehn Mal hätten genügt, die letzten drei waren für die Wut. Wie konnte Sascha behaupten, ich sei krank?
Ich war nie krank. Ich bekam keinen Schnupfen, keinen Husten, keine Grippe, ich hatte noch keinen einzigen Vorlesungstag versäumt, ich war schlank und schön! Wenn Sascha das nicht zu schätzen wusste – sein Problem! Ich malte mir aus, mit welch fetten Weibern er bisher wohl ins Bett gestiegen war. Und nun, da er zum ersten Mal eine wirklich schlanke Frau hätte haben können, reagierte er so blöd! Und machte alles kaputt!
Mein Handy klingelte, ich drückte den Anruf weg. Sascha rief noch einmal an, und noch einmal und noch einmal. Seine Hartnäckigkeit rührte mich.

„Gabriela …“, seine Stimme klang zaghaft, „ich wollte dir nicht wehtun. Ich mag dich sehr, wirklich … Ich will dir helfen. Ich möchte, dass wir Freunde bleiben.“ Seine Stimme hüllte mich ein wie eine warme Decke. Ich merkte, dass ich lächelte. Plötzlich konnte ich Sascha nicht mehr böse sein. Vielleicht war er sowieso ein besserer Freund als Geliebter. Vielleicht hatte ich durch seine Verweigerung sogar etwas gewonnen.
Ich schlief sehr gut in jener Nacht. Was nicht oft der Fall war. Meist wachte ich ein paar Mal auf, erbrach zwischendurch, manchmal hatte ich Alpträume, aus denen ich aufschreckte, danach konnte ich stundenlang nicht einschlafen. Aber in dieser Nacht schlief ich durch. Fest und alptraumlos, und als ich am Morgen erwachte, fühlte ich mich so wohl wie schon lange nicht mehr. Ich hatte einen Freund. Zum ersten Mal seit Michaels Tod.
Ich ging immer wieder in die Bar, in der Sascha arbeitete. Es war schön, am Tresen zu sitzen und zu wissen, dass es ein Freund war, der die Drinks mixte. Ich konnte ihm vertrauen. Führte gute Gespräche mit ihm. Erzählte ihm vom Studium, von den Prüfungen, den Professoren, die mich nervten, und von denen, die mir wohlgesonnen waren. Von meinen Studienkolleginnen, meiner Schwester, meiner Familie. Nur meine beste Freundin, die er meine Krankheit genannt hatte, war tabu.
Eines Abends ging ich mit einer Studienkollegin in die Bar. Wir saßen nicht am Tresen bei Sascha, sondern an einem der kleinen, runden Tische in der Nähe der Tanzfläche. Plötzlich kam ein junger Mann in die Bar, der mir sofort gefiel. Er sah gut aus, war groß und sehr schlank, hatte extrem blonde Haare, ein umwerfendes Lächeln.

Ich schaute ihn an, er lachte und fragte, ob er sich an unseren Tisch setzen dürfe.

„Aber gern", sagte meine Studienkollegin. O je, ihr gefiel er offenbar auch, das war gar nicht gut! Ich musste seine Aufmerksamkeit auf mich ziehen, versuchte witzig zu sein, was mir nicht gelang. Er lächelte uns beide an, dann begann er zu reden, was sowieso besser war, denn mir fiel weder etwas Gescheites noch etwas Witziges ein. Er erzählte, dass er Co-Trainer im Österreichischen Schi-Kader war, das imponierte mir und erklärte auch seine tolle Figur, er erzählte von den Schi-Assen, welche Probleme und Eifersüchteleien es im Kader gab, wie hart das Training war …

„Aber ich langweile euch mit meinen Geschichten", sagte er dann, und wir fanden tausend Worte, um ihm zu beteuern, dass das nicht der Fall war, im Gegenteil, das alles sei hochinteressant, wir hätten solche Insidereinblicke noch nie gehabt, er solle nur weitererzählen, er aber sagte: „Ich hol' uns ein paar Drinks!" Und schon war er bei Sascha an der Bar.

Sascha winkte zu uns herüber, machte irgendein Zeichen, das ich nicht verstand, und ich wollte gerade jetzt nicht zu Sascha hinübergehen, ich konnte meiner Kollegin nicht das Kaderterrain überlassen.

Der junge Mann kam zurück, auf einem Tablett balancierte er drei Gläser.

„Ex!", sagte er, und wir kippten die Cocktails hinunter.

Danach tanzte er mit uns beiden. Ich drehte und schüttelte mich auf der Tanzfläche, das Stroboskop ließ sein Hemd grellweiß leuchten, die Musik war ohrenbetäubend laut. Plötzlich war mir so schlecht, dass ich an unseren

Tisch zurückwankte und mich setzte, weil ich das Gefühl hatte, ich würde auf der Stelle umkippen.
„Ist dir nicht gut?", fragte der junge Mann besorgt.
„Nein, mir ist sogar furchtbar schlecht. Aber ganz komisch schlecht. Sowas hab' ich noch nie erlebt. Ich muss nach Hause."
„Ich bin mit dem Auto da", sagte er, „ich bring dich heim."
Allein wollte meine Kollegin aber auch nicht bleiben. Also verließen wir zu dritt die Bar und stiegen in das Auto des jungen Mannes. Da meine Wohnung weiter weg von der Bar lag als die meiner Kollegin, brachte er zuerst sie nach Hause.
Ich war inzwischen so müde geworden, dass ich alle Mühe gehabt hatte, mich während der kurzen Heimfahrt wachzuhalten. Meine Arme und Beine waren bleischwer, kaum konnte ich die Stufen zur Wohnung hinaufgehen. Ich wollte nur noch ins Bett und schlafen schlafen schlafen …
„Du, ich bin auch müde und ich hab' einiges getrunken", sagte der junge Mann, „ich hab' noch einen längeren Heimweg und trau mich nicht mehr weiterzufahren, du weißt schon, wegen der Polizeikontrollen … Könnte ich vielleicht hier schlafen und morgen heimfahren?"
Mir war alles egal, ich war wie gelähmt, so nickte ich nur und sagte, meine Schwester sei ohnehin weggefahren, er könne in ihrem Zimmer schlafen. Dann zog ich mir mit größter Mühe den Pyjama an und kippte ins Bett.
Ich muss sofort eingeschlafen sein. Schlief wie der sprichwörtliche Stein. Vielleicht ein paar Stunden, vielleicht kürzer, ich weiß es nicht mehr.

Ich wachte auf, weil mir unten herum etwas wehtat. Nur mit größter Mühe konnte ich die Augen öffnen. Da sah ich den jungen Mann über mir, sein Gesicht ganz nah, sein Atem heiß über meiner Stirn, er bewegte sich heftig auf und ab, er rammte sein Glied in mich, immer und immer wieder. Ich lag bewegungslos da, noch immer wie gelähmt, Arme und Beine von mir gestreckt wie eine Windrose.
Als er bemerkte, dass ich die Augen geöffnet hatte, ergriff er die Flucht. Ich schlief sofort wieder ein.
Erst am nächsten Vormittag wachte ich richtig auf. Meine Scheide schmerzte. Alles war klebrig. Mir graute vor mir selbst.
Ich bin eine Hure, dachte ich, eine dreckige, klebrige Hure!
Ich setzte mich auf, mein Kopf war am Zerspringen. Ich stand auf, ging aufs Klo, erbrach, putzte mir die Zähne, wusch meine Scheide und dann stand ich eine halbe Stunde unter der Dusche. Als ich herauskam, kam ich mir immer noch schmutzig vor. Und selbst das Parfum, das ich auftrug, konnte den Geruch des Schmutzes nicht überdecken.
Ich aß tagelang gar nichts. Kotzte die ganze Zeit, bis es nichts mehr zu kotzen gab.
In meiner Verzweiflung wandte ich mich an Sascha. Meiner Schwester wollte ich von diesem schrecklichen Vorfall nichts erzählen.
„Dieses verdammte Schwein!", sagte er. „Also ist es doch wahr!"
„Was ist wahr?"
„Was die Mädels erzählen. Ich hab' nämlich schon einige Geschichten über diesen Burschen gehört. Er lügt, wenn

er nur den Mund aufmacht. Und er hat einen Ausdruck geprägt, der ist so abscheulich …“

„Sag schon, Sascha!“

„Weißt du, wie dieses Schwein eine solche Aktion bezeichnet: als Seesternchensex!“

Ich schüttelte verständnislos den Kopf.

„Er hat es angeblich so formuliert“, sagte Sascha. „Sie streckt alle Viere von sich, kann sich nicht mehr rühren, und du kannst mit ihr machen, was du willst. Soll heißen, das Mädchen wird mit K.o.-Tropfen betäubt, und dann liegt sie da und rührt sich nicht, während der Mann sich an ihr vergeht.“

Mir lief es kalt den Rücken hinunter.

Seesternchensex.

Ich saß da, als hätte man mir wieder K.o.-Tropfen verabreicht, konnte mich nicht bewegen, konnte nicht einmal weinen.

„Wolltest du mich an jenem Abend warnen?“, fragte ich Sascha nach einer Weile.

„Ja … Aber du hast nicht reagiert, und nachher hatte ich so viel zu tun, und dann warst du plötzlich weg …“

Ja, dann war ich plötzlich weg …

Dann war ich ein Seesternchen geworden.

L’ étoile de mer …

Was für ein poetisches Wort für eine so abscheuliche Tat.

Von nun an hielt SIE mich fester in den Klauen als je zuvor.

Aufwachen, aufstehen, kotzen.

Zähne putzen, kotzen.

Noch einmal Zähne putzen, einen Schluck Kaffee trinken, kotzen.
Anziehen, kotzen.
Schminken, kotzen.
Zähne putzen, nachschminken.
In die Vorlesung gehen, kotzen.
Lernen, kotzen.
Zu Mittag ein Cola trinken, kotzen.
Weiterlernen, kotzen.
Zum Abendessen ein Cola trinken, kotzen.
Vor dem Schlafengehen – kotzen.
Nicht schlafen können – kotzen.
Ich saß vor den Skripten, es ging nichts in meinen Kopf. SIE besetzte meinen Kopf. SIE hatte Gedanken in den Kopf gepflanzt, die fest gewurzelt hatten, die wuchsen und wucherten und sich ausbreiteten und meinen ganzen Kopf verwuchsen. Es waren nur ein paar Samenkörner Gedanken gewesen, aber die Saat war voll aufgegangen.
Ich hasse mich.
Ich hasse meinen Körper. Ich will ihn verkleinern, vernichten, auslöschen. Ich fühle mich schmutzig, ich kann diesen Schmutz nie mehr wegwaschen, ich bin schuldig, ich bin wertlos, ich bin ein Nichts. Und weil ich ein Nichts bin, will ich auch meinen Körper auf ein Nichts reduzieren. Ich hasse mein Frau-Sein. Ich will das glückliche Kind sein, das ich einmal war. Ich hasse meine monatlichen Blutungen. Ich will nichts mehr haben, was mich ans Frausein erinnert. Ich will eine Fee sein.
Meine Monatsblutungen wurden schwächer, eines Tages hörten sie ganz auf. Es war eine Erleichterung, ohne die-

ses grässliche monatliche blutige Geschmiere. Ich hatte einen großen Schritt zurück in die Kindheit getan.

Liebe Sarah, lieber Hannes!

Ich schreibe euch diesen Brief, weil wir jetzt bald in die Mongolei fliegen und ich wegen der Zwischenlandung in Istanbul (ihr wisst ja, was mir dort passiert ist) ein mulmiges Gefühl habe.
Diesen Brief sollt ihr nur lesen, falls Papa und mir etwas zustoßen sollte und wir nicht mehr zurückkommen.
Ihr sollt wissen, dass ihr beide das Liebste und Wichtigste auf der Welt für uns wart. Und fügt noch alle Klischees von Liebe und Nähe und Vertrauen und Vertrautheit und Zusammenhalt und Sinn des Lebens hinzu …
Ihr seid großartige Menschen, wir lieben euch und wir sind stolz auf euch.
Geht euren geraden Weg weiter.
Wir hoffen, dass ihr ein glückliches Leben führen könnt. Seid nicht traurig, wenn es uns nicht mehr gibt. Wer weiß, was euch alles erspart geblieben ist. (Alte Eltern können sehr mühsam sein – noch mühsamer als halbalte.)
Unser Begräbnis wird gottlob nicht kirchlich sein. Irgendwer wird schon eine kleine Rede für uns halten. (Nachher unbedingt Leichenschmaus – und bitte trinken und lachen!)
P.S.: Aber keine Angst, wir kommen wieder nach Hause, Unkraut verdirbt nicht, nicht einmal in der mongolischen Wüste …

Keine Worte mehr

Ich wollte nach Hause fahren. Das heißt, ich weiß nicht mehr, ob ich wollte oder ob es mir nur als selbstverständliche Pflicht erschien, nach Beendigung des Studiums meine Eltern zu besuchen.
Wie ich den Abschluss geschafft hatte, war mir selbst ein Rätsel.
Vier Monate lang war ich täglich zehnmal auf die Waage gestiegen und jedes Mal zeigte sie ein bisschen weniger an. Jedes Mal ein Triumph!
Ich versuchte, sämtliche Gedanken aus meinem Kopf zu verbannen.
Verdrängte, dass ich ein Seesternchen gewesen war. Verdrängte alles.
Ich warf ein paar Sachen in den Koffer, ich nahm den kleinsten, den ich besaß, ich hatte das Gefühl, dass ich einen größeren nicht würde tragen können. Ich nahm also den leichten, roten Koffer, eigentlich nur ein Köfferchen, sperrte die Wohnungstür ab, nahm die U-Bahn zum Bahnhof, löste eine Fahrkarte nach Hause und stellte mich auf den Bahnsteig. Die Fahrkarte hielt ich fest in der Hand.
Der Zug fuhr ein, die Türen gingen auf, Menschen quollen aus den Waggons. Ich stand in der wartenden Schlange der Menschen, die einsteigen wollten, da hatte ich plötzlich das Gefühl, als würden mir die Beine weggezogen, sie kippten weg, als gehörten sie nicht zu mir, ich fiel auf den Perron und schlug mit dem Kopf auf dem Beton auf. Kurz hörte ich Stimmengewirr, dann wurde mir schwarz vor Augen.

Als ich wieder zu mir kam, saß ich im Zug, der Schaffner stand neben mir, schaute mich besorgt an. „Geht's wieder?", fragte er.
Ich nickte zaghaft. „Wie bin ich in den Zug gekommen?"
„Ich habe Sie aufgehoben und hineingetragen", sagte der Schaffner. „Sie hatten die Fahrkarte in der Hand, daher wusste ich …"
Ich nickte noch einmal.
„Haben Sie Ihr Handy dabei?", fragte er. „Kann ich jemanden verständigen, der Sie vom Bahnhof abholt? Denn in diesem Zustand kann man Sie nicht allein lassen." Ich kramte umständlich das Handy aus der Tasche, wählte die Nummer meiner Eltern und gab dem Schaffner das Handy. Er sagte meiner Mutter, sie möge mich dann und dann vom Bahnhof abholen, es sei unumgänglich notwendig.
„Was ist pass …", hörte ich Mutter sagen, aber da hatte der Schaffner das Gespräch schon beendet.
Als ich ankam, standen alle vier da. Meine Mutter, mein Vater, meine große Schwester Rita und meine kleine Schwester Serena, aufgereiht wie Zinnsoldaten und alle vier mit dem gleichen besorgten Blick. Die Szene entbehrte nicht einer gewissen Komik, und wenn ich nicht so schwach gewesen wäre, hätte ich vielleicht lachen können. Aber so nahm ich nur mein rotes Köfferchen, stolperte die Stufen des Zugs hinunter, und hätte mein Vater mich nicht in seinen Armen aufgefangen, wäre ich wieder mit dem Kopf auf dem Perron aufgeschlagen.
„Gabriela, wie schaust du denn aus!", sagte meine Mutter entsetzt. „Du bist nur mehr Haut und Knochen!" Ich konnte kaum gehen, mein Vater und Rita stützten mich,

links und rechts, nach ein paar mühsamen Schritten aber hob mich mein Vater in die Höhe und trug mich zum Auto.
Mutter und Vater verständigten sich mit Blicken, ich kriegte das nicht so richtig mit, Vater fuhr los, schließlich bemerkte ich, dass er nicht den Weg nach Hause eingeschlagen hatte.
„Ich will nicht ins Krankenhaus!“, sagte ich, mit der ganzen Bestimmtheit, zu der ich noch fähig war.
„Das spielt keine Rolle mehr“, sagte meine Mutter mit Tränen in den Augen. „Du MUSST! Gabriela, du stirbst, wenn du jetzt nicht sofort ins Krankenhaus kommst!“
„Das ist mir egal!“, sagte ich.
Daraufhin fingen auch meine Schwestern zu weinen an, und mein Vater stieg wie verrückt aufs Gas.
Aber weil ich mich so vehement gegen das Krankenhaus gewehrt hatte, brachten sie mich vorerst doch nach Hause. Sie hofften, ich würde mich da ein wenig beruhigen.
Irgendwann hielt es meine Mutter nicht mehr aus. Sie packte mich ins Auto und fuhr mit mir zu dem Arzt, der mich schon als Kind behandelt hatte. Ein guter Arzt, ich hatte Vertrauen zu ihm. Er sah mich besorgt an, in seinen dunklen Augen schimmerten Mitleid und Bedauern.
„Gabriela“, sagte er, „Sie können so nicht weitermachen, Sie begehen Selbstmord auf Raten. Ist Ihnen das Leben wirklich so wenig wert? Sind Sie sich selbst so wenig wert?“
Und dann erklärte er mir, in seiner ruhigen Art, mit seiner dunklen, angenehmen Stimme, dass mein Körper aufgrund meiner Magersucht schon völlig vergiftet sei, weil

die Organe nicht mehr arbeiteten. Meine Blutwerte waren eine Katastrophe.
Ich kam also ins Krankenhaus, wo ich mit einer weißen Flüssigkeit vollgepumpt wurde, die nur aus Fett zu bestehen schien. Grauenhaft!
Eine ganze Weile lag ich willenlos im Bett. Doch dann spürte ich, wie die Wut in mir wuchs, gegen das Festgehaltenwerden, gegen das Vollgepumptwerden, ich rief nach der Schwester und sagte, ich wolle sofort entlassen werden. Schließlich konnten sie mich nicht gegen meinen Willen festhalten.
Gleichzeitig reifte in mir der Entschluss, noch mehr zu hungern als zuvor.
Vierzig Kilo. Die magische Grenze war erreicht. Ich war fast am Ziel. Ich wollte einen Dreier vor der zweiten Zahl haben. Befriedigend. Meine Gewichtsnoten verbessern, so wie die Noten in der Schule: 5–4–3.

Ich stieg die wenigen Stufen hinunter in den Keller, um in mein Zimmer zu gelangen, aber wieder kippten mir die Beine weg und ich schlug hart auf den Stufen auf. Ich konnte nicht mehr aufstehen, konnte kaum um Hilfe rufen. Vater hörte mich, hob mich auf und trug mich auf die Couch im Wohnzimmer. Dort schlief ich in dieser Nacht. Am nächsten Morgen baute Vater mein Bett im Wohnzimmer auf. „Du schläfst ab jetzt hier“, sagte er, „du kannst nicht mehr allein im Keller sein, das ist unmöglich.“ Ich war so schwach, dass ich alles mit mir geschehen ließ.
Ich schlief fast den ganzen Tag, wenn ich ins Bad oder aufs Klo musste, trug mein Vater mich dorthin, wenn er

nicht da war, stützte meine Mutter mich, oder meine kleine Schwester Serena. Im Dämmerzustand, wenn ich im Bett lag, merkte ich, dass immer wieder eines der Familienmitglieder bei mir hereinschaute, es war jedes Mal, als ob ein Schutzengel die Tür aufmachte, seinen leichten Atem hereinließe und dann wieder verschwände, ich konnte die Schutzengelluft atmen oder essen und war für kurze Zeit beruhigt, ja fast glücklich. Manchmal allerdings dachte ich, dass sie nun die absolute Kontrolle über mich hätten, dass ich ihnen ausgeliefert war, dass ich keinen Schritt unbeobachtet tun konnte, aber das wohltuende Schutzengelgefühl überwog, und der Gedanke, dass ich nun der Mittelpunkt des Hauses war.

39 Kilo. Befriedigend. Endlich hatte ich den Dreier geschafft.

Ich wachte in der Früh auf, tauchte aus dem Schlaf, sah mich um, ich war nicht in meinem Zimmer, ich war im Wohnzimmer, die Erinnerung kam allmählich zurück, ich wollte mich aufsetzen und zum Glas Wasser greifen, das immer neben meinem Bett stand, ich näherte mich dem Glas, wollte es fassen, da merkte ich, dass ich meine Hände nicht bewegen konnte. Ich versuchte es noch einmal und noch einmal, meine Finger gehorchten mir nicht, sie waren leblose Zweige auf einem leblosen Ast.

Ich schrie in Panik, meine Mutter stürmte herein, die Augen angstgeweitet.

„Ich … ich … ich …“, stammelte ich, „ich kann meine … Zweige nicht mehr bewegen.“

„Was kannst du nicht?“

„Meine … Zweige nicht bewegen …“

Mutter verstand kein Wort. Serena kam ins Zimmer. „Serena, bitte, hilf mir, ich kann meine … wie heißt das …" – ich zeigte auf meine Hände – „nicht mehr bewegen …"
„Deine Hände", sagte Serena, „das sind deine Hände!"
„Ja, Hände", sagte ich. „Ich kann meine Hände nicht mehr bewegen."
Mutter wandte sich um.
Serena – ich kann mir bis heute nicht erklären, woher sie die Kraft nahm, so ruhig und vernünftig zu reagieren – sagte: „Was willst du, Gabriela? Was soll ich tun?"
„Bitte, Serena, gieße mich, ich fühle mich so …"
„Was soll ich?"
„Gießen, in dem Zimmer mit Wasser, du weißt schon …"
Plötzlich wurde mir klar, dass ich die Worte nicht mehr finden konnte.
„Waschen soll ich dich?", fragte Serena. „Im Badezimmer?"
Ich nickte.
„Das kann ICH doch tun!", sagte meine Mutter.
„Nein!" Mein gellender Schrei zerschnitt die angespannte Stille.
Mutter und Serena fuhren erschrocken zusammen.
„Nein", sagte ich noch einmal, sehr laut. „Niemand außer Serena darf das!" Mutter bekam einen Weinkrampf, aber das war mir egal.
Sie stützten mich beide, brachten mich ins Badezimmer, mit einer harschen Handbewegung winkte ich Mutter hinaus, Serena zog mir den Pyjama aus und wusch mich behutsam. Mein Körper war über und über mit roten Pusteln bedeckt. Serena streute Körperpuder darauf und verteilte ihn auf meiner Haut. Sie hatte Feenhände.

Ich fand die Worte nicht mehr. Ich wollte etwas sagen, doch während ich sprach, vergaß ich, was ich eigentlich hatte sagen wollen, und wenn ich es nicht vergaß, wusste ich nicht, wie ich die Dinge benennen sollte. Ich sagte: „Mach den Teller zu!" und meinte die Tür. Ich sagte: „Stell die Schüssel weg, sie stinkt so …" und meinte, sie solle die Vase wegstellen, weil die Blumen so intensiv rochen. Ich sagte: „Ich bin eine Hexe!", dabei hatte ich sagen wollen: „Bald werde ich eine Fee sein."
Das Schlimmste waren die Nächte. Ich hatte Angst vor dem Einschlafen, denn sobald ich in die Unterwelt des Schlafs getaucht war, stand ER neben meinem Bett. Eine große dunkle Gestalt, die mir den Rücken zukehrte. Manchmal stand ER auch am Fenster. Ich konnte sein Gesicht nicht sehen, denn sobald er sich umdrehen und mir sein Gesicht zeigen wollte, wachte ich auf.
Ich schrie so laut und so lange, dass ich danach manchmal Blut spuckte.
Der Traum kehrte wieder. Jede Nacht.
„Es ist der Tod", sagte meine Mutter. „Er will dich warnen."
Ich war wütend, weil sie sich anmaßte, meinen Traum deuten zu wollen.
Serena bestand darauf, dass ich tagsüber den Pyjama auszog und ein „normales" Gewand anzog, aber das „normale" Gewand schlotterte um meinen Körper, meine Mutter besorgte mir neue Kleidung.
Etwas Passendes fand sie nur mehr in der Kinderabteilung.
Sie weinte, als sie die Sachen auspackte.

Ich weinte nicht.
Ich fühlte nichts mehr.

Verrückter Sommer

Es war ein heißer Sommer, ein verrückter Sommer, ein Sommer, der die Herzen und die Sinne verwirrte, ein Sommer der Wut und der Entladung. Ein Sommer, in dem die Englischlehrerin, die Sportlehrerin, leicht ihr eigenes Leben hätte verlieren können, es aber doch behielt, während einige ihrer ehemaligen Schüler es verloren, wegwarfen oder es ihnen geraubt wurde.

Als Silvana aus der Narkose erwachte, saß der Mann, den sie in ein paar Monaten heiraten wollte, an ihrem Bett. Reglos saß er da, als hätte ein böser Zauberer ihn in eine steinerne Statue verwandelt.
„Werde ich sterben?“, fragte Silvana. Ihre Lippen waren trocken.
Die Statue schüttelte langsam den Kopf, bewegte die Lippen minimal.
„Die Operation ist gut verlaufen, sagen die Ärzte“, sagte die Statue.
„Was dann?“
„Es ist nichts, Silvana. Schlaf noch ein bisschen.“
Sie schloss die Augen, kleines folgsames Kind.
Der Schrecken hielt noch Abstand. Denn dass irgendetwas Schreckliches passiert war, davon war Silvana überzeugt.
So versteinert hatte sie den Mann, den sie in ein paar Monaten heiraten wollte, noch nie gesehen.
„Sag es mir“, sagte Silvana. Ihre Stimme war brüchig, der Hals schmerzte noch von der Intubation.

Heinz zögerte, aber Silvana schaute ihn unverwandt an, mit diesem beharrlichen Blick, der Wahrheit forderte.
„Arno ist …“, sagte der Mann, den Silvana in ein paar Monaten heiraten wollte. Er brauchte nicht weiterzusprechen, Silvana wusste, dass das Unaussprechliche eingetreten war. Dass ihr Sohn Arno seiner Todessehnsucht, die ihm seit Jahren eine ständige und aufdringliche Begleiterin gewesen war, nachgegeben hatte. Er war auf das schwarze Kamel gesprungen, das sich vor seiner Tür niedergekniet hatte.
Silvana fühlte, wie ihr Herz vereiste, wie ihr ganzer Körper vereiste, wie sie innerlich und äußerlich gefror. Sie wusste, sie würde nie wieder auftauen.

Die Englischlehrerin schrieb die Schularbeitsthemen an die Tafel. Drei Themen zur Auswahl. Silvi hob die Hand. „Ich glaube, Frau Professor“, sagte sie, bemüht höflich, „Sie haben beim dritten Thema einen grammatikalischen Fehler gemacht. Es sollte doch eigentlich heißen …“
Die Lehrerin trat einen Schritt von der Tafel zurück, besah sich den Satz, löschte die falsche Wendung weg, sagte: „Sehr gut beobachtet, Silvi!“, und schrieb den Satz richtig hin.
Silvana hatte nie herausgefunden, ob der Lehrerin der Irrtum einfach passiert war oder ob sie die Schüler hatte testen wollen.
Sehr bald merkte Silvana, dass sie eine Lieblingsschülerin der Englischlehrerin war, vielleicht sogar DIE Lieblingsschülerin.
Nach der Matura lebte Silvana einige Jahre im Ausland, ihre Ehe wurde geschieden, Silvana kehrte in ihren Hei-

matort zurück und unterrichtete schließlich an derselben Schule wie ihre ehemalige Englischlehrerin. Aus einem nicht allzu hierarchischen Lehrer-Schüler-Verhältnis wurde eine Freundschaft. Silvana und Heide waren einander ähnlich, verliebten sich auch in dieselben Männer, gottlob hintereinander, sodass es zu keinen Konflikten kam.
Zu ihrem fünfzigsten Geburtstag lud die Englischlehrerin auch Silvana ein. Auf der Einladung hatte sie ausdrücklich vermerkt, dass die Gäste weder Blumen noch Geschenke bringen, sondern lieber eine Spende für ein Hilfsprojekt in Burkina Faso geben sollten. Silvana kam mit einem riesigen, sündhaft teuren Blumenstrauß. Als Heide sie darauf ansprach, in leicht ironisch-vorwurfsvollem Ton, entgegnete Silvana: „Du hast uns in der Schule gelehrt, Regeln zu brechen." Heide fragte sich, ob sie das damals wohl so gemeint hatte.
Auch Silvanas Cousin Hans war Heides Schüler gewesen. In der fünften Klasse musste ihm ein Unterschenkel amputiert werden. Als er nach Monaten wieder in die Schule zurückkehrte, den langen Gang zum Klassenzimmer, und Heide von der anderen Seite kam und sah, wie er sich auf Krücken den schmalen Gang entlangmühte, brach sie in Tränen aus.
Jahrzehnte später traf sie ihn zufällig in einem Wiener Kaffeehaus. Sie war mit Cora verabredet, die damals an einer Wiener Schule unterrichtete. Cora erzählte, dass eine Schülerin ihrer Schule auf dem letzten Schikurs plötzlich gestorben sei. Sie habe anscheinend nur eine leichte Verkühlung ohne Fieber gehabt. Die eigentliche Ursache sei aber eine angeborene, nicht erkannte Herz-

schwäche gewesen. Hans plauderte leichthin über seinen Lungenkrebs. Zwei Monate später war er tot.
Kurt, der frühere Lebenspartner Silvanas, war ein Studienkollege von Heide gewesen. Jahrelang hatten sie gemeinsam die Vorlesungen, Proseminare und Seminare an der Germanistik und Anglistik besucht, hatten Studentenfeste miteinander gefeiert und unzählige Vorlesungspausen gemeinsam in der „Quatschbude" des Germanistischen Instituts verbracht. Und irgendwann eine kurze, unbedeutende Affäre gehabt. Schließlich waren sie Kollegen an derselben Schule geworden, für viele Jahre.
Kurts Ehe wurde geschieden, Kurt selbst suchte immer öfter Zuflucht im Alkohol, auch wuchs in ihm die fixe Idee, dass er im Leben immer zu kurz gekommen sei und überall unter seinem Wert geschlagen werde, dass ihm eine weit höhere Position zustehen würde, aber natürlich würde er sich nicht dafür bewerben, man müsste eigentlich seine Überqualifikation erkennen und ihn in höhere Ämter (was immer das auch sein mochte) berufen. Doch niemand berief ihn. Er wurde immer mürrischer und verbitterter, der Alkohol fraß seine Gesundheit auf. Ein halbes Jahr nach der Diagnose (Bauchspeicheldrüsenkrebs) starb er. Silvana hatte sich schon vor der Diagnose von ihm getrennt.
Heide rief ihn kurz vor seinem Tod noch von einer Lesereise aus an. „Wenn du zurückkommst, trinken wir ein Achtel miteinander", sagte Kurt.
Sie trank das Achtel ohne ihn, zwei Tage später.
Als Heide das letzte Mal mit Silvana telefonierte, sagte Silvana, dass sie nur mehr kurze Zeit zu leben habe. Und Heide musste mit großem Bedauern und einem unendlich

schlechten Gewissen feststellen, dass ihr die Freundin auf dem Treppenabsatz des Todes völlig fremd geworden war. Sie hatte sich von dem Mann getrennt, der sie heiraten wollte, sie hatte sich beinahe von allen Freunden getrennt, sie gab vielen Menschen die Schuld an ihrer Krankheit, sie verbat sich ausdrücklich, dass irgendjemand zu ihrem Begräbnis kommen würde, sie sprach nicht mehr über ihren Sohn, der auf das schwarze Kamel gesprungen war, sie hatte im Angesicht des Todes noch tausend abstruse Weltverbesserungsideen, sodass Heide ihr am liebsten gesagt hätte: Schließ Frieden, Silvana. Mit dir selbst und mit den Menschen, die dir etwas bedeuten. Du hast keine Zeit mehr, die Welt zu verbessern. Du hast Wichtigeres zu tun.
Aber gesagt hat sie es nicht.

By twelve o'clock tonight you will be dead.
Die Englischlehrerin verteilte die Rollen für das erste englische Theaterstück, das die Klasse im Turnsaal für die gesamte Oberstufe aufführen sollte. Christoph bekam die Hauptrolle – Freund und Mörder. Oder eigentlich Beinahe-Mörder. Denn bevor es zum Mord kommt, wird er durch einen als Butler getarnten Polizisten entlarvt.
Im wirklichen Leben gab es keinen als Butler getarnten Polizisten, der ihn von der Tat hätte abhalten können.
Das Stück, das sie im Turnsaal des Gymnasiums aufführten, war das erste und einzige englischsprachige Stück gewesen, das jemals in dieser Schule gespielt worden war, und es wurde ein Erfolg. Zwar regte sich der Mathematiklehrer der Klasse darüber auf, dass er wegen dieser Aufführung zwei (seiner Meinung nach) so überaus wert-

volle Mathematikstunden verlor, doch die Englischlehrerin sagte ihm, er solle sich und seine Mathematikstunden bloß nicht so wichtig nehmen, sondern einfach während des Unterrichts ein bisschen schneller sprechen, dann könne er diesen Verlust mühelos wettmachen.
Der Direktor war begeistert, vor allem, weil er es so manchem „verhaltensoriginellen" Schüler nicht zugetraut hätte, eine Rolle in einem englischen Theaterstück zu spielen.
Christoph war einer der besonders liebenswürdigen und feinsinnigen Schüler gewesen, die Englischlehrerin hatte ihn sehr gemocht. Er spielte den auf die Ehefrau des Freundes eifersüchtigen Freund, der heimlich eine Morddrohung schickt (By twelve o'clock tonight you will be dead) und dann so tut, als würde er dem Freund in diesen schweren Stunden des Wartens beistehen, mit einer Überzeugungskraft, die die Englischlehrerin erstaunte.

Sie traf ihren ehemaligen Schüler zufällig, an einem Samstag, mitten auf der Hauptstraße, mitten in der brütenden Mittagshitze, ein paar Tage, bevor er das Unsagbare tat, und er wirkte auf sie völlig normal, wenn auch ein bisschen deprimiert. Oder eher vom Leben gezeichnet.
Und Christoph erzählte. Sehr offen, was die Lehrerin verwunderte und freute. Er habe in eine Weinbaufamilie geheiratet. Er habe seine Frau geliebt, sehr geliebt, anfangs, aber er habe nicht bedacht, dass er die ganze Familie und ihr gesamtes Umfeld mitheiraten würde. „In dieser Familie zählen nur Arbeit und Leistung", sagte er. „Und da ich nicht in den Weingärten mitarbeiten will, betrachten sie mich als Versager. Als Nichtsnutz. Ich bin ihnen zu ver-

sponnen, zu wenig bodenständig. Ich bin nicht der, der die groben Arbeitshandschuhe anzieht und Weingarten schneiden geht. Keine Arbeitskraft, die man einplanen, auf die man zählen kann." Nach einer kleinen Pause fuhr er fort: „Ich weiß nicht, wie es weitergehen soll. Am liebsten würde ich meine Frau verlassen. Aber ich habe zwei Kinder. Zwei Töchter. Die Große gerät ganz nach meiner Frau, ist jetzt schon eine kleine Weinbäuerin. Aber die Kleine ist mein Ein und Alles. Die kann ich nicht verlassen." Den letzten Satz hatte er sehr leise gesprochen, als hätte er ihn nur zu sich selbst gesagt.

Tags darauf, an einem Sonntag, sah die Englischlehrerin ihren ehemaligen Schüler Georg. In der Kirche, die sie selten besuchte. Georg saß in der Bankreihe vor ihr, ganz außen, sodass sie sein Gesicht sehen konnte: traurig, grau, leer.

Georg war einer von den ganz Stillen, Unauffälligen gewesen, die Englischlehrerin hatte nie viel über ihn und seine Lebensumstände gewusst, obwohl er im selben Ort lebte. Einmal hatte sie ihn verdächtigt, die Schularbeit von einem der Vorzugsschüler geschrieben bekommen zu haben, was sich bei näherer Recherche als haltlos herausgestellt hatte, und die Englischlehrerin hatte sich für ihre falsche Verdächtigung entschuldigt. Ansonsten war er einfach „mitgelaufen", still, mittelmäßig, unauffällig.

In der Kirche saß sein Bruder neben ihm, ein großgewachsener, selbstbewusst scheinender Mann, der in Deutschland Karriere gemacht hatte, der Gegensatz zwischen den beiden Brüdern hätte nicht größer sein können.

Ein paar Tage später erfuhr die Englischlehrerin, dass Christoph Suizid begangen hatte. Er war in der Nacht zu einem Müllplatz gefahren und hatte sich und vorher seine Tochter erschossen. Seine Liebe zu ihr war so groß gewesen, dass er die kleine Tochter nicht seiner Frau und ihrer Weinbaufamilie hatte überlassen können. Die Englischlehrerin dachte daran, wie sie bei Christophs Maturafeier im Hof seiner Eltern mit Jagdgewehren auf Zielscheiben geschossen hatten.

Georg war am Morgen mit dem Auto zur Arbeit gefahren, eine Strecke, die er seit vielen Jahren Tag für Tag gefahren war. Auf einem unbeschrankten Bahnübergang unmittelbar vor seiner Arbeitsstelle war er mit einem Zug zusammengestoßen und noch an der Unfallstelle gestorben. Wenn die Englischlehrerin an sein versteinertes Gedicht in der Kirche dachte, fiel es ihr schwer, an einen Unfall zu glauben.

Bei Georgs Begräbnis waren einige Schüler aus der damaligen Klasse versammelt, unter ihnen auch Tina, die lustige, immer schon ein wenig pummelige, schwarzhaarige Tina. Sie war eine begabte und fleißige Schülerin gewesen, nur mit dem Sport war sie auf Kriegsfuß gestanden. Die Sportlehrerin erinnerte sich an einen Schikurs, bei dem sie ihre Klasse begleitet und die Anfängergruppe übernommen hatte. Einmal sollte die Gruppe einen nur sanft abfallenden Hang hinunterfahren, doch Tina blieb ängstlich am höchsten Punkt des Hügels stehen und rührte sich nicht vom Fleck. Dann fing es auch noch zu regnen an, und sowohl Tina als auch die Sportlehrerin waren völlig durchnässt und durchfroren, nachdem sie sich, nach langem Zureden der Sportlehrerin, Meter für Meter den Hang hinuntergekämpft und

schließlich eine Hütte erreicht hatten, wo sie sich ein wenig trocknen und aufwärmen konnten.
Nach der Matura wurde Tina ebenfalls Lehrerin. Sie verliebte sich in einen verheirateten Mann, der ihr versprochen hatte, sich scheiden zu lassen, aber als sie schwanger wurde, konnte er sich an sein Versprechen plötzlich nicht mehr erinnern. Tina zog ihren Sohn allein auf, er hatte von ihr die tiefschwarzen Haare und die dunklen Augen geerbt.
Einmal hatte die Englisch- und Sportlehrerin Tina im Kaffeehaus getroffen, dort hatte Tina ihr die ganze Geschichte erzählt. In dem Dorf, in dem sie lebte, war es schwer, ein uneheliches Kind zu haben und es allein großzuziehen. „Die Leute zerreißen sich das Maul über dich, wenn sowas passiert", sagte Tina und es klang verbittert. Die Lehrerin schüttelte verwundert den Kopf. In der lächerlich kleinen Stadt, in der sie selbst lebte, war die Toleranz den unterschiedlichsten Lebensformen gegenüber weit größer. An all das dachte die Sportlehrerin, als sie Tina sah, und auch daran, dass sie im Schwimmunterricht nicht gewagt hatte, den Kopf unter Wasser zu tauchen.

Der Sommer war heiß und wurde immer noch heißer, Trägheit drang durch die Haut in den ganzen Körper, jede noch so kleine Bewegung wurde zu einer mühevollen Anstrengung, einzig das Schwimmen nicht, am Abend, wenn die Sonne nicht mehr hochstand und im städtischen Schwimmbad allmählich Ruhe einkehrte. Dann zog die Sportlehrerin ihre ruhigen Bahnen, dann drang durch die Kühle des Wassers neue Energie in ihren Körper.

Aber an jenem Tag war es anders, die abendliche Ruhe legte sich zwar allmählich über Liegewiese und Schwimmbecken, aber vom Trampolin kam in regelmäßigen Abständen ein lautes Knallen, das die Stille perforierte. Im Gegenlicht sah Heide zwei Buben auf dem Trampolin, mit dunkler, sonnengebräunter Haut, sie mochten vielleicht zwölf, dreizehn Jahre sein, die beiden sprangen aber nicht ins Wasser, sondern federten wie auf einem Sprungtuch, wie auf einem Nissen-Trampolin, durch diese unsachgemäße Behandlung würde das Sprungbrett wieder kaputt werden, so wie im Vorjahr auch. Sie sollten endlich ins Becken springen, sodass das schreckliche Knallen aufhören würde und nur mehr das ruhige Dahingleiten der Körper im Wasser zu hören wäre. Als die Sportlehrerin in die Nähe des Trampolins kam, sagte sie zu den beiden Buben: „Müsst ihr denn so deppert auf dem Trampolin herumspringen!“, was – zugegeben – nicht die ganz feine englische Art war. Dennoch erwartete Heide, dass die beiden das Sprungbrett verlassen würden.

Die Reaktion, die dann folgte, überraschte und erzürnte Heide so sehr, dass sie einen heißen roten Knäuel im Bauch aufsteigen fühlte, der sich in ihrem Körper ausbreitete. Der eine der beiden Buben begann laut zu schimpfen und zu schreien, ließ ein ganzes Heer von Schimpfwörtern los, in dem mindestens zehnmal das Wort „Hure“ mitmarschierte.

Die Sportlehrerin hatte gute Lust, ihn vom Sprungbrett zu schubsen, sie tauchte aus dem Wasser, sprang auf das Brett, besann sich aber, packte den Buben am Arm und sagte: „So redest du nicht mit mir!“

Plötzlich war das Sprungbrett von einem ganzen Familienclan umgeben, alle schrien wild durcheinander, Heide schickte vor Zorn ebenfalls ein paar Schimpfwörter ins Gefecht, doch dann wurde ihr die Sache zu brenzlig, sie sprang wieder ins Becken, um der eskalierenden Situation zu entfliehen. Und wähnte sich in Sicherheit.
Doch plötzlich sprang ein Mitglied des Familienclans ins Wasser, mit voller Wucht zielgerichtet auf Heides Oberschenkel, drückte ihren Kopf unter Wasser, Heide rang nach Luft, verlor kurz das Bewusstsein. Eine Polizistin, nicht im Dienst, die zufällig in Heides Nähe schwamm, zog Heide zum Beckenrand. Und als sie aus dem Becken steigen wollte, sprang der Bub, der sie vorher so unflätig beschimpft hatte, blitzschnell aus der gaffenden Menge und trat mit dem Fuß gegen Heides Gesicht. Ein Strom von Blut quoll aus ihrer Nase und aus dem rechten Auge. Wäre der Bub nicht von einem älteren Clanmitglied zurückgehalten und schließlich weggezerrt worden, er hätte in seiner Wut Heides Gesicht zerstampft.
Eine Menschentraube versammelte sich um Heide, die Rettung wurde gerufen, die Polizei, dann lag Heide im Krankenhaus, sie hatte noch den nassen Badeanzug an, sie fror entsetzlich, ein Arzt nähte die Platzwunde über dem Auge, das Auge schwoll immer mehr zu, die Schmerzen wurden unerträglich, kein Arzt war fähig, ihr die Kontaktlinsen aus den Augen zu nehmen. Bis endlich eine Krankenschwester mit einem kleinen Sauger die Linsen entfernte.
Noch in der Nacht brachte man Heide in eine Augenklinik, dort stellten die Ärzte so viel wie gar nichts fest, obwohl Heide über starke Schmerzen klagte, das Auge

angeschwollen und blau verfärbt war und Heide noch dazu Doppelbilder sah. Man legte ihr einen (gefühlt zentnerschweren) Eisbeutel auf das Auge, bis Heide es nicht mehr aushielt und den Beutel entfernte. Ihr Körper hatte sich grün und blau und rot gefärbt, sie sah aus wie Rocky nach dem fünften Boxkampf.
Ihr Mann Stefan überzeugte sie schließlich, dass sie in eine Spezialklinik nach Wien überstellt werden müsse. Dort wurde endlich diagnostiziert, dass der rechte Augenboden und das Nasenbein gebrochen waren und dass nur durch eine Operation zu helfen war.
Ein ehemaliger Schüler (und Klassenkamerad des vor einer Woche begrabenen Georg) operierte Heide. Und operierte gut. „Bei meiner ehemaligen Lehrerin habe ich mir besondere Mühe gegeben", sagte er lächelnd. Heide würde ihm ihr Leben lang dankbar sein, er hatte ihr viel mehr zurückgegeben als sie ihm in der Schule jemals hatte geben können.

Zwei Wochen später traf sie ihn wieder. Beim Begräbnis von Tina. Heide war eben erst aus dem Krankenhaus entlassen worden, fühlte sich matt und zittrig, als das Telefon läutete und Heide erfuhr, dass Tina „plötzlich und unerwartet" gestorben war. Sie hatte mit einer Freundin auf Urlaub fahren wollen, der fertig gepackte Koffer stand in ihrem Wohnzimmer. Tinas Vater hatte sie auf dem Boden liegend gefunden.

Liebe Tina!

Auch ich kann nur dasselbe sagen wie Du, nämlich dass ich mich unendlich über Deinen Brief gefreut habe. Er war die schönste Bestätigung für meine Arbeit als Lehrerin, die ich jemals bekommen habe. Er hat mir gezeigt, dass sie nicht umsonst war, dass sie nachhaltige Wirkung hatte, und das ist eine große Freude für mich.
Ich habe allerdings kein so gutes Bild von mir, wie Du es gezeichnet hast: Zwar habe ich mich bemüht, den Unterricht interessant zu gestalten, ich hab' mich auch – das hoffe ich jedenfalls – um Menschlichkeit und Gerechtigkeit bemüht, aber ich hatte das Gefühl, dass es mir nicht immer gelungen ist. Ich weiß, dass ich oft „zwider" war, wie man so sagt, grantig, manchmal überfordert, überlastet. Manchmal auch ungerecht, besonders in meinen frühen Jahren, als ich noch glaubte, weiß Gott welche Maßstäbe ansetzen zu müssen. Dass Du als Schülerin trotzdem gespürt hast, dass Menschlichkeit das Wichtigste ist, ist mir eine große Beruhigung.

Gewalt

Sie will die Gewalt aus ihrem Leben verbannen. Sie hat schon zu viel Gewalt erlebt. Die „g'sunde Watschn" war Standard in der Kindererziehung. Der Vater schlug ihr ein blaues Auge, in der Ehe flogen nicht nur die verbalen Fetzen, in Istanbul wurde sie von einem unbekannten Mann vergewaltigt und halbtot gewürgt, und nun die Attacke im Schwimmbad, die sie beinahe das Augenlicht gekostet hat.

Sie will die Gewalt aus ihrem Leben verbannen. Endgültig.

Der Zufall (wie immer man Zufall definieren will) spielt ihr die Adresse einer Lebensberaterin in die Hände, die sich mit Reinkarnationstherapie befasst. Sehr befremdlich, denkt sie, Hokuspokus, Larifari, doch immer wieder holt sie den Zettel mit der Adresse dieser Lebensberaterin hervor, sie hat es mit der konventionellen Psychotherapie nicht geschafft, die Gewalt zu vertreiben, und der Gedanke an Wiedergeburt ist ihr nicht ganz fremd. Sie kann sich durchaus vorstellen, schon einige Male gelebt zu haben, in der Steinzeit, im alten Griechenland, im alten Rom, zur Zeit der spanischen Inquisition, als Nomade in der Mongolei, auf einer Burg in der Bretagne und in Marokko, als Tochter eines puritanischen Kaufmanns in England, als Striptease-Tänzerin in Las Vegas, als …

Sie hat panische Angst vor Folter. Schon als junge Frau konnte sie keine Berichte von Amnesty International lesen oder hören, ohne dass ihr schlecht wurde. Wenn sie ein Mittelaltermuseum besuchte (und somit eine Folterkam-

mer), musste sie nach fünf Minuten den Raum verlassen, zitternd und schweißgebadet. Sie hat Angst, wenn jemand ihr mit einer brennenden Zigarette zu nahe kommt.
Sie wollte immer schwimmen, tanzen, reiten, fechten, Klavier spielen, Französisch und Spanisch lernen, sie hat mit einem „Beinahe-Striptease" eine Hotel-Misswahl in Marokko gewonnen, sie reist gerne, sie liebt ein einfaches Leben, sie hasst Kleinlichkeit.
Zu manchen Ländern dieser Welt fühlt sie eine besondere Affinität, zu anderen gar keine.
Könnten diese Ängste, Wünsche und Vorlieben aus einem früheren Leben stammen?
Man kann Botschaften von einem Computer auf den anderen schicken, denkt sie, von einem Handy aufs andere, könnte es also nicht auch möglich sein, dass eine Seele (nachdem sie eine Weile in einer Cloud gewartet hat) sich einen anderen Körper sucht?
Sie vereinbart einen Termin mit der Lebensberaterin.
Eine sympathische und empathische Frau, im selben Alter wie sie, mollig, gütiges Gesicht, blond gefärbte Haare, eine Frau, die in drei Stunden alle ihre wichtigen Lebensthemen erfasst hat (das haben die anderen Therapeuten in zwanzig Sitzungen nicht geschafft):
Das Eingespanntsein in zu viele Pflichten, der vorauseilende Gehorsam in der Erfüllung unausgesprochener Wünsche, die Mutter pflegebedürftig, der Bruder behindert, die Arbeit im Café des Sohnes, die Sorge um die Familie, die Literatur, das Ringen um Anerkennung, die Gewalt, die Zerrissenheit.
„Ich habe Ihnen jetzt lange zugehört", sagt die Lebensberaterin bedächtig. „Wahrscheinlich fällt Ihnen das

selbst gar nicht mehr auf. Aber Sie verwenden eine sehr gewaltvolle Sprache. Immer wieder fallen die Ausdrücke: Ich bin im Zwiespalt, ich fühle mich wie viergeteilt, das ist wie ein Messerstich ins Herz, ich trage Eisnadeln im Herzen, ich fühle mich ohnmächtig, das ist Folter, man zieht mir die Haut ab …" Sie macht eine Pause, schaut sie lange an. „Und selbst wenn Sie sagen: Ich will die Gewalt aus meinem Leben verbannen, ist das ein Ausdruck der Gewalt. Nehmen Sie die Worte beim Wort und überlegen Sie deren echte Bedeutung: ein zweigespaltener Kopf, eine Vierteilung, ein Messerstich ins Herz, Verbannung, Folter …"

Sie weiß nicht, was sie darauf antworten soll.

„Sagen Sie daher nicht: Ich will die Gewalt aus meinem Leben verbannen, sondern: Ich will sie auflösen."

Sie schweigt. Fühlt sich ertappt. Dass so viel Gewalt in ihrer Sprache ist, war ihr bisher nicht bewusst.

„Wenn man an ein früheres Leben glaubt", fährt die Lebensberaterin fort, „und das tun Sie bis zu einem gewissen Grad, sonst wären Sie nicht hier, dann sollte man daran denken, dass man nicht nur gelebt hat, sondern auch auf irgendeine Art und Weise gestorben ist. Vielleicht sind Sie einen gewaltsamen Tod gestorben? Oder mehrere gewaltsame Tode?"

Der Gedanke, dass die Gewalt in ihrem Leben aus dem gewaltsamen Tod eines früheren Lebens stammen und möglicherweise durch Bewusstmachung aufgelöst werden könnte, ist völlig neu für sie. Und faszinierend.

„Der junge Mann im Schwimmbad, der Ihnen das Auge gebrochen hat, ist in seiner Gewaltanwendung zu weit gegangen", sagt die Lebensberaterin, „aber Sie sind seiner

Provokation mit Zorn begegnet, das ist nicht gut. Sie müssten fähig sein, auf Provokationen mit Gelassenheit zu reagieren."
„Ich weiß", sagt Heide, „ich hätte anders reagieren müssen. Von vornherein anders agieren müssen. Und ja – Heiterkeit und Gelassenheit sind Tugenden, die ich ganz besonders schätze. Aber wenn es irgendetwas in meiner Familie NICHT gab, dann waren das Heiterkeit und Gelassenheit. Was aber an der Tagesordnung stand, war, dass man sich über jeden Schmarren furchtbar aufregte. Gelassenheit, das ist ein wirklich erstrebenswertes Ziel!"
„Was würden Sie noch gerne erreichen?", fragt die Lebensberaterin.
„Viel", sagt sie, „vielleicht zu viel. Ehrgeizlosigkeit zum Beispiel. Wegkommen von dem Gedanken, immer die Beste sein zu müssen. Güte, Weisheit, Geduld. Zeit haben. Das Leben genießen. Verlangsamung des Lebenstempos. Kein schlechtes Gewissen haben, wenn ich einmal nichts tue ... Aber wenn ich etwas tue, speziell für andere, dann mit Begeisterung und ganzem Einsatz ..."
Die Lebensberaterin schaut sie skeptisch belustigt an. „Ich denke, das ist mehr als genug", sagt sie lächelnd.
Als sie in ihr „römisches Soldatenleben" eingetaucht ist und die Zeitreise an dem Punkt abgebrochen wird, wo ihre Seele in einem tiefschwarzen Meer versinkt, ist sie ein bisschen ungehalten und sagt, halb scherzhaft, halb ernst: „Ich hätte gern gewusst, was danach mit meiner Seele passiert ist."
„Ja", sagt die Lebensberaterin, „aber das ist vermutlich ein anderes Leben. Jetzt bearbeiten wir einmal dieses."
Sie hat mitgeschrieben, was Heide während ihrer Zeit-

reise gesagt hat. Und weist wieder auf viele Gewaltausdrücke in der Sprache hin. Die Ausdrucksweise ist der im Wachzustand sehr ähnlich. „Sie haben folgende Sätze formuliert: Ich kann mich gegen die Gewalt von außen nicht wehren. Sie sagen: Ich erstarre innerlich. In meinem Herzen entsteht eine Eisnadel. Sie sagen: In mir ist jedes Gefühl ausgelöscht. Da ist nur mehr Ergebenheit in ein Schicksal, dem ich nicht entrinnen kann. Ich fühle mich ohnmächtig. Sie sagen: Am liebsten würde ich nicht mehr existieren. Sie sagen: Ich fühle mich einsam. Ich bin ganz allein auf der Welt, mitten unter Menschen."

Sie staunt. So wie mitten in der Zeitreise. Was sie am meisten überrascht hat, war das Gefühl der absoluten Gefühllosigkeit. Das ist ihr fremd, das hat sie bis dato weder gekannt noch verstanden. „So muss es meinem Mann Stefan oft ergangen sein", flüstert sie. „Er hat immer wieder davon gesprochen, dass er in manchen Situationen nicht fähig ist, etwas zu fühlen. Ich hab' das nie verstehen können."

„Das mag auch der Gefühlszustand – oder eher Nicht-Gefühlszustand – Ihres Attentäters im Schwimmbad gewesen sein", sagt die Lebensberaterin. „Versuchen Sie Ihre negativen Sätze in positive umzuwandeln! Schreiben Sie die Gewaltsätze um. Schreiben Sie Ihr Gewaltdenken um. Formulieren Sie gewaltfreie positive Sätze!"

„Mir fällt noch etwas Seltsames ein", sagt Heide. „Ich habe auf einer Mexiko-Reise einen jungen Mann kennengelernt, einen Deutschen mit extrem langen, blonden Haaren, er ging während der ganzen Reise barfuß, ich hab' ihn nie mit Schuhen gesehen, ein wildfremder Mann, der mich am dritten Tag der Reise so innig umarmt hat, dass es mir bis heute im Gedächtnis geblieben ist. Die Vorstellung, er wäre die Reinkarnation des Germanen, den ich in meinem römischen Leben getötet habe, und dass er mir durch diese Umarmung gezeigt hätte, er hätte mir verziehen, ist sehr tröstlich."

Immer und immer wieder liest sie zu Hause die neu formulierten Sätze, wiederholt sie, laut und leise, bis sie in ihrem Gedächtnis verankert sind. Lange Zeit ist sie skeptisch, misstraut der Lebensberaterin, misstraut diesem Hokuspokus noch immer, weiß selbst nicht, ob sie das, was sie dort erlebt hat, ernst nehmen soll.
Aber das Wunder geschieht.
Die Gewalt in ihrem Leben verschwindet.
Nach und nach.
Bis sie sich schließlich völlig aufgelöst hat.

Tanz ins neue Jahr

Und der wilde Knabe brach's
Röslein auf der Heiden,
Röslein wehrte sich und stach,
half ihm doch kein Weh und Ach,
musst es eben leiden …

Zwei Jahre blieb Gina bei Mischa. Zwei Jahre blieb Gina bei uns.
Wir tanzten ausgelassen zum ersten Silvester.
Wir tanzten nicht zum zweiten Silvester. Da war Gina über Weihnachten zu ihrer Familie nach Hause gefahren. Zu ihrem Sohn, der Schwiegertochter und den beiden Enkeltöchtern.
„Es war so anstrengend", sagte sie, als sie zurückkam. „Ich hab' andauernd geputzt und gekocht und Gäste bedient. Die Enkelkinder waren lieb", (sie zeigte mir ihre bunt lackierten Fingernägel, ein Werk der jüngeren Enkeltochter), „aber insgesamt, also nein, nächstes Jahr feiere ich Weihnachten wieder hier, mit euch. Und fahre lieber vor Weihnachten nach Hause. Oder nachher."
Ich war hocherfreut, denn Ginas Anwesenheit würde mir die anstrengende Weihnachtszeit wesentlich erleichtern.
In diesen zwei Jahren sahen Gina und ich einander fast jeden Tag.
Das Belastendste am Beruf einer Pflegerin ist, so denke ich jedenfalls, die mangelnde Ansprache. Weder mit einem Schwerkranken noch mit einem Behinderten kann eine Pflegerin ein normales Gespräch führen, und so ent-

steht oft ein großes Gefühl der Einsamkeit und Sprachlosigkeit.
Dem wollte ich vorbeugen, also ging ich jeden Tag ins Haus meines Bruders, nicht um Ginas Arbeit oder den Gemütszustand meines Bruders zu kontrollieren, sondern vor allem, um Gina bei guter Laune zu halten. Wir rauchten, redeten, lachten. (Wir haben bei fast jedem Zusammentreffen gelacht, auch ganz am Ende.)
Einmal ließ Gina mir eine Stange ihrer ungarischen Zigaretten bringen, ich rauchte sie und fühlte mich elend. Ich war so müde, dass ich halbe Nachmittage schlafend auf der Wohnzimmercouch verbrachte. Ich führte diese unnatürliche Müdigkeit zuerst auf Arbeitsüberlastung zurück, aber nach und nach merkte ich, dass die ungewohnten Zigaretten daran schuld waren.
„Schmeiß diese Zigaretten weg!“, sagte ich zu Gina. „Die bringen dich noch um!“ Aber sie lachte nur und zündete sich die nächste an.
Dann kam der Juni. Und es wurde heiß. Sehr heiß. Unerträglich heiß. Gina klagte immer wieder über die Hitze, ich lachte dazu, weil bei mir erst bei dreißig Grad im Schatten die Wohlfühltemperatur beginnt.
Angelika Kirchschlager startete zu der Zeit ihre Konzerttour durch die Bundesländer. Und ich wollte unbedingt ihr erstes Konzert besuchen. Mein Mann hatte aber an dem Tag schon etwas anderes vor, daher lud ich Gina zum Konzert ein. Sie wunderte sich über den ihrer Meinung nach hohen Preis der Konzertkarten, in Wirklichkeit waren die Preise für ein Konzert dieser Qualität sehr moderat.
Wir fuhren also in das etwa fünfzig Kilometer entfernte Kulturhaus, trafen vor der Eingangstür Eckart und Elsa,

was nicht verwunderlich war, da Elsa Musik über alles liebte. Eckart war schon schwer von der Parkinsonschen Krankheit gezeichnet und konnte kaum mehr gehen oder sprechen, und in der Pause trafen wir eine andere Bekannte, die wegen ihrer Gehbehinderung seit kurzem einen Rollstuhl benutzen musste, deren Lebenslust und Fröhlichkeit aber ungebrochen waren. Gina und ich lachten über die vielen Pläne, die sie uns vom Rollstuhl aus zufächelte.

Angelika Kirchschlager berückte nicht nur durch ihre Stimme, sondern auch durch ihre Herzlichkeit und Natürlichkeit. Sie sang bekannte Volks- und Kunstlieder. Und als sie „Das Heidenröslein" intonierte, flüsterte Gina mir zu: „Das kenne ich auch!"

In der Pause mussten wir aufs Klo, wie man in Konzertpausen eben immer aufs Klo muss, wir gingen die geschwungene Stiege hinunter ins Erdgeschoß, Gina dicht hinter mir, sie trippelte und zappelte hinter mir her, als wollte sie sich an meinem nicht vorhandenen Schürzenbandl anhalten, und als wir im Klovorraum waren, sagte sie: „Warte hier auf mich, geh nicht weg!" Sie kam mir vor wie ein Kind, das ängstlich darauf bedacht ist, dass die liebe Mami es nur ja nicht alleinlässt.

„Ich finde nie mehr allein zurück", flüsterte Gina. Ich schüttelte den Kopf. Eine einzige geschwungene Stiege führte in den ersten Stock, und es gab lediglich zwei Eingangstüren in den Saal, eine links, eine rechts, also was war so schwer, allein zurückzufinden? Überhaupt war mir Gina den ganzen Abend lang schon seltsam vorgekommen, ein bisschen hilflos, weltfremd, als würde sie sich unter all diesen Menschen nicht wohlfühlen, als wäre

das alles eine Nummer zu groß für sie, dabei war es nur ein Liederabend, mit einer Sängerin ganz ohne Starallüren, mit einem Publikum, das absolut unprätentiös war, in einem kleinen, ländlichen Kulturhaus.
Im Auto, als wir nach Hause fuhren, schien Gina sich sicherer zu fühlen. Sie bedankte sich für die Einladung und beteuerte, wie gut ihr das Konzert gefallen habe.
Ich ließ den Abend Revue passieren, dachte an die Begegnungen in der Pause, hatte plötzlich das Gefühl, dass Eckart nicht mehr lange leben würde. Vor kurzem hatte ich geträumt, ich hätte Elsa in schwarzer Trauerkleidung gesehen, gegenüber meinem Haus, auf der anderen Straßenseite …
Plötzlich fing Gina zu lachen an, über die Frau im Rollstuhl und ihre tausend Pläne. Vielleicht aber hatte gerade diese Frau Ginas Phantasie beflügelt – oder eher ins Rollen gebracht, denn auf einmal fing sie selbst an Pläne zu schmieden. Sie schaute aus dem Fenster, in eine undefinierte Ferne, und es war, als lese sie die Sätze vom Horizont ab.
„Eine Cousine von mir betreibt eine kleine Pension in der Nähe von Szombathely. Gleich daneben gibt es einen Reitstall und einen Badeteich. Wir könnten dort ein paar Tage Urlaub machen, im September, wenn es nicht mehr so heiß ist, Mischa, du und ich. Was meinst du dazu?"
Bei dem Gedanken, mit Mischa und Gina gemeinsam ein paar Tage Urlaub zu machen, breitete sich ein wohliges Gefühl in mir aus. Ich würde reiten und schwimmen können, auch mein Bruder liebte das Schwimmen, wir würden spazieren gehen und abends würden wir gemütlich beisammensitzen, Wein trinken, reden, rauchen, lachen …
„Ja", sagte ich, „das machen wir!"

Sie schaute tiefer in die mondbeschienene Nachtlandschaft, die an uns vorüberzog, und sagte leise, mehr zu sich selbst als zu mir: „Ich möchte auch meinen Sohn besuchen, der in Zypern lebt. Ich habe ihn jahrelang nicht mehr gesehen. Nächstes Jahr fliege ich zu ihm." Danach drehte sie den Kopf, schaute starr geradeaus, als müsste sie die Fahrbahn röntgen, und sprach während der ganzen Heimfahrt kein Wort mehr.

Es war Ende Juni, in ein paar Tagen würde Mischa seinen fünfundfünfzigsten Geburtstag feiern. Ich würde für ihn eine kleine Ausstellung arrangieren, Mischa hatte in den letzten Jahren eine große Anzahl an Holztieren gemacht, Hunde, Zebras, Elefanten, Giraffen, in beachtlicher Größe, in klaren Formen und mit viel Kraft und Leben in sich. Meine Freundinnen schätzten Mischas Holztiere, kauften sie und empfahlen sie an ihre Freunde weiter. So hatte Mischa schon eine beachtliche Anzahl davon verkauft, was ihm den Auftrieb für weitere Arbeiten gegeben hatte.
Die Tiere für die Ausstellung waren fertig, mussten noch lackiert werden, was Mischa und ich gemeinsam taten, die Einladungen waren verschickt, das Geburtstagsbuffet war geordert und Gina hatte in Ungarn eine Geburtstagstorte für Mischa bestellt.
Eine Woche vor dem Fest aber sagte Gina, sie fühle sich nicht wohl, sie huste extrem viel, kriege beim Stiegensteigen kaum Luft und wolle die Ärztin aufsuchen. Ich sagte: „Ja, klar" und dachte so bei mir, dass Gina endlich auf eine vernünftige Zigarettenmarke umsteigen solle, ich hatte sie ja immer schon vor diesen ungarischen „Beuschelreißern" gewarnt.

Die Ärztin stellte keine Diagnose, sondern schrieb eine Überweisung für eine genauere Untersuchung im örtlichen Spital.
Das Spital liegt auf einer Anhöhe am Stadtrand, in Gehdistanz für einen gesunden Menschen, nicht aber für jemanden, der beim Stiegensteigen schon kaum Luft kriegt. „Ich bring dich mit dem Auto hin“, sagte ich, „du kannst da unmöglich zu Fuß hingehen. Ruf mich an, sobald die Untersuchung vorbei ist, dann hole ich dich ab.“
Ich parkte das Auto vor dem Spital und ging in meinem gewohnten Tempo hinein. „Nicht so schnell!“, sagte Gina, „bitte …“ Ich nahm ihre Beschwerden noch immer nicht ernst und sagte: „Na komm, du bist wesentlich jünger als ich!“ (Gina war zweiundsechzig), aber dann merkte ich, dass sie tatsächlich nicht so schnell gehen konnte, und verlangsamte mein Tempo. Wir erledigten die Aufnahmeformalitäten, danach ließ ich Gina allein.
Ich dachte, die Untersuchungen würden gegen Mittag oder spätestens am Nachmittag abgeschlossen sein. Als aber am frühen Abend noch immer kein Anruf gekommen war, rief ich Gina an. „Warum meldest du dich nicht?“ Der Satz war ein einziger Vorwurf.
„Ich weiß nicht, was ich machen soll“, sagte Gina, ihre Stimme klang unsicher. „Die Untersuchungen sind noch nicht abgeschlossen, die Ärzte sagen, ich sollte eine Nacht hierbleiben, aber ich kann Mischa ja nicht allein lassen …“
„Ich werde Mischa sagen, dass du heute nicht mehr kommst“, sagte ich. „Er kann eine Nacht allein bleiben, das ist kein Problem. Und ich bringe dir ein paar Sachen ins Spital.“

Ich verständigte Mischa, packte Ginas Toilettesachen zusammen und fuhr wieder ins Spital. „Was ist los? Was haben die Ärzte gesagt?“
„Nichts“, sagte Gina, „sie haben gar nichts gesagt. Sie müssen noch verschiedene Untersuchungen machen.“
„Gut“, sagte ich, „dann warten wir auf morgen.“
Wir rauchten eine Zigarette. Vor der Eingangstür des Spitals.
„Du solltest nicht rauchen, in deinem Zustand“, sagte ich.
Gina machte eine wegwerfende Handbewegung.
Sie rief auch am nächsten Tag nicht an.
Sie war kleiner geworden, sie wirkte wie ein scheuer Vogel. Im Badezimmer hing ihre weiße Pflegerinnenhose. Die, die sie am ersten Tag getragen hatte, als sie ins Haus meiner Mutter kam. Gina hatte sie notdürftig gewaschen, aber die Hose war immer noch hellbraun statt weiß, Gina war nicht mehr rechtzeitig aufs Klo gelangt. Die anderen Frauen im Spitalszimmer mokierten sich darüber, sagten, die Hose könne so nicht im Badezimmer hängen bleiben, ich packte sie in ein Plastiksackerl und sagte, ich würde sie bei mir zu Hause waschen. Die Untersuchungen waren noch immer nicht abgeschlossen und es war kein Arzt zu sehen, der mir hätte Auskunft geben können.
Gina blieb auch übers Wochenende im Spital. Ich wurde allmählich nervös, ich hatte damit gerechnet, dass sie mir bei der Vorbereitung von Mischas Geburtstagsfest helfen würde, und nun musste ich alles allein machen und mich auch noch um Mischa und Gina kümmern.
Abends rief Elenas Schwester Paola an, um mir mitzuteilen, dass ihre Mutter gestorben war.

„Sie ist nun bei Elena“, sagte ich, und Paola nickte durchs Telefon.
Am Sonntag besuchte ich Gina wieder im Spital. Es ging ihr gut, wir lachten viel, sprachen die ganze Zeit Ungarisch, machten uns über die anderen Frauen im Zimmer lustig, in der Sicherheit, dass sie uns nicht verstanden. „Morgen muss ich zu einem Begräbnis“, sagte ich, „da kann ich dich nicht besuchen. Und am Dienstag hole ich dich heim, denn am Mittwoch ist Mischas Geburtstag, da musst du dabei sein!“
Am Montag fuhr ich zum Begräbnis von Elenas Mutter. Paola, die immer sehr schlank gewesen war, war noch mehr abgemagert, sie wirkte erschöpft, erst im Gasthaus, beim Totenmahl, wurde sie ein wenig lebhafter.
Am Dienstagvormittag, während ich die letzten Vorbereitungen für die Ausstellung und das Geburtstagsfest traf, erreichte mich ein Anruf vom Krankenhaus: Es stehe schlecht um Gina und ich solle so schnell wie möglich kommen.
Gina lag im Bett, ihr Gesicht war weiß, als wäre alles Leben schon aus ihr gewichen. „Most tényleg szegény vagyok“, sagte sie. Jetzt bin ich wirklich arm, und diese Worte schnitten wie ein Messer in mein Herz.
Draußen am Gang erklärte mir der Oberarzt, dass Gina Lungenkrebs im Endstadium habe, Metastasen im ganzen Körper, man könne nichts mehr für sie tun, sie würde wahrscheinlich noch heute Nacht sterben. Mitten im Gespräch kamen Ginas Sohn und dessen Frau daher, mit der Geburtstagstorte für Mischa in den Händen, eine große Torte mit weißem Zuckerguss, als Dekoration ein Marzipanteddybär, den ich nach dem Fest so lange in

meinem Kühlschrank aufbewahrte, bis er verdarb. Beim Anblick dieser Torte brach ich in Tränen aus. Und musste dem ahnungslosen Sohn, der zwar gewusst hatte, dass seine Mutter für Untersuchungen ins Spital gegangen war, der sie zwischendurch auch einmal besucht, aber keine Ahnung hatte, wie schlecht es um sie stand, in meinem dürftigen Ungarisch erklären, dass seine Mutter wahrscheinlich noch in dieser Nacht sterben würde. Er stand da wie versteinert. Ich fragte ihn, ob er die Nacht bei seiner Mutter verbringen wollte, er sagte nein, er wolle, er könne das nicht mitansehen, außerdem seien die beiden Kinder zu Hause, die könnten sie nicht über Nacht allein lassen. Ich versuchte ihn zu beruhigen und versprach, dass ich die Nacht bei Gina bleiben würde. Er und seine Frau verließen das Spital wie ferngesteuerte Roboter.

Ich fuhr nach Hause, suchte ein paar Sachen für die Nacht zusammen und bat meinen undefinierten Gott, er möge mich nicht zu spät kommen lassen. Gina atmete noch, als ich wiederkam, doch sie konnte nicht mehr sprechen, ich setzte mich an ihr Bett, hielt ihre Hand, streichelte sie, sagte ihr, dass sie wie eine Schwester gewesen war, dankte ihr für alles. Für ihren Humor, ihre Umsicht, ihre Arbeit, ihre Freundschaft.

Ich stellte mich auf eine lange und schwierige Nacht ein, aber schon um acht Uhr abends war der Übergang geschafft. Der Tod hatte sanfte Arbeit geleistet. Vielleicht war er nicht als jugendlich wirkender Mann in Jeans und Turnschuhen gekommen, sondern in Gestalt einer sanften mütterlichen Frau, die gesagt hatte: Ich spreche hervorragend Deutsch, wenn ich Ungarisch spreche.

Eine Krankenschwester kam ins Zimmer, sie umarmte mich, in ihren dunklen Augen schimmerten Tränen.
Lange saß ich an Ginas Bett, hielt immer noch ihre Hand. Sprach mit ihr und war sicher, sie würde mich hören. Als sich die Dunkelheit vor dem Fenster des Spitalszimmers niedergelassen hatte, löste ich meine Hand aus ihrer Hand, strich ihr noch einmal übers Gesicht, über die Haare und wünschte ihr eine gute Nacht.
Ich fuhr zu Mischa, wollte ihm sagen, dass Gina gestorben war, aber er schlief bereits. Ich weckte ihn nicht auf.
An Schlaf war nicht zu denken. Morgen war Mischas Geburtstag. Sollte ich das Fest, die Ausstellung absagen? Aber es war alles arrangiert, es würden viele Gäste kommen, die noch nichts von Ginas Tod wussten, sie würden umsonst gekommen sein, manche hatten einen langen Anfahrtsweg, ich würde nicht alle verständigen können, und ich würde Mischa um seinen „großen Auftritt“ bringen. Er hatte so wenige Gelegenheiten, wo er im Mittelpunkt der Aufmerksamkeit stand, ich konnte, ich durfte ihm diese Freude nicht versagen. Ich beschloss, das Fest stattfinden zu lassen. Ich ging auf die Terrasse, zündete eine Kerze für Gina an, trank ein Glas Wein und rauchte eine Zigarette. „Für dich, Gina“, sagte ich. „Lieber hätte ich sie mit dir geraucht.“
Ginas Sohn kam am nächsten Morgen, ich hatte ihn in der Nacht noch angerufen. Wir gingen zur Bestatterin und arrangierten alles für Ginas Überführung nach Ungarn. Ich zahlte ihm Ginas ausständigen Lohn und eine Prämie, ich bezahlte die Überführungskosten und beruhigte ihn wegen der Krankenhauskosten. Gina sei ange-

meldet und somit krankenversichert gewesen, es sei daher nichts zu bezahlen. Er konnte es kaum glauben.
Dann fuhren wir zu Mischa. Ich hatte Angst, es ihm zu sagen, aber er musste es instinktiv gespürt haben. Er umarmte Ginas Sohn, er umarmte mich, und er sagte: „Es tut mir sehr leid." Jede Silbe dieses Satzes war deutlich zu verstehen. Ich war stolz auf ihn, auf seine Reaktion, sein Mitgefühl, seine Souveränität.
Der Sohn und ich räumten Ginas Zimmer auf. Als ich die Kommode öffnete, entdeckte ich eine Lade voller Medikamente. Hatte Gina gewusst, wie krank sie war? Sie hatte nie etwas erwähnt.
Und da fiel mir wieder ein, was ich bei der ersten Begegnung mit Gina gedacht hatte: Sie hatte krank ausgesehen, von Anfang an, ihr breites, flächiges Gesicht teigig und fahl, obwohl es damals Juni und heiß und sonnig gewesen war.
Als wir alles erledigt hatten und der Sohn weggefahren war, arrangierte ich gemeinsam mit meinem Mann Stefan die Ausstellung von Mischas Tieren. Das Buffet wurde pünktlich geliefert, die Gäste trafen pünktlich ein, unter ihnen auch Rena und ihr Mann Roland, der TV-Kommentator und Journalist, ich stellte ein kleines Büchlein vor, das in Renas Verlag erschienen war, Mischas Tiere wurden fast alle verkauft. Plötzlich begann Mischa zu tanzen, einen kleinen, ungelenken Freudentanz, er hob vor Freude die Arme in die Höhe, er lachte übers ganze Gesicht und ich sah, wie Roland sich heimlich Tränen aus den Augen wischte.
Gestern war Gina gestorben. Acht Tage zuvor waren wir noch gemeinsam bei ihr gesessen, hatten gegessen und

wie immer viel gelacht. Ein paar Stunden zuvor hatte Mischa uns umarmt und gesagt, wie leid es ihm tue, dass Gina tot war. Und nun stand er im Garten, mitten zwischen seinen Tieren und tanzte vor Glück. Und mir war, als würden zwei starke widerstrebende Kräfte an meinen Armen ziehen, es schnitt mir ins Herz, dass Gina das alles nicht mehr erleben konnte, und gleichzeitig war ich trunken und taumelnd glücklich über Mischas Freude.
Als Gina am nächsten Tag nach Ungarn überführt wurde, ging ein Gewitter nieder, wie ich es noch nie in meinem Leben erlebt hatte. Der Regen stürzte vom Himmel, die Abflusskanäle konnten das Wasser nicht aufnehmen, die Straßen verwandelten sich in strömende Bäche, der Sturm brach Äste von den Bäumen, der Himmel tobte. Alle Achtung, Gina, dachte ich, du kannst es ja noch besser als damals meine Mutter.
Ich fuhr hinter dem Auto her, in dem Gina in ihrem Sarg lag. Als der Wagen vor Mischas Haus angelangt war, hatte der Himmel aufgehört zu toben, der Wagen hielt an und Mischa verabschiedete sich von Gina. Der Fahrer hätte sogar den Sarg geöffnet, aber ich winkte ab, ich hatte Gina im Sterben die Hand gehalten.
Im Haus meines Sohnes war der Keller überflutet, in Mischas Haus ebenso, aber die beiden kamen damit irgendwie zurecht, dann rief mein Mann Stefan an, in Panik, das Regenwasser war durch ein offenes Rohr am Dachboden gestürzt wie ein Wasserfall und tropfte nun durch die Decke in die Wohnung, am ärgsten betroffen war das Wohnzimmer, die Deckenmalerei blätterte ab, rieselte wie Schnee auf den Parkettboden und die Teppiche, er wüsste nicht, was er tun solle.

Stefan wirkte wie ferngesteuert, ich trug die wertvollen Sachen aus dem Wohnzimmer in die weniger betroffenen Zimmer, Stefan sagte: „Lass es, mir ist das alles scheißegal.“ Ich sagte: „Heute ist es dir scheißegal, aber morgen wird es dir nicht mehr scheißegal sein“, ich hängte die Bilder ab, trug den Fernseher hinaus, den Videorecorder, ich fragte ihn, was er tun wolle, er wusste es nicht, so übernahm ich das Kommando und befahl, ja befahl ihm, Leintücher zu holen, womit wir die Möbel abdecken konnten, sodass der herabfallende Malerfarbenschnee nicht alles verschmutzen würde. Nach ein paar Stunden Arbeit hatten wir das Schlimmste verhindert. Ich war nur froh und dankbar, dass Mischas Geburtstagsfest am Tag zuvor stattgefunden hatte und nicht von den Sturzbächen des Himmels weggeschwemmt worden war.

Zehn Tage nach Ginas Tod fand ihr Begräbnis statt. In der Martinskirche in Szombathely stand eine kleine Urne. Das bleibt also von uns, wenn wir tot sind, das musste und muss ich jedes Mal denken, wenn ich eine Urne sehe. (Ich werde mich nicht verbrennen, sondern ganz normal begraben lassen, da bleibt mehr von mir übrig, zumindest für eine Weile.)

Nach der Totenmesse wurde die Urne in den angrenzenden Friedhof getragen. Und nach und nach wurden auch die Kränze und die Blumen hinausgetragen. Einzig die beiden Söhne von Gina folgten der Urne, die anderen Trauernden blieben auf den Kirchenbänken sitzen. So ein Ritual hatte ich noch nie erlebt. Es war, als würde man uns Gina wegnehmen. Langsam. Stück für Stück. Endgültig.

Ich hatte erwartet, dass der Sohn, der in Szombathely lebte, uns zu einem Totenmahl einladen würde. Aber er schüttelte uns nur die Hand zum Abschied. Und so fuhren mein Sohn, Mischa und ich nach Köszeg und aßen das Totenmahl allein. Stefan war mit einem Freund für einen Kurzurlaub nach Linz gefahren.

„Wie soll es jetzt weitergehen?“, fragte ich Mischa.

Und er darauf: „Ich muss erst nachdenken.“

„Okay“, sagte ich, „denk nach, und wenn du fertig nachgedacht hast, sag mir Bescheid.“

Nach drei Tagen sagte er zu mir: „Ich will alleine leben.“ (Mischa hatte noch nie in seinem Leben allein gelebt.)

„Gut“, sagte ich, „dann probieren wir es.“

Es war ein schwieriger Prozess ihn loszulassen. Ohne Obhut zu wissen. Ich machte mir ständig Sorgen. Es wird ihm doch hoffentlich nichts passiert sein? Vielleicht ist er gestürzt und liegt irgendwo und niemand findet ihn? Hat er den Herd abgedreht? Die Sauna ausgeschaltet? Die Haustür abgesperrt? Seine Medikamente genommen? Ist er einsam, unglücklich, braucht er jemanden zum Reden? Hoffentlich hat er keine Kerzen angezündet und brennen lassen …

Nur langsam, Schritt für Schritt (aber im Tempo einer sedierten Schnecke) lernte ich damit umzugehen und zu begreifen, wie sehr Mischa seine neu gewonnene Freiheit genoss.

Frei sein

Serena, hör mir zu. Ich plane mein Begräbnis. Nein, dreh den Kopf nicht weg, du musst mir zuhören. Wenigstens du, meine kleine, unschuldige Schwester, sollst wissen, was ich mir wünsche. Ich will endlich frei sein. Ich will verbrannt werden. Nichts von meinem Körper soll übrigbleiben. Und wenn es schon eine Urnenbestattung geben muss, dann bitte eine ganz schlichte Zeremonie. Am besten wäre es, wenn keine Worte fallen würden. Sie würden nur auf mich fallen und mich erschlagen.

Keine Worte, nur Musik.

Eines ist mir noch nicht klar: Ob es danach einen „Leichenschmaus" geben soll oder nicht. Kann man nach einem Begräbnis ein Essen geben, wenn eine Magersüchtige gestorben ist? Oder ist das ein Stilbruch? Was meinst du, Serena? Nein, weine nicht, ich will ja sterben. Ich habe keine Angst davor. Der Tod wäre eine Erlösung. Für mich. Und für euch alle ebenso. Du glaubst es nicht? Du wirst schon sehen …

Also, weine nicht, Serena …

Mir ist so kalt, Serena. Mir ist immer kalt. Siehst du meine blauen Hände, meine blauen Finger? Ist das der Tod? Irgendjemand hat einmal gesagt, der Tod kommt nicht plötzlich, er kommt kleinweise. Er holt sich zuerst die Hände und Füße, klettert dann in die Arme und Beine, und so nach und nach nimmt er sich den ganzen Körper. Siehst du meine Beine, Serena, sie sind dick geschwollen. Und mein Gesicht, es ist aufgedunsen und dick. Und seit kurzem habe ich auch diesen fürchterlichen

Ausschlag, der ist grässlich, ich kann mich nicht mehr ansehen.
Ich möchte sterben, Serena, und schnell!

Schnellstraße

Am Morgen ist sie wieder länger davorgestanden, hat es eingehend betrachtet, das Bild des Lehrer-Künstler-Kollegen Werner H., das seit Jahren in ihrer Küche hing.
Ein Bild, dessen dominantes Rot als erstes auffällt, eine steile Felswand mit einer ausladenden Nase und einem riesigen geöffneten Mund, der den angrenzenden gelben Felsen zu verschlingen droht, darüber ein blauweißer Keil, der sich schroff hineinschiebt, Himmel und Eis, daneben ein grauschwarzer Abgrund und am linken Bildrand ein einförmig blauer Teil, ein See, ein Meer, der Himmel, wer weiß. Unzählige Bruchlinien, von Heide bisher unbemerkt, durchziehen das ganze Bild.
Um vier Uhr nachmittags schrillen die Sirenen, während sie in ihrem Arbeitszimmer sitzt, sie schaut vom Computer auf, Feuer oder Unfall, denkt sie, Feuer eher unwahrscheinlich bei diesem feuchtkalten Wetter, also Unfall.
Wenig später ist sie im Café ihres Sohnes, wo sie zwei- bis dreimal in der Woche aushilft, serviert Cola, Apfelsaft, Kaffee.
Die Gäste sind fürs erste versorgt, Heide ruft ein paar Freundinnen an, um sie für den nächsten Montag einzuladen. Als sie Isa an der elektronischen Strippe hat, sagt die: „Da war ein schwerer Unfall, ganz in der Nähe, ich sehe es grade im Fernsehen, ah, jetzt hab' ich es verpasst …"
„Entschuldige bitte", sagt Heide, „ich wollte dich nicht stören."

„Nein, nein, kein Problem, sie wissen offenbar noch nichts Genaueres“, sagt Isa, und Heide wendet sich wieder den Gästen zu.
Ein Ehepaar kommt ins Café, die beiden setzen sich, bestellen zwei kleine Mocca, dann sagt der Mann, fast beiläufig: „Bei dem schweren Unfall heute Nachmittag ist eine Frau gestorben. Es muss ein Frontalzusammenstoß gewesen sein, die halbe Seite des Autos ist praktisch wegrasiert.“
Später geht Heide ins Kino, schaut sich „Maudie“ an, ein Biopic über die behinderte, später schwerkranke Malerin Maud Lewis und ihren barschen, polternden Mann, eine seltsame Zweckbeziehung, aus der allmählich Liebe wird, ein Film, der Heide tief berührt.
Zu Hause surft sie noch im Internet, sucht nach genaueren Informationen über den eben gesehenen Film, erfährt, dass Maud Lewis’ Mann einige Jahre nach ihrem Tod von Einbrechern ermordet wurde, eine Tatsache, die der Film ausgespart hat und die ihn im Nachhinein noch trauriger macht.
Heide will schon den Computer herunterfahren, da poppt das Mailsignal auf, neuer Maileingang.
Sie öffnet, es ist eine Benachrichtigung von einem ehemaligen Lehrerkollegen: Die Tote vom Unfall ist die Frau von Werner H. Sie hatte das Grab ihres Sohnes besucht.
Heide ist tief betroffen. Sofort schreibt sie Werner ein Mail, in dem sie nichts beschönigt, ihm nur sagt, wie furchtbar das für ihn sein muss, und sogar den Suizid seines Sohnes vor einigen Jahren anspricht. Auch dieser Sohn konnte sein Leben nicht mehr ertragen, auch er stieg auf das schwarze Kamel und ritt davon, so wie Silvanas Sohn Arno.

Werner antwortet am nächsten Morgen. Dass er überhaupt fähig ist zu reagieren, wundert Heide und freut sie.
Abermals zündet sie eine Kerze an, betrachtet noch einmal Werners Bild, sieht noch einmal die vielen Bruchlinien, die ihr früher nicht aufgefallen sind, obwohl das Bild nun schon seit zehn Jahren in ihrer Küche hängt, sie erinnert sich, wie oft er ihre Sommerlesungen besucht hat, erinnert sich an gemeinsame Schikurse, auch daran, dass sie einmal einen Text für Werners Ausstellungskatalog geschrieben hat, und daran, dass er seit drei Jahren von nichts anderem mehr gesprochen hat als davon, wie sehr er sich auf seine Pensionierung freue, wo er endlich – gemeinsam mit seiner Frau – unbeschwert das Leben genießen würde.
Ein paar Tage später erfährt Heide vom Tod des ehemaligen Direktors der Schule, eines Mannes, den sie sehr geschätzt hat, der sie sehr geschätzt hat, er kämpfte tapfer gegen Krebs, Herzschwäche, Schlaganfall und Blindheit, bis die rote Welle über ihn schwappte und ihn forttrug.

Gespräch

„Ihre Bücher haben mich begleitet“, schreibt mir eine unbekannte Frau. „Ich habe Vertrauen zu Ihnen und denke, dass Sie die richtige Person wären, meine Geschichte zu erzählen.“

Ich fühle mich durch diese Aussagen geehrt. Was gibt es Schöneres für eine Autorin, als das zu hören: Ihre Bücher haben mich begleitet. Ich habe Vertrauen zu Ihnen. Sie sind die Richtige.

Ich antworte sofort. Danke für das Vertrauen. Erbitte mir aber Bedenkzeit. Meine Tage sind mit anderen Verpflichtungen mehr als ausgefüllt. Soll ich mich trotzdem auf diese Sache einlassen?

Ich habe schon eine Menge sogenannter Problembücher geschrieben: Krankheit, Behinderung, Gewalt ... Eigentlich wollte ich so ein Buch nicht mehr schreiben. Wollte auf der ironischen Ebene verweilen, nicht mehr die breite Feder mit der schwarzen Tinte benutzen, sondern die Spitzfeder. Und Tinte in bunten Farben: königsblau, ziegelrot, knallorange, pfeffergrün.

Auch fühle ich, dass meine Kraft zu Ende geht. Vielleicht sollte ich überhaupt kein Buch mehr schreiben. Mein „Schulster“ ist klein geworden.

Ich verabrede ein Treffen mit der Unbekannten. Im Kaffeehaus.

Sie kommt auf mich zu, eine hübsche, junge Frau, das dunkle Haar zu einem modischen Bob geschnitten.

Ihr Lächeln – gewinnend.

Ihre Kleidung – ich hatte es erwartet – schwarz.

Ihr Händedruck – fest.
Erster oberflächlicher Eindruck – eine junge, gutaussehende, selbstbewusste Frau, die weiß, was sie will.
Ich bin gespannt, hinter die Maske zu blicken.
Wir bestellen. Rauchen. Reden.
Sie präsentiert sich als eine im Beruf erfolgreiche Frau. Filialleiterin in einer großen Möbelkette. „Ich habe zwanzig Mitarbeiter unter mir", berichtet sie stolz, und dieser Satz lässt mich aufhorchen. Wer sagt heute noch, dass er Mitarbeiter „unter sich" habe? Mitarbeitern begegnet man auf Augenhöhe, die Betrachtungsweise dieser Frau scheint mir sehr distanziert zu sein, von oben herab, Ausdruck eines starken Machtwillens.
Wie passt das alles zusammen?
Aber vielleicht, so meine Überlegung, ist auch ihr Problem, ihr zentrales, lebensbestimmendes Problem Ausdruck eines ausgeprägten Machtwillens. Den eigenen Körper beherrschen. Mächtig sein wollen, weil man sich immer ohnmächtig gefühlt hat, klein, schwach, bevormundet? Schwäche kann als Machtmittel benutzt werden, das ist hinlänglich bekannt. Wer schwach ist und Hilfe braucht, bekommt erhöhte Aufmerksamkeit und Zuwendung. Wer schwach ist, steht im Mittelpunkt. Wer schwach ist, kann die Verantwortung fürs eigene Leben in andere Hände legen.
Nachdem sie ihr Cola ausgetrunken hat, geht sie aufs Klo.

Bühne

In diesem Haus werde ich sterben. Das wusste ich schon, als ich eingezogen bin. Vor zehn Jahren. Das ist mein letzter Umzug, die letzte Veränderung. Zumindest die letzte, die ich bewusst und freiwillig vornehme. Wenn man mich einmal ins Altersheim zerrt, will ich nicht mehr dabei sein. Und wenn ich den galoppierenden Fortschritt meines alzheimerähnlichen Zustandes beobachte, bin ich sicher, ich werde da nicht mehr dabei sein.

Das Leben ist wie ein Theaterstück, sagt Winston Churchill. Zuerst spielt man die Hauptrolle, dann eine Nebenrolle, dann souffliert man den anderen, und schließlich sieht man zu, wie der Vorhang fällt. Ich bin schon in der Nebenrolle. Vielleicht bin ich auch nur mehr Souffleuse. Oder nicht einmal mehr das. Vielleicht hat Winston Churchill einen Part vergessen – den, in dem man nur mehr schweigt.

Am Tag, als ich eingezogen bin, habe ich meine Mutter im Rollstuhl den Hügel zu meinem Haus hinaufgeschoben und ihr mein neues Domizil gezeigt. Das Erdgeschoß zumindest. Die Stufen ins Dachgeschoß waren für sie schon unüberwindlich. Es war das erste und letzte Mal, dass Mutter in dem Haus war, ich bin froh, dass sie es wenigstens einmal gesehen hat. Dennoch vergaß sie das später wieder und verortete mich wie früher im ehemaligen Familienhaus, gleich neben ihrem eigenen.

Mein Haus ist im Lauf der zehn Jahre immer mehr zugewachsen. Als ich einzog, wollte ich ein offenes Haus mit einem offenen Garten. Ich verzichtete auf ein sperrbares

Tor, ließ tagsüber die Haustür offen, jeder konnte einfach hereinschneien. Oft kam mein Nachbar vorbei, setzte sich an den Terrassentisch, erzählte mir ein paar Witze und ging dann wieder. Es kamen Verwandte und Freunde, das Haus war belebt. Doch als eines Tages zwei Einbrecher „hereinschneiten“ und meinen gesamten Schmuck und auch den Computer an sich nahmen, war es mit der Offenheit vorbei. Ich ließ ein Gartentor installieren und sperre es in der Nacht ab. Seit neuestem ziehe ich abends auch die Vorhänge zu.

Was bleibt?, frage ich mich immer öfter. Was bleibt von mir? Von meinem Leben? Und – wie lange wird etwas bleiben?

Wir sind nicht so bedeutsam, wie wir glauben. Und dennoch stelle ich sie mir, diese unsinnige, unnötige Frage: Was bleibt? Und wie lange?

Meine Kinder werden noch eine Weile leben und meine Enkelkinder eine noch längere Weile, ob ich meine Urenkel erlebe, ist ungewiss. Die Enkelkinder werden die Erinnerung an mich in sich tragen. Eine Weile. Und dann? Werde ich nur mehr ein Name auf einem Grabstein sein, der irgendwann verwittert ist und umfällt und dabei vorzugsweise niemanden erschlägt? Wie lange werden meine Bücher in irgendwelchen Bücherregalen stehen? Eines der ältesten Bücher, das ich besitze, ein Buch von Erich Kästner, ist so alt wie ich selbst. Jahrgang 1949. Also habe ich Chancen auf noch ein paar Jahre Regal.

Vor einiger Zeit habe ich ein Interview mit Peter Handke im Fernsehen gesehen. Er wirkte hilflos, ratlos, die Interviewerin ging ihm auf die Nerven (sie geht jedem Interviewpartner auf die Nerven und jedem Fernsehzuschauer auch), doch was er vor allem sagte, war, dass ihm seine eigene Dummheit immer mehr zu Bewusstsein komme. Ist das das Opfer, das man am Altar des Alters bringen muss? Dass man seine eigene scheinbare Bedeutung verliert? Seine eigene Dummheit begreift? Dass die Hüllen, die man zeitlebens gesammelt hat, vermeintlich elegant und wichtig, von einem abfallen, brüchige Lumpen, und man vor sich selber nackt dasteht? Mit diesem alten unansehnlichen Körper, in die Tiefe und in die Breite gewachsen, mit Jahresringen um die Körpermitte. Die Gefährlichkeit des Bauchfetts. Und irgendwo verhungert schon wieder ein Kind. Aber es wird völlig egal sein, welchen Bauchumfang ich habe, wenn sie mich in den Sarg legen.

Was bleibt? Welche Hoffnungen muss ich aufgeben, wovon muss ich mich für immer verabschieden? Und was vor mir selber eingestehen?

Zu wenig agiert, zu wenig genossen, zu wenig gefragt, zu wenig gedacht, zu wenig geliebt?

Nur Fragen, keine Antworten. Handke sagt, es gibt keine eindeutigen Antworten. Die mit den eindeutigen Antworten seien die Gefährlichen. Aber manchmal doch die Sehnsucht nach eindeutigen Antworten auf die brennendsten Fragen: Krieg, Terrorismus, Flüchtlingsströme, Rechtsradikalismus, Umweltzerstörung, Digitalisierung, Roboterisierung, Konzentration des Kapitals, diktatorische Kontrolle der Gesellschaft …

Unser Wohlstand ist nicht mehr selbstverständlich. Unser Frieden ist nicht mehr selbstverständlich. Eine liberale Demokratie ist nicht mehr selbstverständlich. An den Hebeln der Macht sitzen Wahnsinnige! Sie reden über einen möglichen Atomkrieg, als wäre es ein Mensch-ärgere-dich-nicht-Spiel.

Wir, die Nachkriegsgeneration, haben die beste aller Zeiten erlebt. Frieden, Wohlstand, Jobsicherheit, Pensionsgarantie, das Gefühl, dass es immer aufwärts gehe, dass die Welt immer besser werde, aber wir wussten noch, dass es auch bescheidener ging. Wir sind nicht im Überfluss aufgewachsen, das hat uns die Dinge schätzen gelehrt, wir halten nicht alles für selbstverständlich, wir müssen den immensen Wohlstand nicht haben, wir können auch anders. Wir haben noch das Plumpsklo im Hof erlebt und dass man Wasser am Ofen wärmen musste, wenn man baden wollte. Wir haben als Kinder nicht viel besessen, ein paar Spielsachen in einem winzigen Spielzeugregal, und als im Jahr 1956 die Welle der Ungarnflüchtlinge über uns rollte, teilten wir diese wenigen Spielsachen mit den Flüchtlingskindern.

Lange Zeit habe ich nichts geschrieben, weil ich dachte, man könne in diesen Zeiten nur über die Flüchtlingsproblematik schreiben. Aber darüber wollte ich nicht schreiben. Oder konnte es nicht. Kann es nicht.

In einem seiner letzten Interviews sagte Umberto Eco, Journalisten schrieben immer nur über im Augenblick aktuelle Themen. Die anderen Themen vernachlässigten sie, dennoch seien diese Probleme nicht verschwunden. Ich interpretiere also für mich: Auch in Zeiten der Massenflucht gibt es Krankheit und Tod und Gewalt in der Familie und unverschuldete menschliche Tragödien. Und so tue ich weiterhin, was ich immer getan habe, weil es das Einzige ist, das ich kann: Ich schreibe über menschliche Beziehungen in meinem eigenen Umfeld.

Das Wichtigste für einen Schriftsteller ist, dass er weiß, was Menschsein bedeutet, sagte kürzlich ein Schriftsteller in einem Interview.
Wäre das nicht das Wichtigste für jeden Menschen? Wäre es nicht erstrebenswert, ja wunderbar, in Städten, in Dörfern, in einer Welt voll menschlicher Schönheit zu leben? Literatur zu schaffen, Kunst zu schaffen, die menschlich berührt?
Oft wünschte ich mir, ich wäre in einem sozialdemokratischen Umfeld aufgewachsen. Das hätte eindeutige Meinungsbildung möglicherweise erleichtert. Aber in Wirklichkeit war es so: Eine bürgerlich-konservative Kaufmannsfamilie, die ihre braune Vergangenheit nie ganz aus dem Kopf gekriegt hat, ultrakatholische Religionslehrer, sozialdemokratische Freunde, Heirat in eine puritanische, dem Lebensgenuss völlig abholde Familie, allerlei unausgegorene weltverbessernde Ideen, später grün gefärbt. Ein seltsames Kaleidoskop. Wenn man alle Farben mischt, kommt ein ziemlich schlammiger Gatsch heraus.
Das Sterben ist nah. Allgegenwärtig. Ein Mann in der Gasse, in der ich wohne. Eine junge Frau, die mich fast täglich beim Billa bedient hat, auch an ihrem letzten Arbeitstag. Sie hat mich besonders freundlich begrüßt an jenem Tag, ihr Blick hakte sich in meinen Augen fest und blieb dort hängen, eine Nanospur länger und intensiver als sonst. Und ich verweilte nach diesem Blick ein wenig länger als sonst, die Gedanken hingen noch an mir, ich schüttelte sie ab und wendete mich dem Milchregal zu. Drei Tage später war die junge Frau tot. Hirnblutung, Hirntod, zwei Tage Maschinen. Dann nichts mehr.

Den Mann von meiner Gasse habe ich an seinem Sterbetag noch mit dem Rad fahren sehen. Er war fünfundachtzig und ich musste zweimal hinschauen, ob er es wirklich war. Am Abend war er tot. Herzversagen. So möchte ich auch sterben.

Was bleibt also, jetzt, da ich alt werde? Da ich alt bin! Muss etwas bleiben? Soll überhaupt etwas bleiben? Oder ist es besser, alle Spuren werden hinweggeschwemmt, wie Sandburgen am Strand, wenn die nächste große Welle über sie schwappt?

Aber geschieht das nicht von selbst? Unser Gehirn verwäscht Erinnerungen, Daten, Zahlen, Fakten, Gelerntes … Wozu hat man sich abgemüht, wozu studiert, wozu all die Bücher gelesen, all die Filme gesehen, all die Skills mühevoll erlernt, wenn man dann doch wieder alles vergisst, verlernt, verliert?

Solange ich noch ein Bein ins Waschbecken schwingen und mir darin die Füße waschen kann, bin ich noch nicht alt!, habe ich früher gedacht. Hat die Sportlehrerin gedacht.

Das Sportstudium ist ihr nicht leichtgefallen. Sie hat lange trainieren müssen, bis sie bestimmte Übungen konnte, die Limits erreichte, oder bis sie das Schifahren so weit erlernte, dass nicht jede Fahrt zu einem lebensgefährlichen Abenteuer wurde, aber mit der Zeit ist sie immer besser geworden und hat in vielen Disziplinen keine allzu schlechte Figur gemacht, auch nicht beim Geräteturnen. Dennoch wird sie nie mehr einen Felgaufschwung machen, auch keinen Felgumschwung, wahrscheinlich nicht einmal einen Felgabschwung. Reckturnen – ade! Barrenturnen – ade! Stufenbarren – erst recht ade! Sie wird kei-

nen Handstand mehr machen und kein Rad schlagen, keinen Hundert-Meter-Lauf mehr bestreiten, keinen Weitsprung machen und schon gar keinen Hochsprung. Und sie wird nicht mehr auf dem Trampolin springen, nachdem sie sich ebendort zwei Wirbel gebrochen hat.
Was geht noch?, denkt die Sportlehrerin. Rollerskaten, Eislaufen, Schifahren – vielleicht, Radfahren, Schwimmen, Tanzen – noch …
Und was kommt dann?
Verlust des Gleichgewichtssinns? Noch mehr Stürze? Osteoporose? Knochenbrüche? Grauer Star, Verlust der Sehkraft, Schwerhörigkeit, Hörgerät, Zahnlosigkeit – mit der Wahl zwischen jahrelanger Einpflanzung von Implantaten oder schneller Installation eines „Zahnklaviers“, sprich: falsches Klappergebiss, (und ein Wiener Schnitzel in pürierter Form ist auch nicht grad der höchste aller kulinarischen Genüsse), zunehmende Langsamkeit, Müdigkeit, Lustlosigkeit, Depression, Rückzug (weil ihr immer mehr Freunde immer mehr auf die Nerven gehen? Und – nachdem sie ihr lang genug auf die Nerven gegangen sind, schließlich sterben?). Oder doch nur die Angst, völlig einsam auf der letzten Strecke zu bleiben?
Lungenkrebs? (Weil möglicherweise fünfzig Jahre Rauchen sich doch ein bisserl negativ auf die Gesundheit ausgewirkt haben?) Aber wenn es so ist, dann soll ihr Krebs wachsen, sie möglichst lang in Ruhe lassen, und dann soll es schnell gehen!
Denn was dann und sonst noch kommen kann, sind grad nicht verlockende Aussichten, denkt die Deutschlehrerin, die Englischlehrerin, die Autorin. Du findest die Worte

nicht mehr, kannst dich nicht erinnern, ob du schon mittaggegessen hast oder nicht, kennst deine Liebsten nicht mehr, sitzt im Rollstuhl, in Windeln, kannst nicht mehr schreiben, keine Bücher mehr lesen, keine sinnvollen Gespräche mehr führen, und schließlich liegst du für immer im Bett, man rollt dich halbstündlich um 45 Grad weiter, damit du nicht wundliegst, aber irgendwann bist du doch wundgelegen, auch bei der sorgfältigsten Pflege, irgendjemand, den du nicht kennst, scharwenzelt um dich herum, spricht eine Sprache, die du nicht verstehst, sagt „Mutti“ oder „Omi“ zu dir, obwohl sie eine Wildfremde ist, oder du landest auf zwölf Quadratmetern Heim und während du noch angeblich lebst, räumen deine Kinder dein Haus aus, entsorgen den ganzen von dir angehäuften Krempel, den du eigentlich schon immer selbst entsorgen wolltest, nur jetzt, wo sie es tun, ist es dir überhaupt nicht recht, oder vielleicht kriegst du es sowieso nicht mehr mit, und dann – irgendwann – landest du in frischem Tannenholz, ausgelegt mit beigem Satin.
Es wäre gut zu wissen, dass man sich bewusst fürs Sterben entscheiden könnte. Mit achtzig, wenn es einem vielleicht noch halbwegs gut geht, sich hinzulegen und zu sagen: Jetzt sterbe ich. Sterben als bewusster Akt, nicht als Suizid! Das wäre gut. Wäre das gut?
Ich habe Zeit meines Lebens in Frieden und Wohlstand gelebt – ein ungeheures Privileg. Und selbst in den Nachkriegsjahren, als wir eigentlich nichts besaßen, kam ich mir reich vor. Weil ich Bücher besaß, ungemein viele Bücher für die damalige Zeit. Fünfzig Bücher in der ersten Volksschulklasse, zweihundert Bücher in der vierten. Ich war die Bücherei für alle meine Klassenkollegen. Heute

besitze ich mehrere tausend. Aber mittlerweile könnte ich kein einziges Buch, das ich gelesen habe, vollinhaltlich wiedergeben, geschweige denn interpretieren, ich lese und während ich lese, vergesse ich bereits, was ich gelesen habe. Ich lese nur mehr für den Augenblick. Wozu habe ich also so viel gelesen, wozu Literatur studiert, wozu Fremdsprachen, die Geläufigkeit ist mir abhandengekommen, alles vergeht.
Und was kommt noch?
Werde ich noch dunkle Zeiten erleben?
Krieg, Zerstörung, Terror, Verwüstung, Hunger, Angst, Diktatur, Folter?
Je älter ich werde, desto weniger verstehe ich die Welt. Verstehe die Machtgier nicht, die Geldgier, die Mechanismen der Finanzwelt, die Ungleichverteilung des Reichtums, die Unfähigkeit der Politiker, Probleme zu lösen, die Stellvertreterkriege, den Hass (auch den im Netz), den Neid, die Besitzgier, die Ressourcenverschwendung. Verstehe nicht, zu welchen Grausamkeiten Menschen fähig sind, wozu sie sich verführen lassen, verstehe nicht, dass immer noch Kriege geführt werden, immer noch im Gleichschritt marschiert wird und immer noch laut und gedankenlos gleichstimmige Parolen skandiert werden.
Ich habe dunkle Zeiten erlebt, enttäuschte Liebe, mangelnde Zärtlichkeit, Überforderung, Überarbeitung, Krankheit, Behinderung, Gewalt. Aber all das hat sich im privaten Familienkreis abgespielt, es gab keine Staatsmacht, die dieses Leid verursacht hätte. Keine Willkür, keine Bespitzelung, keine Verleumdung, keinen Zwang, keine Repressalien.

Werde ich noch die dunklen Seiten der Macht erleben, frage ich mich oft – und vor allem: Wie wird es meinen Kindern ergehen? Und wie meinen Enkelkindern?
Wie viel Porzellan wird im politischen Laden zerschlagen werden – und in welcher Geschwindigkeit? Und wird nach der Zerschlagung noch irgendetwas übrigbleiben? Wie weit nach rechts wird Europa noch gehen? Und wieviel wird von unserer demokratischen Freiheit übrigbleiben?
Und dennoch lebe ich gern. Und lache gern. Dabei dringt der Ernst in alle Ritzen und Fugen unseres Lebens, alles wird reglementiert, kontrolliert, zu lachen gibt es wenig bis gar nichts, selbst auf den Passbildern hat man uns das Lachen verboten, das Jammern ist unsere Lieblingsbeschäftigung geworden und das Beobachten der täglichen Schreckensmeldungen in den Nachrichten. Das dumme Kommentieren jeder noch so unwichtigen Aktion, die Flut von Hasspostings in den sozialen Netzwerken. Das Internet als globaler Mistkübel. Die tägliche Dosis Terror, Krieg und Angst in den Medien. Alle Diktatoren haben Angst vor dem Lachen. Allen ist das Lachen in höchstem Maß verdächtig. Sind Leute, die lachen, resistenter gegen die Repressalien der Macht? Weniger leicht zu verführen? Wehren wir uns also, gegen diktatorische Kontrolle, gegen die ständige Angstmacherei, lassen wir den Ernst nicht in alle Ritzen und Fugen unseres Lebens dringen, womöglich sprengt er das Gebälk des Lebens ganz. Wehren wir uns, mit aller Vehemenz, damit unser Leben nicht in einer Flut von Bierernst ertrinkt, sondern perlt wie Champagner … Trotz allem.

Kaffeehaus

Der Kellner schwarwenzelt aufdringlich um uns herum, ich bestelle ein Glas Prosecco.
„Was war so schön an Ihrer Kindheit?“, frage ich die junge Frau, die mir seit Stunden gegenübersitzt. Denn das will sie mir gerade weismachen.
„Alles“, sagt sie. „Alles war schön. Ich war glücklich, ich war behütet, wir waren eine wunderbare Familie, es war eine heile Welt.“
Ich merke, sie merkt, ich glaube ihr nicht!
„Können Sie das ein wenig genauer beschreiben?“, frage ich.
„Ich lief mit Michael gegen den Wind“, sagt sie und ich nicke.
Auch ich hatte einen Cousin namens Michael, sage ich. Oder vielleicht denke ich es nur. Auch er war wie ein Bruder für mich. Wir sind nachmittags durch die Wälder gestreift, stundenlang. Aber dann wurde er psychisch krank und starb auf mysteriöse Weise. Man fand ihn in einem Teich im Schlosspark von Schönbrunn, und es wurde nie geklärt, ob es ein Unfall war oder Suizid.
Wir zünden uns eine neue Zigarette an.
„Ich weiß nicht …“, sagt die junge Frau mit dem dunklen Pagenkopf zu mir, aber meine Gedanken driften ab, wir haben inzwischen viele Zigaretten geraucht, sie hat noch ein Cola getrunken und ist danach sofort wieder aufs Klo gegangen, das Gespräch über die Sucht lässt die Sucht nicht verstummen, nicht einmal eine kleine Pause gewährt sie ihr, denke ich und schäme mich dieses Gedan-

kens. Was hatte ich erwartet? Dass ein einziges Gespräch mit mir die junge Frau von ihrer Krankheit heilen würde? Oder ihr zumindest die Kraft geben würde, für die Dauer des Gesprächs ihre Sucht vergessen zu können?
Wie vermessen, wie selbstüberschätzend, wie lächerlich!
„Glauben Sie …“ Die junge Frau mir gegenüber setzt zu einer Frage an, vollendet sie aber nicht, sondern legt die Hand vor den Mund und wischt sich mit dem Zeigefinger über die Nase.
„Glauben Sie …“, sie setzt erneut an, „dass das eine Vergewaltigung war? Ich meine, die Seesternchensache …“
Ihre Frage erstaunt mich. Was in Dreiteufels Namen sollte dieser brutale Akt denn sonst gewesen sein?
„Wissen Sie“, sagt Gabriela, „dieser Gedanke ist mir seltsamerweise nie in den Sinn gekommen. Ich fühlte mich immer schmutzig. Schlecht. Ich dachte immer, ich sei selbst schuld gewesen. Dachte, ich sei eine Hure, weil ich mich mit einem solchen Menschen eingelassen hatte.“
Ich nicke. Ich kenne das aus eigener Erfahrung. Auch ich bin vergewaltigt worden, krankenhausreif geschlagen worden, auch ich habe mir selbst die Schuld an allem gegeben.
„Seltsam“, fährt Gabriela fort, „dass mir dieser Gedanke gerade jetzt kommt, im Gespräch mit Ihnen. Bei allen Therapien, die ich gemacht habe, bin ich gefragt worden, ob ich einen sexuellen Missbrauch erlebt habe. Immer habe ich mit Nein geantwortet. Ich habe diese Tat nie als Vergewaltigung begriffen.“
Sie senkt den Kopf. Ich unterbreche ihr Schweigen nicht, warte darauf, dass sie fortfährt. „Ich kann mit keinem Mann mehr schlafen.“

„Das wundert mich nicht“, sage ich.
Eine längere Pause entsteht.
„Wenn ich gestorben wäre, damals, nach Abschluss meines Studiums“, sagt die Frau mir gegenüber, „wäre es ganz leicht gegangen. Das Sterben. Es hätte mir nichts ausgemacht.“
„Und jetzt?“, frage ich, „wie denken Sie jetzt darüber? Sind Sie froh, dass Sie damals nicht gestorben sind?“
„Es wäre eine Erlösung gewesen“, sagt sie, sehr langsam. „Es war so wenig von mir vorhanden, dass dieses Wenige leicht hinübergeglitten wäre – in das Nichts. In irgendeine Art von Ewigkeit. Jetzt – ich weiß es nicht. Meine Krankheit ist eine schwere Last. Manchmal wünschte ich, ich hätte alles schon hinter mir.“
„Sie sind jung, Sie sind willensstark“, sage ich, „Sie können vielleicht ein normales Leben führen. Ich weiß, dass das eine schwere Arbeit ist. Aber wenn Sie die auf sich nehmen, können Sie Ihre Krankheit vielleicht besiegen.“
„Ich kann mich nicht von meiner besten Freundin trennen!“
„Sie ist nicht Ihre beste Freundin, sondern Ihre schlimmste Feindin. Sie müssen den Hebel in Ihrem Kopf um 180 Grad umlegen.“
Was tue ich da eigentlich?, frage ich mich sofort danach. Versuche ich mich schon wieder als Hobbypsychologin? Als Expertin in allen Lebensfragen?
Wie lange sitzen wir jetzt schon hier? Viele Stunden sind vergangen, seit die junge Frau zur Tür des Kaffeehauses hereingekommen ist. Das Licht hat sich verändert, vom Morgen- in den Abendsonnenschein, in künstliches Licht. Menschen sind gekommen und gegangen, haben gefrüh-

stückt, zu Mittag gegessen, Kaffee getrunken. Jetzt, am Abend, spüre ich bereits ein starkes Hungergefühl. Aber kann ich etwas essen, wenn neben mir eine magersüchtige Frau sitzt, die selbst das bisschen Cola, das sie trinkt, sofort danach am Klo erbricht?

„Stört es Sie, wenn ich mir eine Kleinigkeit zu essen bestelle?“, frage ich.

„Nein, nein, gar nicht“, sagt sie. „Im Gegenteil. Ich koche ja auch gerne und lade Freunde zum Essen ein … Zumindest habe ich das früher gemacht.“

Ich wette, sie hat in der letzten Zeit niemanden mehr bekocht oder zum Essen eingeladen.

Ich studiere die Speisekarte, wähle aus, bestelle einen Hühnersalat.

„Möchten Sie auch etwas? Ich lade Sie ein …“

Sie winkt ab, ich habe es nicht anders erwartet.

„Nein, ich kann nicht. Ich habe mir das Essen ganz abgewöhnt. Einfach weil es zu mühsam ist zu essen und danach wieder alles zu erbrechen. Ich trinke nur noch Cola und esse Soletti. Koffein für den Kreislauf, Zucker, Salz. Es ist erstaunlich, wie lange man von Cola und Soletti leben kann.“

Und dabei ein so unversehrtes Gesicht haben, denke ich im Nachsatz.

„Da gibt es so viele Menschen, die sterben mussten und noch gerne gelebt hätten. Schwerkranke kämpfen um ihr Leben, und Sie werfen es stückweise weg. Begehen Selbstmord auf Raten. Ist Ihnen Ihr Leben so wenig wert? Sind Sie sich selbst so wenig wert? Denken Sie daran, was Sie noch alles vor sich hätten, wenn Sie sich von Ihrer schlimmsten Feindin trennen könnten!“

„Hätten ... könnten ... Sie sagen hätten und könnten. Sie verwenden den Konjunktiv. Es wäre eine Möglichkeit, ja ... Aber ich glaube nicht mehr daran."

„Schade", sagt Heide, „Sie sind eine tolle Frau, wenigstens das sollten Sie wissen! Ich habe die größte Hochachtung vor Ihnen!"

Der Kellner hat mit unüberhörbarer Lautstärke die Kaffeemaschine geputzt, mit Tellern und Tassen gescheppert, die Registrierkasse ausgeschaltet. Und den beiden Frauen ein paar zuerst auffordernde, dann ärgerliche Blicke zugeworfen.

„Wir müssen gehen!", sagt Gabriela.

Heide umarmt die junge Frau und sagt, leise und eindringlich: „Leben Sie!"

„Wozu?", sagt Gabriela, mit einem Achselzucken und halb gesenkten Augenlidern.

„Weil es schade um Sie wäre ..."

Die beiden Frauen haben einander nie mehr wiedergesehen.

Eine Zeitlang wurden Mails geschrieben, irgendwann ist der Kontakt abgerissen, Heide hat viele Male nachgehakt, von Gabriela kam keine Antwort.

Einen Tag und eine Nacht lang sind sie an dem runden Marmortisch gesessen und haben einander Geschichten erzählt. An manche haben sie sich wahrscheinlich nur erinnert.

Die Zeit ist in diesen Geschichten verschwommen.

In unseren Köpfen sind alle Geschichten gleichzeitig.

Vorgeschmack der Ewigkeit.

Verschluss

Korallen … Blumentiere … sie knospen, blühen, vermehren sich, bilden Kolonien, verwelken, verkalken, versteinern, sterben – und neue Generationen von Blumentieren wachsen heran – aus dem Kalkgerüst der Toten …
Schließen wir die Korallenkette. Mit einem silbernen Verschluss.
In meiner Erinnerung leben sie, alle meine Toten. Und ich vermisse sie schmerzlich.
Ich werde nie mehr ein Gespräch mit meiner Mutter führen. Nur wenn ich auf ihrem Grabstein sitze und mir ihr rede, aber das ist ein eher einseitiges Gespräch. Ich werde sie nie mehr etwas fragen können, obwohl erst jetzt alle Fragen auftauchen. Ich werde nie mehr um ihre Liebe buhlen müssen und nie mehr enttäuscht sein. Ich werde ihr nie mehr sagen können, dass ich sie liebe. Trotz allem. Oder gerade deswegen.
Ich werde meinem Vater nicht mehr sagen können, dass ich ihn erst jetzt verstehe, wenngleich ich die Not und Verzweiflung eines Krieges nicht nachvollziehen kann. Nur vorstellen kann ich sie mir, aber die Vorstellungskraft ist eine sehr schwache Schwester der Wirklichkeit.
„Kinder besuchen ihre Eltern zu spät. Wenn sie alt sind, wenn sie krank sind, wenn man nichts mehr mit ihnen unternehmen, ja vielleicht nicht einmal mehr mit ihnen sprechen kann. Kinder sollten ihre Eltern früher besuchen. Solange ein Austausch möglich ist.“ Diese schönen Sätze habe ich vor kurzem in einem Buch übers Älterwerden gelesen. Und eben als ich denke, ich würde mich

freuen, wenn meine Tochter sie auch lesen würde, ruft sie mich an.

Rena wird nie mehr ein Buch von mir lektorieren. Ich werde nie mehr eines ihrer großartigen Gartenfeste erleben, auch mit Silvana werde ich nie mehr ein Fest feiern. (Und ich wünschte, sie würde mir einen völlig unpassenden Blumenstrauß bringen.)

Liese wird nie mehr zu mir flüchten und nie mehr bei mir aufräumen und nie mehr fragen: Was kochst du heute? Anna wird meinen Pool nie benützt haben und mit Eckart werde ich nie wieder über eine Wiese reiten.

Ich werde nie mehr in Elenas eleganter Wohnung in Wien sein, nie mehr auf einem der weißen Sofas sitzen, nicht mehr aus den Kristallgläsern trinken, die sie aus der Jugendstilanrichte geholt hat, nie mehr das Essen genießen, das sie für mich gekocht hat, nie mehr mit ihr ins Café gehen, ins Theater. Ich werde ihre Schwester treffen, das ist schön, Paola ist eine treue Freundin geworden, aber es ist nicht dasselbe. Sie hat nie „Marie" zu mir gesagt. Elena war die einzige, die mich bei meinem zweiten Vornamen genannt hat. (Und hat geschmunzelt, als ich mich als Autorin Heide Mahr nannte.)

Ich werde nicht mit Gina auf Urlaub fahren – und nie mit ihr gefahren sein. Ich werde zu niemandem mehr sagen: Ich spreche hervorragend Ungarisch, wenn ich Deutsch spreche.

Mein „Schulster" ist sehr klein geworden, aber ich hab' noch nicht alles „ausverträumt". Denn wenn man noch so alt wird, die Sehnsucht bleibt.

Die Sehnsucht nach Liebe, nach Zärtlichkeit, nach verrückten kleinen Liebesworten, nach Spaziergängen Hand in Hand, nach dem verbindenden Lachen, nach sanften Gesprächen.
Ich bin zu wenig oft mit Stefan durch die Straßen einer fremden Stadt flaniert, auf zu wenigen Terrassen von zu wenigen Kaffeehäusern gesessen, habe zu wenig mit ihm gelacht und zu wenige zärtliche Worte getauscht. Ich hoffe, dass uns noch ein kleines Stück vom Lebenskuchen vergönnt ist. Vom Liebeskuchen.
Und ich hoffe, dass meine letzten Worte vor dem Tod nicht „Halt den Mund“ sind. Nicht zu meiner Tochter, nicht zu meinem Sohn und auch nicht zu meinem Mann – ich bin fast sicher, dass er mich überleben wird.
Es sei denn, der Tod – in meiner Vorstellung ein älterer Mann in Turnschuhen, Jeans und einem violetten Hemd, mit jugendlich federndem Gang, mit langen Haaren, zu einem kleinen Pferdeschwanz gebunden – will mir wortreich und entschuldigend erklären, warum er mich gerade jetzt holt. „Halt den Mund“, werde ich sagen, oder vielleicht werde ich auch ein wenig höflicher sein.
„Sei still“, werde ich sagen, „gehen wir …“

Inhalt

Coverbild: Halskette von Lilo Fabesch

Lilo Fabesch wurde 1965 in Wiener Neustadt in Niederösterreich geboren. Sie besuchte die Volksschule Mattersburg, das Gymnasium Mattersburg und die Bildungsanstalt für Kindergartenpädagogik in Oberwart.

Seit 33 Jahren ist Fabesch in der Kinderpädagogik tätig. Mit Kindern zu arbeiten ist für die Mutter zweier Töchter nicht nur Beruf, sondern Berufung. „Es ist großartig, die Kinder ein Stück auf ihrem Lebensweg zu begleiten und sie zu Persönlichkeiten heranwachsen zu sehen“, sagt sie immer noch voller Enthusiasmus für die verantwortungsvolle Aufgabe.

Darüber hinaus ist Lilo Fabesch in vielfältiger Weise handwerklich kreativ tätig – eine Inspiration, die sie ihrer Großmutter verdankt. Fabesch fertigt Objekte aus unterschiedlichsten Materialien und verleiht ihnen – manchmal nach Mustern und Modellen, manchmal spontan – variantenreiche Formen, wobei ein Schwerpunkt auf dem Gestalten von Halsketten liegt. Mittlerweile selbst Großmutter von Zwillingsbuben, wirkt Lilo Fabesch seit fünf Jahren auch als Altistin in der Chorvereinigung „Cantico“ mit.

Ebenfalls in der edition lex liszt 12 erschienen:

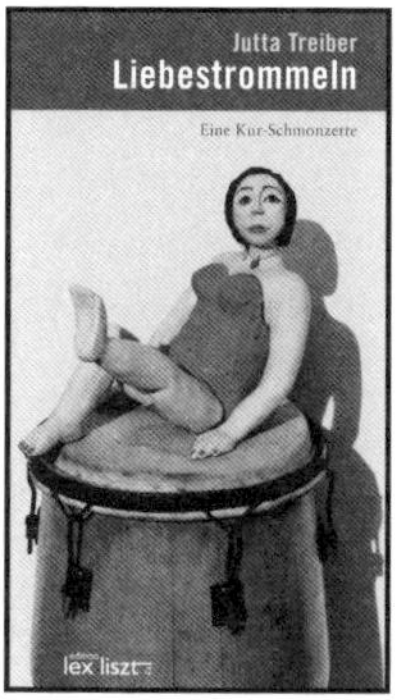

Liebestrommeln

Eine Kur-Schmonzette

In die Jahre gekommen, hüftmarod und auch sonst schon etwas mitgenommen, stolpern in Jutta Treibers satirischem Roman recht ramponierte Damen und Herren durch ihr Dasein. So viel Versäumtes, so viel nicht Gelebtes, das für diese Best-Ager-Generation noch Erfüllung finden soll. Krankenschwestern, Kurschatten und -schättinnen werden zur letzten Gelegenheit – für einen Flirt, einen Seitensprung. Hat eine Frau nach Jahrzehnten Ehe immer noch Geduld und Verständnis für Eskapaden? Vielleicht.
Mit feiner Ironie lässt die Autorin ihre Protagonisten hochkomisch auf die Nase fallen und sieht zu, wie sie sich wieder aufrappeln. Das Leben muss weitergehen – irgendwie. Schließlich ist es keine Operette. Oder doch?

Jutta Treiber: Liebestrommeln. Eine Kur-Schmonzette, Roman, edition lex liszt 12, Oberwart 2012, brosch., 260 Seiten, ISBN: 978-3-99016-35-0

Fleckerlteppich

Kurztexte aus 30 Jahren

Jutta Treibers Fleckerlteppich ist aus alten und neuen Stoffen gewebt, aus Kurzgeschichten und Gedichten, aus heiteren, traurigen, kritischen und satirischen Texten. Ein Sprachteppich aus dreißig Jahren, schwarz und weiß und bunt.

„Dieser Fleckerlteppich lässt uns in seiner hellen und dunklen Buntheit an der ganzen Vielfalt von Jutta Treibers Interessen, Anliegen und Talenten teilhaben.
Da gibt es kritische Texte, aber auch solche, die den Umgang mit Erkrankung, Behinderung und Tod beschreiben. Am Ende aber darf wieder geschmunzelt werden ...“

Literarisches Leben

Jutta Treiber: Fleckerlteppich. Kurztexte aus 30 Jahren, edition lex liszt 12, Oberwart 2008, brosch., 242 Seiten, ISBN: 978-3-901757-81-5

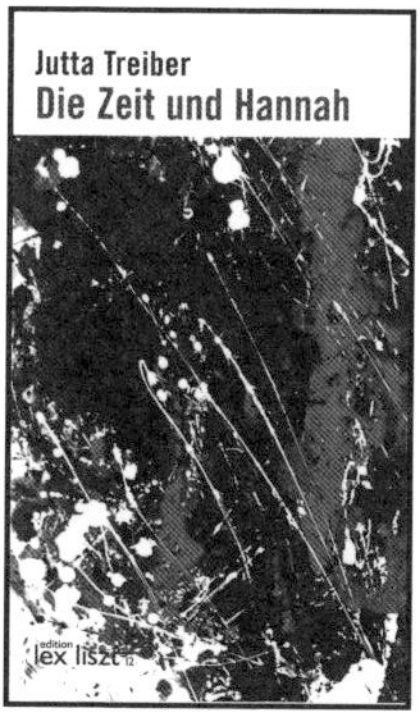

Die Zeit und Hannah

Roman

„Stationen des Lebens einer Frau, welche die Autorin in ihrem Roman abschreitet. Nichts Ungewöhnliches passiert in dem Buch, nur die übliche Eifersucht, Untreue und Gewalt. Doch wie Jutta Treiber die 30-jährige Leidenszeit sprachlich durchdringt, das ist außergewöhnlich."

Die Presse

„Mit wortgewaltiger Schonungslosigkeit lotet die Autorin die Abgründe einer Beziehung aus. Furchtbar gut!

Kurier

„Mit geradezu forensischem Gleichmut sichert die Autorin Spuren und Beweismittel. Die drei Jahrzehnte, die der Roman in drei Abschnitten umspannt, werden so zum Tathergang. Freilich gibt es keine Tat. Die ist bloß das Leben, wie es außerhalb von Buchdeckeln üblich ist. Das ist es wohl, was „Die Zeit und Hannah" so prall macht."

Der Standard

Jutta Treiber: Die Zeit und Hannah, Roman, edition lex liszt 12, Oberwart 2007, brosch., 410 Seiten, ISBN: 978-3-901757-50-1

Paul Mühlbauer, Jutta Treiber
Knaxi-Fisch-Buch-Sammlung

Bunte, bronzene Fisch-Skulpturen, vom burgenländischen Bildhauer Paul Mühlbauer kreiert, inspirierten die Autorin Jutta Treiber zu heiteren, aber auch satirischen Versen für Menschen jeden Alters.

Der Weihnachtsfisch
Bd. 1, ISBN: 978-3-99016-021-3

Der ziegelrote Mondfisch
Bd. 2, ISBN: 978-3-99016-025-1

Der Zitronenfisch
Bd. 3, ISBN: 978-3-99016-028-2

Der Kugelküsser
Bd. 4, ISBN: 978-3-99016-031-2

Die Schleimschnecke
Bd. 5, ISBN: 978-3-99016-030-5

Das volldumme Gelbauge
Bd. 6, ISBN: 978-3-99016-029-9

Der rosa Cheviküsser

Bd. 7, ISBN: 978-3-99016-032-9

Der Elektroschlucker

Bd. 8, ISBN: 978-3-99016-033-6

Der Erdbeerbeißer

Bd. 9, ISBN: 978-3-99016-034-3

Paul Mühlbauer, Jutta Treiber: Knaxi-Fisch-Buch-Sammlung Band 1 bis 9, hrsg. von Paul Mühlbauer, Maria Mühlbauer, Horst Horvath, edition lex liszt 12, Oberwart 2012, geheftet, Abb., 16 Seiten, 11,5 x 11,5 cm

Forfel, Ach und Krokodeil

Illustrationen von
Nadine Kappacher

Die Königin verlässt Hals über Kopf mit ihrer ganzen Dienerschaft die Burg, um sich auf einer Wellness-Burg zu erholen. Da taucht plötzlich ein kleines Burggespenst auf, das so gar nicht aussieht wie ein Gespenst. Und als dann das ausgestopfte Krokodil, das schon seit über 300 Jahren auf der Burg hängt, zu wiehern anfängt, beginnt für die Burgmaus Forfel ein spannendes Abenteuer mit Spuk, Rittern und Zauberei.

Jutta Treiber: Forfel, Ach und Krokodeil. Illustrationen von Nadine Kappacher, Kinderbuch, edition lex liszt 12, Oberwart 2007, geb., Abb., 41 Seiten, ISBN: 978-3-901757-60-0